I0642137

Hermann Conrad

**William Makepeace Thackeray, ein Pessimist als Dichter**

Hermann Conrad

**William Makepeace Thackeray, ein Pessimist als Dichter**

ISBN/EAN: 9783743651630

Hergestellt in Europa, USA, Kanada, Australien, Japan

Cover: Foto ©Raphael Reischuk / pixelio.de

Weitere Bücher finden Sie auf **www.hansebooks.com**

# William Makepeace Thackeray.

# William Makepeace Thackeray.

## Ein Pessimist als Dichter.

Von

### Hermann Conrad.

Berlin.

Druck und Verlag von Georg Reimer.

1887.

# Erstes Kapitel.

## Lebensabriß.

Ein eingehendes Leben Thackerays zu schreiben — was nicht zu den Zielen der vorliegenden Arbeit gehört — hat seine kaum überwindlichen Schwierigkeiten, da der Dichter vor seinem Tode seinen Töchtern den strikten Befehl gegeben hat, nichts aus seinem Nachlaß, das zur Beleuchtung seines Lebensganges dienen könnte, herauszugeben. · So fehlt alles biographische Klein-Material, das auf Authentizität Anspruch erheben kann; denn was es mit den Berichten von Freunden und Bekannten, und mit dem, was sie von so einem bedeutenden Manne gehört haben wollen, nach der kritischen Seite hin für eine Bewandtnis hat, weiß jedermann. Ist Thackerays Verfügung ein Akt nobler Bescheidenheit? — Jedenfalls hat er damit der Nachwelt geringen Schaden zugefügt. Wie wichtig auch glaubwürdige Feststellungen über die persönlichen Verhältnisse und Beziehungen, und ihren Einfluß auf die Entwickelung, das Schaffen eines Dichters sein mögen, die Hauptsache für die Nachlebenden und die kleineren Leute ist diese Entwickelung selbst. Und nach dieser wichtigsten Seite aller Biographien hätte die reichste Fülle authentischen Detail-Materials für das Leben Thackerays doch wohl nur eine arme Ausbeute geboten: seine Lebensanschauung war früh, geradezu schon mit dem Beginn seiner Veröffentlichungen eine fertige, und ist, wie der Leser aus der Darstellung seiner Schöpfungen ersehen

wird, immer eine einſeitig beſchränkte geblieben. Von jenen
ſchweren Seelen-Kämpfen, in denen der vor eine Reihe dunkler
Fragen des Lebens und Geiſtes geſtellte Genius mit heiligem
Ernſte zu immer größerer Klarheit, zu innerem Frieden ſich durch-
ringt, bemerken wir in ſeinem Entwickelungsgange nichts. Die
folgende kurze Lebensbeſchreibung hat daher nur die Aufgabe, als
Rahmen für das zu zeichnende litterariſche zu Bild dienen und
auf die Beziehungen zwiſchen Schaffen und Leben, ſoweit ſie er-
kennbar ſind, hinzuweiſen.

William Makepeace Thackeray wurde geboren in Calcutta
am 18. Juli 1811. Sein Vater, Richard Thackeray, war, wie
ſein Großvater, Civil-Beamter der indiſchen Geſellſchaft. Seine
Mutter, Anna Becher, war ebenfalls die Tochter eines indiſchen
Beamten und nur 19 Jahre alt, als ihr Sohn geboren wurde.
Schon 1816 wurde ſie Witwe, und Thackeray eine vaterloſe Waiſe.
Einige Jahre ſpäter heiratete ſie den Major Henry Carmichael
Smyth, mit welchem ſein Stiefſohn immer in einem freund-
ſchaftlichen Verhältniſſe lebte. Er ſtarb früher als ſeine Mutter,
der Thackeray immer eine echte kindliche Liebe bezeugte, obgleich
die Harmonie ihres Verhältniſſes durch die Verſchiedenheit der
beiderſeitigen religiöſen Anſchauungen — ſie hing der ſtrengeren,
evangeliſchen Richtung der engliſchen Kirche an — hin und wieder
getrübt wurde.

Als Kind, in ſeinem ſiebenten Jahre, wurde Thackeray nach
England geſandt, um dort erzogen zu werden. Auf der Fahrt
legte das Schiff in St. Helena an, und hier ſah der Knabe den
großen Napoleon zwei Jahre nach ſeinem definitiven Sturze. Er
hat das Ereignis in den „Vier Georgen" (1855/56) beſchrieben.
Zunächſt wurde er wohl der Obhut ſeines gleichnamigen Großvaters, der ſich mit ſeinem in Indien erworbenen Vermögen
einige Meilen nördlich von London in dem Dorfe Hadley bei
Chipping Barnet (Middleſex) niedergelaſſen hatte, anvertraut.
Etwa im 12. Jahre kam er in die Charter Houſe¹) Schule
(Smithfield) nach London, und ſeitdem ſpielte ſich ſein Leben —

einige längere und kürzere Unterbrechungen durch Reisen abge-
rechnet — in der besten Gesellschaft der englischen Metropole ab.

Von Charter House giebt Thackeray eine hübsche Schilderung
in „Vanity Fair": „Es war ein Cisterzienser-Kloster*) gewesen
in alten Zeiten, als Smithfield, welches daran stößt, ein Turnier-
Platz war. Verhärtete Ketzer pflegten dahin gebracht zu werden,
um dicht dabei bequem verbrannt werden zu können. Heinrich VIII
ergriff Besitz von dem Kloster und seinem Zubehör, und hängte und
marterte einige von den Mönchen, welche mit seiner Reformation
nicht Schritt halten wollten. Schließlich kaufte ein großer Kaufmann das Haus und das umliegende Land, in welchem er mit
Hilfe anderer reicher Land- und Geld-Geschenke ein berühmtes
Hospital für alte Männer und Kinder gründete. Eine besondere
Schule erwuchs um diese alte, zum Teil mönchische Stiftung,
welche mit ihren mittelalterlichen Kostümen und Bräuchen noch
existiert; und alle Christen beten, daß sie blühen möge.

„Von diesem berühmten Hause sind einige der höchsten Adligen, Prälaten und Würdenträger Vorsteher; und da die Knaben
eine sehr gute Wohnung, Nahrung und Erziehung, und später
gute Stipendien auf der Universität und kirchliche Pfründen erhalten,
so werden viele kleine Herren von dem zartesten Alter an dem
geistlichen Stande geweiht, und ein bedeutender Wettbewerb findet
statt, wenn Freistellen vakant geworden sind. Sie wurden ursprünglich nur an die Söhne armer und verdienter Geistlichen
und Laien vergeben; aber viele von den abligen Vorstandsmit-
gliedern des Instituts wählten in erweitertem und ziemlich launen-
haften Wohlwollen alle möglichen Gegenstände für ihre Frei-
gebigkeit aus. Eine Erziehung umsonst und eine auskömm-
liche Lebensstellung zugesichert zu erhalten, war ein so ausge-
zeichneter Plan, daß einige der reichsten Leute ihn zu dem ihrigen
machten; und nicht bloß die Verwandten hochgestellter Leute, sondern die letzteren selbst schickten ihre Söhne hin, um diese Chancen

---

*) S. Bemerkung ¹).

zu benutzen. Hochwürdige Prälaten schickten ihre eigenen Vettern
wie die Söhne ihrer Geistlichkeit, während andererseits einige hohe
Abige es nicht verschmähten, die Söhne ihrer vertrauten Diener
zu patronisieren, so daß ein Junge, der in die Anstalt eintrat, eine
sehr gemischte jugendliche Gesellschaft zu seinem Umgange hatte."

Der Regel nach gehören die Schüler jedoch den höheren
Ständen an, und eine in Charter House erlangte Erziehung ist
eine eben solche soziale Auszeichnung wie die viel kostspieligere in
Eton, Harrow oder Winchester. So hat denn auch Thackeray
drei Generationen seiner Helden dort erziehen lassen: Oberst
Newcome — dessen Sohn Clive mit Pendennis, Osborne und
Philip — und den jungen George Osborne mit Rawdon Craw-
leys kleinem Sohne.

Thackeray war anfangs ein gown boy, d. h. er war In-
haber einer Freistelle, und trug als solcher bei festlichen Gelegen-
heiten den mittelalterlichen Talar (gown); und machte nach den
Charter House-Registern, wo er seit 1822 verzeichnet steht, regelmäßige Fortschritte. Später wurde er day boy*) (Extraneus)
und 1828 finden wir ihn als Schüler der ersten Klasse und mo-
nitor, d. h. Gehilfen des Lehrers beim Unterricht. Im übrigen ist
von seiner Schulzeit — er soll sie in der Weihnachts-Erzählung
„Dr. Birch and his Young Friends" geschildert haben — nicht
viel mehr zu berichten als das interessante Faktum, daß er sich
unter seinen Mitschülern als Verfasser satirischer und burlesker
Verse, und besonders als Karikaturen-Zeichner hervorthat — eine
Kunst, der er sein ganzes Leben lang mit Stift und Feder treu
blieb. Der Verfasser von „Thackerayana" hat mit großer Mühe
bei und nach der Versteigerung der Thackerayschen Bibliothek sich
in den Besitz seiner Schulbücher zu setzen gesucht und hat sie
alle mit Bildern bedeckt gefunden, die eine sehr hübsche Vorstellung von seinen Studien und geistigen Interessen geben. Sie
sind zum Teil ganz vortrefflich ausgeführt und würden damals

---

*) Ein Schüler, der nur während des Tages in der Anstalt weilt.

schon dem „Punch" Ehre gemacht haben. Da finden wir seine
Jugend-Erlebnisse verzeichnet: Napoleon auf St. Helena, seine
Mitschüler und Lehrer, die letzteren wenig geschmeichelt. Ein
Bild darunter, das eines Lehrers — vielleicht ist es der ge-
strenge Herr Direktor selbst — der haarscharf um die Ecke schielt,
um einen hinter seinem Rücken gemachten Unfug zu entdecken,
ist ganz ausgezeichnet. Man könnte es als Illustration zu jener
prächtigen und wahrscheinlich autobiographischen Szene im „Pendennis" setzen, wo der Doktor dem jungen Pendennis wieder einmal klar macht, daß er eine Schande seiner Schule, der Ruin
seiner selbst, seiner Familie und seines Vaterlandes werden werde,
wenn — er seinen Horaz nicht besser lernte — das alles in
Gegenwart seines Onkels, der unerwartet in das Schulzimmer
getreten ist und zum Gaudium der Mitschüler hinter dem Rücken
des Direktors die ganze Philippika mitanhört: „ „Was ist das
für ein Gelächter, was ist das für ein nichtsnutziger Junge, der
sich zu lachen untersteht?" donnerte der Doktor." — Daneben zieht
ihn das Leben außerhalb der Thore von Charter House an: wir
sehen einen gelungenen Smithfielder Juden — „a worthy cit" —,
beliebte Theater und Circus-Helden, Darstellungen aus der Antike
(z. B. eine Venus) und — also damals schon richtete sich seine
Satire gegen die sozialen Widersprüche — ein vortrefflich gelun-
genes Portrait eines „highly respectable member of society", das in seiner eleganten Unbedeutendheit den Marquis von
Farintosh darstellen könnte. Selbst die erotische Seite scheint ihm
nicht ganz fern zu liegen: da sehen wir einen lachenden Lebemann,
den von der einen Seite eine schwarze, von der andern Seite
eine weiße Schönheit bedrängt, mit der Unterschrift „Rouge et
Noir". Und in dem ernsten Thukydides findet sich sogar eine
poetische Betrachtung über die Liebe, die nicht viel Ehrfurcht
vor der heiligen Flamme beweist [2]).

Meistenteils sind die Bilder Illustrationen zu des Knaben
Unterricht und Lektüre. Die letztere scheint sich ausschließlich auf
poetische Gegenstände erstreckt zu haben: wir sehen Ali Baba

neben Don Quixote, Rittergestalten, Helden und Räuber aus der
erzählenden Litteratur des 18. Jahrhunderts, das ihn also schon
damals mächtig angezogen haben muß. Das berüchtigte „Schloß
von Otranto"³) ist auf die köstlichste Art ganz durch illustriert.
Desgleichen andererseits die „Geschichte der Alten" von Rollin,
der ihm mit der naiv-unkritischen Art seiner Erzählung einen
reichen Stoff zur Bethätigung seiner satirischen Gabe gewährte.
Daß Rollin noch in diesem Jahrhundert in englischen Schulen
zur Grundlage des geschichtlichen Wissens gewählt wurde, ist
charakteristisch genug; noch charakteristischer aber ist, daß der
Schüler Thackeray seine wissenschaftliche Bedeutung voll und ganz
durchschaute: als Titel-Vignette des 1. Bandes finden wir Clio,
die Muse der Geschichte, eine alte Jungfer in der Tracht aus
dem Anfange dieses Jahrhunderts, mit Brille und Regenschirm,
im Handarbeitskörbchen Federn und eine Posaune, und gestützt
auf einen Haufen „wahrhaftiger Historiker": hier liegt Rollin
mitten unter Shakspere's Historien, Virgil, Homer, Tasso, Or-
lando Furioso, Don Quixote und Münchhausen. Meistenteils
sind die Bilder ins Moderne travestiert. Aeneas macht eine
chevalereske Verbeugung vor Dido mit Fächer und Schoß-
hündchen; Alcibiades, kellnermäßig frisiert, in Sporen und Ka-
nonen, mit Cigarre und Monocle schneidet mit philosophischer
Ruhe einem Hunde den Schwanz ab. In der englischen Ueber-
setzung von Rollin steht wörtlich: „Agesilaus trug seinen Biberhut
mit Blumen bekränzt", um seine Soldaten an den von ihm er-
dichteten Sieg der Lacedämonier glauben zu machen: so steht er,
unmäßig lächelnd, vor uns, im übrigen nur mit einem kurzen
Hemd, Stiefeln und Regenschirm bekleidet. Und so geht es fort
in meist flüchtigen und häufig fehlerhaften, aber immer sprechen-
den Zeichnungen.

Ein Schulfreund, George Venables, schildert den Knaben
folgendermaßen (bei Trollope): „Er kam jung in die Schule —
ein hübscher, freundlicher und ziemlich schüchterner Junge. Obgleich er später eine gelehrte Kenntnis des Lateinischen hatte,

zeichnete er sich in der Schule nicht aus; und ich glaube, daß der Charakter des Direktors Dr. Russel, der energisch, streng und ernst, obgleich nicht hart war, ihm in hohem Grade unsympathisch war. Bei den Knaben, die ihn kannten, war Thackeray beliebt; aber er hatte keine Gewandtheit in den Spielen, und auch wohl keine Freude daran. . . . Er war damals schon bekannt durch seine Fertigkeit, Verse zu machen, meistens Parodien. . . . Er beteiligte sich an einem Plane für eine Schul-Zeitschrift, der keinen Erfolg hatte, und er schrieb Gedichte dafür, die, soviel ich mich erinnere, in ihrer Art nicht schlecht waren."

Es ist interessant, mit diesem Urteil das autobiographische im „Pendennis" zu vergleichen: „Er zeichnete sich als Knabe weder durch Dummheit noch durch großes Wissen aus. Er leistete in der That gerade so viel, als man von ihm verlangte, aber auch nicht mehr; wenn er in etwas einen Vorrang erlangte, so war's im Anfertigen von Versen*). Aber war seine Begeisterung auch noch so groß, der Fluß stockte, wenn er die geforderte Anzahl von Zeilen fertig hatte. . . . Niemals las er etwas außer den Schulstunden zu eigener Förderung; im Gegenteil, er verschlang alle Romane, Novellen, Schauspiele und andere Dichtungen. Er bekam niemals den Stock zu schmecken, aber es war offenbar ein Wunder, wie er der Prügelbank entging. Wenn er Geld hatte, so verthat er es auf fürstliche Weise in Kuchen für sich und seine Freunde. . . . Hatte er keine Barvorräte, so ging es auf Borg. . . . Von Zweikämpfen**) war er von seiner frühesten Jugend ein ebenso abgesagter Feind, wie von der Physik, der griechischen Grammatik oder irgend einer anderen Schularbeit, und pflegte sich auf keines von alledem einzulassen, wenn ihn nicht die höchste Not dazu drängte. Selten, wenn überhaupt je, sagte er die Unwahrheit, und niemals bramarbasierte er kleinere Jungen nieder."

---

*) Den in englischen Schulen als Schulaufgabe beliebten Hexametern.

**) In einem solchen wurde ihm das Nasenbein zerschlagen.

Daß Thackerays Erinnerungen an seine Schulzeit keine vorwiegend freundlichen waren, geht aus der Art hervor, wie er in
seinen ersten Schriften davon spricht: er nennt den unheimlichen
Gebäude-Komplex von Charter House in der unsauberen Umgebung von Smithfield: Slaughter House (Schlachthaus); und erst in
späteren Jahren erscheint ihm die Schule in milderem Lichte; das
„Grey Friars", in welchem Clive Newcome erzogen wird und
dessen Vater seine Tage beschließt, ist doch mit einer gewissen Verehrung geschildert. Jedenfalls war er nicht eine Natur, die die
männlich-kräftigende Seite der englischen Erziehung so voll zu
würdigen verstand, wie ein Thomas Hughes, der in „Tom
Brown's Schooldays" von den herrlichen, Kraft und Gewandtheit
entwickelnden Knabenspielen, von dem frischen Zusammenleben
einer Mut und Unabhängigkeitssinn über alles schätzenden Jugend
mit Begeisterung spricht. Thackerays Sensibilität empfand nur
die rohen Seiten, die freilich in diesem Leben nicht fehlen.

Seine Universitäts-Laufbahn in Cambridge, dauerte nur von
1828—30 und kann wohl nur wenig seine Schulbildung vertieft
haben, wie er auch keinen Grad erlangte. Vielleicht ging es
ihm, wie dem jungen Pendennis, der „anstatt seine Zeit in dem
Verfolg regulärer schulmäßiger Studien vorteilhafter zu verwen-
den, der Komposition weltlicher Balladen hingegeben war, die er
nach Universitäts-Brauch auf den Gelagen sang". Er begann
hier sein litterarisches Schaffen. Im Jahre 1829 erschien in
Cambridge ein kleines Journal, „The Snob: a Literary and
Scientific Journal" [1]), für das er, wenn er nicht vielleicht selbst
bei der Herausgabe beteiligt war, wenigstens Beiträge lieferte [2]).
Wir dürfen hier vielleicht die erste Idee zu den viel später erschienenen „Snob Papers" entdecken. Diesem äußerst kurzlebigen
Blatt folgte im nächsten Jahre „The Gownsman (Der akade-
mische Bürger)" [3]), für den Thackeray ebenfalls thätig gewesen
sein soll. Auch auf der Universität scheinen ihm vorwiegend die
Schattenseiten des Lebens ins Auge gefallen zu sein: er hat in
seinen Werken niemals etwas Gutes von den englischen Hoch-

schulen zu sagen gewußt, und eine aus der „Shabby Genteel Story"
anzuführende Stelle enthält ein Verdammungs-Urteil über das System und die intellektuellen und sittlichen Erfolge der englischen akademischen Bildung, wie es vernichtender nicht gedacht werden kann.

Wir werden schwerlich fehl gehen, wenn wir die Schilderung
des Universitäts-Lebens seines Helden Arthur Pendennis als die
seines eigenen betrachten. Seine Studien scheinen demnach mehr
von augenblicklichen Neigungen als von dem systematischen Hin-
streben nach einem gewissen Ziele bestimmt worden und hinter der
Erwerbung eines gentilen „Tones", in welchem · er die andere
Hauptaufgabe des akademischen Lebens erkennt (A Shabby Genteel
Story), einigermaßen zurückgeblieben zu sein. Jedenfalls hat er
die weltlichen Freuden des Studentenlebens gründlich genossen.
Hier erwarb er seine Fertigkeit im Reiten — wie die zahlreichen
Pferde-Studien unter seinen Zeichnungen aus dieser Zeit be-
weisen — hier seine Neigung zu distinguiertem Auftreten, und
die Gewandtheit im Verkehr mit Höherstehenden.

Erwähnenswert ist von seiner Universitäts-Laufbahn noch,
daß er unter den Mitgliedern des Trinity College, dem er ange-
hörte, auch den später berühmten Dichter Tennyson fand; er schloß
mit dem damals unbekannten Jünglinge eine Freundschaft, die
bis zu seinem Tode ununterbrochen gewährt, und war immer
einer der aufrichtigsten Bewunderer seiner Dichtungen.

Im Jahre 1830 finden wir Thackeray in Weimar, wo er
mit einer Anzahl junger Engländer, wie er es beschreibt, „zum
Studium, Vergnügen und der Gesellschaft wegen" sich aufhielt.
Ein Universitäts-Freund, Mr. W. G. Lettsom, war dort Attaché
der englischen Gesandtschaft und in der Lage, Thackeray in die
besten Kreise auch bei Hofe einzuführen. Er verkehrte hier viel
mit dem schönen Geschlechte und die drei Liebschaften, die in den
Bekenntnissen Fitz Boodle's geschildert werden*), scheinen wohl

*) Freilich nur in „Fraser's Magazine": „Miß Löwe" (Oct. 1842),
„Dorothea" (Jan. 1843) und „Ottilia" (Febr. 1843) — in seinen
„Miscellanies" fehlen sie.

auf eigenen Erlebnissen des Dichters zu beruhen. Es machte
ihm damals Freude, in die Albums der Damen seine Karikaturen
einzuzeichnen, die er, als er nach sehr langer Zeit wieder nach
Weimar kam, dort noch aufbewahrt fand. Die großartigste Karikatur zeichnete er 15 Jahre später in „Vanity Fair" in dem Groß-
herzogtum „Pumpernickel", das kein anderes als Sachsen-Weimar
ist. Unter den Bildern aus dieser Zeit in „Thackerayana" finden
wir auch zwei Skizzen Göthes, die indessen beide nicht gelungen
sind. Ueber seine Beziehungen zu Göthe, sowie über sein Wei-
marer Leben giebt Thackeray selbst die beste Auskunft⁷):

„Was ich Ihnen von Weimar und Göthe erzählen kann, ist
leider nur sehr wenig. Vor fünfundzwanzig Jahren hielten sich in
Weimar einige zwanzig junge Engländer zu ihrer Ausbildung oder
zum Vergnügen auf, denn beides war in der freundlichen kleinen
Residenz zu haben. Der Großherzog und die Großherzogin em-
pfingen uns höchst freundlich und gastfrei. Der Hof war glänzend,
aber dabei sehr angenehm und einfach. Wir wurden abwechselnd
zu Diners, Bällen und Gesellschaften eingeladen. Wer von uns
das Recht dazu hatte, erschien in Uniform; die anderen erfanden
sich kühne Phantasie-Uniformen, und der freundliche alte Hofmar-
schall von Spiegel (der zwei der lieblichsten Töchter hatte, die
meine Augen je gesehen) machte jungen Engländern keine Schwierigkeiten. An Winterabenden nahmen wir meistens Sänften und
ließen uns darin zu den heiteren Hoffesten tragen. Ich meiner-
seits war so glücklich, Schillers Degen zu erhandeln und damit
mein Hofkostüm zu vervollständigen; noch jetzt hängt er in meinem
Arbeitszimmer und erinnert mich an die freundlichsten und ver-
gnügtesten Tage meiner Jugend.

„Wir waren in der kleinen Stadt mit allen Leuten aus der
Gesellschaft bekannt, und wenn die jungen Damen von der ersten
bis zur letzten nicht so vorzüglich englisch gesprochen hätten, so
hätten wir gewiß das beste Deutsch lernen können. Der gesellige
Verkehr war sehr belebt. Die Hofdamen hatten ihre bestimmten
Abende. Theater war zwei- oder dreimal die Woche, wir waren

da wie in Familie. Goethe hatte sich von der Leitung zurückgezogen, aber die großen Traditionen früherer Zeiten lebten noch
fort. Das Theater wurde sehr gut geleitet, und neben den vortrefflichen Mitgliedern der weimarschen Bühne selbst gaben im
Winter berühmte Schauspieler und Sänger aus ganz Deutschland
Gastrollen. In jenem Winter trat, wie ich mich erinnere, Ludwig
Devrient als Shylock, Hamlet, Falstaff und Franz Moor auf und
die schöne Schröder (-Devrient) als Fidelio.

„Nach dreiundzwanzigjähriger Abwesenheit verlebte ich wieder
ein paar Sommertage in dem unvergeßlichen Städtchen und war
so glücklich, einige Freunde aus meiner Jugendzeit zu treffen.
Frau von Goethe war da und empfing mich und meine Töchter
mit alter Freundlichkeit. Wir tranken Thee im Freien bei dem
wohlbekannten Gartenhause, wo ihr berühmter Vater so oft gewohnt hat und welches noch im Besitz der Familie ist.

„Obgleich sich Goethe von der Welt zurückgezogen hatte, sah
er doch gerne Fremde bei sich. Am Theetisch seiner Schwiegertochter war immer ein Platz für uns offen. Manche Stunde
haben wir da gesessen und manchen Abend mit der angenehmsten
Unterhaltung und Musik verbracht. Auch lasen wir endlose Romane und Gedichte, französische, englische und deutsche. Ich hatte
in jenen Tagen meine Lust daran, Karikaturen für Kinder zu
zeichnen, und fand nun mit wahrer Rührung, daß sie noch nicht
vergessen, ja zum Teil noch erhalten waren, und damals als
junger Mensch war ich sehr stolz, als ich erfuhr, der große Goethe
habe sich einige davon angesehen.

„Goethe blieb meist auf seinem Zimmer, wo nur sehr wenige
begünstigte Personen Zutritt hatten, aber er ließ sich alles erzählen, was vorging, und interessierte sich für alle Fremden.
Wenn ihm ein Gesicht gefiel, so war ein Künstler da, der es
porträtierte. Er hatte eine förmliche Gallerie von Köpfen, die
dieser Künstler in Kreide gezeichnet hatte. Sein Haus war voll
von Bildern, Zeichnungen, Abgüssen, Statuen und Medaillen.

„Natürlich erinnere ich mich noch ganz gut, mit welcher Auf-

regung ich als ein Burſch von neunzehn Jahren die lang er-
wartete Ankündigung empfing, der Herr Geheimrat wolle mich
an dem und dem Tage ſprechen. Dieſe denkwürdige Audienz
fand in einem kleinen Vorzimmer ſeiner Privatgemächer ſtatt,
welches rings mit Abgüſſen von Antiken und Basreliefs bedeckt
war. Goethe war in einen langen grauen oder bräunlichen
Oberrock gekleidet, hatte ein weißes Halstuch um und trug ein
rotes Bändchen im Knopfloch. Die Hände hielt er auf den
Rücken, genau ſo wie auf Rauchs Statuette. Seine Geſichts-
farbe war ſehr friſch, klar und roſig; die Augen außerordentlich
dunkel, durchdringend und glänzend. Ich war förmlich bange
vor ihnen und erinnere mich noch, daß ich ſie mit den Augen
eines Romanhelden aus meiner Jugendzeit verglich, der mit einem gewiſſen Jemand im Bunde ſtand und bis zu ſeinem Lebensende dieſe Augen in ihrem vollen ſchrecklichen Glanze behielt.
Goethe machte mir den Eindruck, als müſſe er in ſeinem Alter
noch ſchöner ſein, als er in den Tagen ſeiner Jugend geweſen.
Seine Stimme klang ſehr voll und angenehm. Er fragte mich
mancherlei über mich ſelbſt, ich antwortete ihm, ſo gut ich konnte.
Ich erinnere mich, daß ich zuerſt erſtaunte und dann mich etwas
erleichtert fühlte, als ich merkte, daß er franzöſiſch mit keinem
guten Accent ſpreche.

　„Im Ganzen habe ich ihn nur dreimal geſehen. Das eine
Mal ging er in ſeinem Garten am Frauenplan ſpazieren; das
andere Mal wollte er ausfahren und trug eine Kappe und einen
Mantel mit rotem Kragen. Er liebkoſte grade ſeine kleine
Enkelin, ein ſchönes Kind mit goldenen Locken, über deſſen ſüßem
Antlitz ſich auch ſchon längſt die Erde geſchloſſen hat.

　„Wer von uns Bücher oder Zeitſchriften aus England bekam, ſchickte ſie ihm zu, und er ſtudierte ſie eifrig. Fraſer's Ma-
gazin war damals noch neu, und wie ich mich erinnere, intereſ-
ſierten ihn die vorzüglichen Porträtſkizzen, die es eine Zeit lang
brachte. Aber eine ſehr häßliche Karikatur, die auch da erſchien,
legte er ärgerlich aus der Hand. „Solch ein Geſicht möchte man

mir auch gern geben", sagte er. Ich muß aber gestehn, daß ich mir etwas klarer, majestätischer und gesunder Aussehendes, als der große Goethe war, nicht denken kann.

„Obgleich seine Sonne zum Untergange sich neigte, war doch der Himmel ringsum freundlich und hell, und das kleine Weimar erglänzte von dem Lichte. In all den lieben Gesellschaften betraf die Unterhaltung noch immer Kunst und Litteratur. Das Theater hatte zwar keine außergewöhnlichen Schauspieler, wurde aber mit schönem Verständnis geleitet. Die Schauspieler lasen und stu-bierten, waren Leute von Anstand und Bildung und standen zu dem Adel in einem leidlichen Verhältnis. Bei Hofe war die Unterhaltung außerordentlich freundlich, einfach und fein. Die (jetzt verwitwete) Großherzogin, eine hochbegabte Dame, borgte Bücher von uns, lieh uns die ihrigen und ließ sich herab, mit uns jungen Leuten über unsern Geschmack und unsere Studien in der Litteratur zu sprechen. Die Achtung, welche der Hof dem Dichtergreise erwies, ehrte beide, den Fürsten wie den Unterthan. Zwischen den glücklichen Tagen, von denen ich spreche, und heute liegt eine fünfundzwanzigjährige Erfahrung und ein Verkehr mit unendlich verschiedenartigen Leuten; aber ich kann auch heute noch sagen, daß ich eine einfachere, liebevollere, höflichere und feiner gesittete Gesellschaft nie gesehen habe, als in der lieben kleinen Stadt, wo der gute Schiller und der große Goethe lebten und begraben liegen."

Thackeray, ursprünglich für die juristische Laufbahn bestimmt, muß sich in Weimar schon klar geworden sein, wie wenig ihm dieser Beruf genügen konnte, und den Entschluß, sich der Malerei zu widmen, gefaßt haben. Von hier, also wahrscheinlich im Be-ginn des Jahres 1832, ging er nach Rom*) und lebte dort der Kunst und den geselligen Freuden, wie Clive Newcome. Daß das betreffende Kapitel des Romans ein autobiographisches ist,

---

*) Sonderbarerweise wird dieser römische Aufenthalt von Trollope nicht erwähnt.

zeigt schon der erste Satz: „Wenn Clive Newcome einmal alt
wird, so wird er sich sicherlich an seine römischen Tage erinnern
als die glücklichsten, welche das Schicksal ihm zugeteilt hat. Die
Einfachheit des Lebens der jungen Maler dort, die Größe und
der freundliche Glanz der ihn umgebenden Szenen, die ergötzliche
Natur des Berufes, dem er ergeben ist, die muntere Gesellschaft
der Kameraden, die ein ähnlicher Beruf mit gleicher Freude er-
füllte, die Arbeit, das Nachdenken, der folgende Feiertag und das
frohe Gelage müßten die Kunstjünger zu den glücklichsten Menschen
ihres Alters machen, wenn sie nur ihr eigenes Glück kennten.
Ihre Arbeit ist größtenteils wonnig leicht. Sie strengt das
Hirn nicht zu sehr an, sondern beschäftigt es fast unmerklich, und
mit einem dem Studierenden äußerst angenehmen Gegenstande ....
Wer an seiner Thür vorbeigeht, wird ihn wahrscheinlich singen
hören vor seiner Staffelei. Ich möchte wissen, welcher junge
Jurist, Mathematiker oder Theolog über seinen Bänden singen
nnd gleichzeitig mit seiner Arbeit vorrücken kann? .... Was für
ein tapferes, hungerndes, freigebiges, freundliches Leben viele von
ihnen führten! Welche Komik in ihrem grotesken Aeußeren, wieviel Freundschaft und Herzlichkeit bei ihrer Armut! ... Wie erhaben Federigo von dem ihm geschehenen Unrecht zu reden wußte,
von der Akademie zu Hause, einem Haufen von Handwerkern,
welche von der hohen Kunst keine Ahnung und nie ein gutes
Bild gesehen hatten! Mit welchem Hochmut Augusto auf den
Soireen Sir Johns umherstolzierte, obgleich jeder wußte, daß er
von Fernando den Frack und von Luigi die Lackstiefeln geborgt
hatte. Wenn einer oder der andere krank war, wie edel und
großmütig seine Genossen sich um ihn schaarten, um ihn zu trösten,
wie sie abwechselnd den Kranken Fiebernächte hindurch pflegten,
und von ihren geringen Mitteln beisteuerten, um ihm durch die
Not zu helfen. Max, der so gern schöne Kleider trägt und den
Karneval besucht, versagte sich ein Kostüm und einen Wagen,
um Paul unterstützen zu können. Als Paul sein Bild verkaufte
(durch Vermittelung Pietros, mit dem er Streit gehabt und der

ihn dann an einen Mäcen empfahl), gab er ein Drittel des Geldes an Max zurück, und brachte ein anderes Drittel zu Lazaro, der ein armes Weib und Kinder hatte, und dem den ganzen Winter nicht ein einziger Auftrag geworden war — und so ging die Geschichte weiter. . . . .

„Dann, neben den Malern, hatte Clive, wie er uns berichtet hat, die andere Gesellschaft Roms. Jeden Winter ist eine fröhliche und gemütliche englische Kolonie in jener Hauptstadt. In Clives Jahr hatten einige sehr nette Leute ihre Winterquartiere in dem gewöhnlichen Fremden-Viertel um die Piazza di Spagna aufgeschlagen. Ein paar der Herren hatte er beim Jagen kennen gelernt; andere hatte er während seines kurzen Auftretens in der Londoner Gesellschaft getroffen. Da er ein Jüngling von großer persönlicher Beweglichkeit und dadurch zu der anmutigen Ausführung von Polkas u. s. w. geeignet war, außerdem gute Manieren, gutes Aussehen und guten Kredit beim Prinzen Polonia oder irgend einem anderen Bankier hatte, wurde Mr. Newcome (-Thackeray) von der anglo-römischen Gesellschaft freudig willkommen geheißen; und war ebenso gern gesehen in seinen Häusern, wo man Thee trank und Galopp tanzte, wie in jenen dämmerigen Tavernen und obskuren Wohnungen, wo seine bärtigen Kameraden, die Maler, ihre Zusammenkünfte hatten.

„Jeden Tag und Abend auf Abend zusammengeworfen, in denselben Gemälde- und Skulpturen-Galerien sich drängend, auf denselben Pincio-Fahrten, bei denselben kirchlichen Ceremonien sich treffend, werden die englischen Kolonisten in Rom nothwendig bekannt und in vielen Fällen befreundet . . . . Die Wahrheit ist, daß unsere Landsleute im Auslande angenehmer sind als zu Hause: äußerst gastfrei, freundlich und eifrig bestrebt, es sich selbst und anderen wohl sein zu lassen . . . . .

„Als eine nach der anderen von den netten Familien, mit denen Clive seinen glücklichen Winter verlebt hatte, verschwanden, als Admiral Freemans Wagen davon fuhr, dessen hübsche Töchter er in der St. Peterskirche überrascht hatte, wie sie St. Peters

2*

Zehe küßten; als Dick Denbys Familien-Arche erschien mit allen den lieben kleinen Denbys, die ihm Lebewohl-Küsse aus dem Fenster zuwarfen; als jene drei reizenden Miß Baliols, mit denen er den prächtigen Tag in den Katakomben verlebt hatte, als ein Freund nach dem anderen die große Stadt verließ mit freund- lichen Grüßen, warmen Händedrücken und der ausgesprochenen Hoffnung, daß man in einer noch größeren Stadt an den Ufern der Themse sich wiederfinden werde, sank Clive das Herz." Auch er packt seine sieben Sachen und zieht gen Norden. Und das Resultat seiner Kunststudien? — „Er seinerseits hatte keine Ge- mälde gemalt, obgleich er ein Dutzend begonnen und dann mit der Vorderseite gegen die Wand gestellt hatte, aber er hatte skizziert und biniert, geraucht und getanzt."

Ebenso amüsant und, wie es scheint, etwas lehrreicher ge- staltete sich Thackerays Leben in Paris, wohin er sich von Rom direkt oder auf Umwegen begab. Er schildert es in „The Paris Sketch Book". „Das Malergewerbe in Frankreich ist ein sehr gutes; besser gewürdigt, besser verstanden und im allgemeinen viel besser bezahlt als bei uns. Es giebt ein Dutzend ausgezeichnete Schulen, in welche ein Bursche hier eintreten und unter den Augen eines geübten Meisters die Anfangsgründe seiner Kunst lernen kann für etwa 10 Lstrl. jährlich. Dafür hat der junge Mann alles, was der Unterricht erfordert, Modelle rc.; und hat ferner umsonst zahllose Anregungen, sein Fach zu studieren. Die Straßen sind voll von Kunsthandlungen, die Leute selbst sind wandelnde Gemälde; die Kirchen, Theater, Restaurants, Konzert- Hallen sind mit Gemälden bedeckt; die Natur selbst ist ihm freund- lich gesinnt; denn der Himmel ist klar und schön, und die Sonne scheint den größeren Teil des Jahres. Dazu kommen die Anre- gungen des Egoismus, die ganz ebenso mächtig sind: ein fran- zösischer Künstler wird anständig bezahlt — denn 500 Lstrl. jähr- lich ist viel, wo alle arm sind — und hat eine Stellung in der Gesellschaft, die eher über als unter seinem Verdienst ist, er wird von Wirten und Wirtinnen gehätschelt hier, wo Titel verlacht

werden, und ein Baron von nicht größerer Wichtigkeit ist als der
Commis eines Bankiers.

„Das Leben des jungen Künstlers hier ist die denkbar leich-
teste, fröhlichste und schmutzigste Existenz. Er kommt meist mit
16 Jahren aus der Provinz nach Paris; seine Eltern geben ihm
vierzig Pfund jährlich und bezahlen seinen Lehrer: er nimmt
Wohnung im Quartier Latin oder in dem Viertel von Notre
Dame de Lorette, welches ganz von Malern bevölkert ist; er
kommt zu ziemlich früher Stunde in sein Atelier und arbeitet
unter einem Haufen von Kameraden, die so munter und so arm
sind wie er: Jeder raucht seinen Lieblings-Knaster; und die Gemälde werden innerhalb einer Rauchwolke gemalt und in einem
Lärm von Witzen und auserwähltem französischen Slang, und
in einem Gebrüll von Chören, wovon sich niemand einen Begriff
machen kann, der nicht selbst einer solchen Versammlung beige-
wohnt hat . . . . .

„Diese jungen Leute benehmen sich (wie auch die Studierenden
der Wissenschaften) zu dem nüchternen Bürger genau so, wie der
deutsche Bursch zu dem Philister: von der Höhe ihrer Armut
blicken sie auf ihn mit der denkbar größten Verachtung hinab —
einer Verachtung, von der, glaube ich, der Bürger geblendet wird,
denn sein Respekt vor den Künsten ist ganz bedeutend. Die Sache
liegt ganz anders in England, wo eine Gewürzkrämers-Tochter
eine Mesalliance einzugehen glauben würde, wenn sie einen
Maler heiraten sollte*) . . . . Dieses Land ist sicher das Para-
dies der Maler."

In Paris ging es Thackeray genau so, wie Clive Newcome:
mittelmäßiges Talent, geringer Eifer, das anstrengende Leben in
fashionablen Kreisen — er war 1832 in den Besitz seines Ver-

---

*) Eine hübsche Illustration für die gesellschaftliche Stellung
der Maler in England bietet der Roman „Die Newcomes", in welchem der Malerberuf Clives eine Hauptursache des Unglücks seines
Lebens ist.

mögens von etwa 10,000 Lstrl. gekommen — ließen ihn zu keinem nennenswerten Erfolge kommen. Immerhin brachte er es
so weit, daß er später seine eigenen Werke illustrieren konnte:
und Trollope spricht mit großer Anerkennung von diesen Bildern,
die, wenn auch vielfach fehlerhaft gezeichnet, doch genau den dargestellten Charakter wiedergaben und als Illustrationen vortrefflich waren. Ein Freund, der ihn seiner Zeit in Paris gekannt
hat, sagt von ihm („Edinburgh Review. 1848"), daß seine Begabung eine Hogarthische war, und daß er im ernsten Genre
schwerlich etwas geleistet haben würde, in Federzeichnungen dagegen vortrefflich war. Vollkommen Hogarthisch ist seine einzige
selbständige Leistung auf dem Gebiete der bildenden Kunst: die
unter dem Titel „Flore et Zephyr, Ballet Mythologique, par
Théophile Wagstaff" 1836 in London und Paris erschienenen
9 Stiche, welche das Leben eines Tänzerpaares, natürlich in sa-
tirischem Tone, darstellen. „Thackerayana" beschreibt sie als in
hohem Grade vollendet. In demselben Jahre erbot er sich
Dickens gegenüber, seine „Pickwick Papers", die damals gerade
in Lieferungen erschienen, zu illustrieren, und machte so die Bekanntschaft seines großen Nebenbuhlers. Er wurde indessen abgewiesen.

Es ist interessant zu erfahren, daß Thackeray, während er
mit seiner malerischen Ausbildung beschäftigt war, gleichzeitig sich
der litterarischen Produktion ergab. Das Interesse, das ihm das
Pariser Leben einflößte, gab ihm kleine Aufsätze über Kunstgegen-
stände und andere Themata ein, die zum Teil wol später in
seinem „Paris Sketch Book" verarbeitet wurden. Das erste
größere charakteristische Produkt des Thackerayschen Genius ist
eine Satire auf die damals populäre Bulwersche Afterdich-
tung, die bereits im Jahre 1832 in „Fraser's Magazine" (Sept.-
und Okt.-Nummer) erschien: sie führt den Titel „Elizabeth
Brownrigg: a Tale" und ist eine vernichtende Parodie auf Bul-
wers „Eugen Aram". Der Verfasser erzählt, daß er auf allen Gebieten der Poesie eine große Anzahl von Dichtungen verfaßt habe,

die ihm, wenn auch mit großen Lobeserhebungen, von den Buch=
händlern zurückgeschickt worden wären, weil sie bei allen leuchtenden
Vorzügen den großen Fehler hätten, „nicht zeitgemäß" zu sein.
Schließlich habe er nach einer Leihbibliothek geschickt und die neueste
beliebteste Dichtung verlangt: man habe ihm „Eugen Aram" *) ge=
sandt. Und daraus habe er denn erfahren, auf welchem Wege er
sich bei dem Publikum beliebt machen könne, und die großen Fehler
seines bisherigen Schaffens erkannt. Bisher sei er einer älteren
Schule gefolgt, welche die Menschen zeichnete, wie sie in Wirklichkeit
waren, die Ereignisse möglichst natürlich eins aus dem anderen
hervorgehen ließ, und die Liebe des Lesers für die Guten, seinen
Haß gegen die Bösen zu erregen strebte. Das letztere sei ein be=
sonders schwerer faux pas gewesen: das Richtige sei vielmehr —
das sähe er jetzt ein — Tugend und Laster in einer Menschen=
seele so unentwirrbar zu vermengen, daß der Leser außer stande
sei, der einen oder dem andern den Vorzug zu geben, daß beide
überhaupt garnicht von einander zu unterscheiden seien. Er habe
sich deshalb zunächst an das Newgater Zuchthaus gewandt, um
einen zartfühlenden, edelmütigen, empfindungsreichen, hochsinnigen
Menschen zu finden, der schon einmal um Geldes willen einem
seiner Mitmenschen die Kehle abgeschnitten habe und infolgedessen
zum Romanhelden hervorragend qualifiziert sei. Da diese Men=
schen aber leider, wie er sich zu spät erinnert habe, gleich nach
dem Bekanntwerden ihrer heroischen Eigenschaften immer gehängt
würden, so habe er dort kein Modell finden können. Er habe
darum zu der ganz gewöhnlichen Mörderin Elisabeth Brownrigg
greifen müssen; habe sie indessen seinem erhabenen poetischen
Zwecke entsprechend geadelt und sie von einem Sattlersweibe und
der Hebamme eines Armenhauses erhoben zu einer vermögenden
jungen Dame von berückender Schönheit, einer strengen und ge=
lehrten Moralphilosophin und der gütigen Fee eines Dorfes, u. s. w.
Jeder Kenner sieht darin den Stil des großen Satirikers, der

---

*) Erschienen 1832.

dieses Mal mit seiner Satire ein gutes Werk verrichtete: es
ist wirklich erfreulich, zu erfahren, daß diese abscheuliche, unsitt-
liche Sensations-Geschichte gleich bei ihrem Erscheinen die verdiente scharfe Züchtigung erhalten hat. Es macht dem Kunstver-
stande des 21 jährigen Thackeray große Ehre, daß er den wahren
Charakter der meisten Bulwerschen Dichtungen durchschaute und
so die glänzende realistische Periode, welche in wenigen Jahren
mit dem Erscheinen von Dickens „Skizzen" begann und neben seinem eigenen Namen wie Charlotte Bronte, George Eliot und
Ch. Kingsley aufweist, gewissermaßen einläutete.

Seines Vermögens ging Thackeray in wenigen Jahren verlustig, teils durch eigenen Leichtsinn, teils durch unbesonnene Spekulationen. Kein Dichter hat uns so zahlreiche und gelungene
Porträts von Spielern geliefert — in „Barry Lindon" schildert
er ein Spielerleben — keiner den sittlichen Ruin als den Erfolg
der Spiel-Leidenschaft in so grellen Farben gemalt als Thackeray.
Diese Schilderungen beruhen auf Erfahrungen, die er während
seines Pariser Lebens an sich selbst gemacht hat: einen großen
Teil seines nicht unbeträchtlichen Vermögens hat er im Spiel
verloren — nicht das ganze, wie lange geglaubt worden ist. Der
Rest ging in litterarischen Spekulationen verloren. „The national
Standard"[8]), ein kritisches Journal, war soeben gegründet worden
von einem Weinhändler und Wechselreiter im Verein mit einem
Geistlichen, der ein Universitäts-Freund des Dichters war, als
Thackeray sich von dem letzteren überreden ließ, das Blatt zu
kaufen. Alle schönen Hoffnungen, die er an die Herausgabe geknüpft hatte — „den Geschmack des Publikums zu bilden. Mo-
ralität und gesunde Litteratur durch die ganze Nation zu verbreiten
und einen reichlichen Lohn für die von ihm geleisteten Dienste
einzuernten" — erfüllten sich nicht: das Blatt hielt sich nur ein
Jahr, und die darauf verwandten Mittel waren verloren. Jenen
beiden Edlen hat er ein zweifaches Denkmal gesetzt unter den
Namen Sherrick und Honeyman. In „Lovel der Witwer" erzählt er den ganzen Handel, und in den „Newcomes" hat er ein

ausgeführtes und vortreffliches Bild dieses salbungsvollen, gleis-
nerischen „Honigmann" gegeben, „jenes geliebten und populären
Predigers, jenes eleganten Geistlichen, an den Miß Blanche
Sonette richtet, und den Miß Beatrice zum Thee einladet; der
Lächeln auf seinen Lippen trägt, freundliches Mitgefühl in seinem
Tone, harmlose Munterkeit in seiner Sprache; der schmelzend, er-
hebend und erschütternd wirkt von der Kanzel; bezaubernd bei der
Theekanne und dem sanften Butterbrod" — der aber in seinem
Hause „einige Skelette" beherbergt und manche Nacht schlaflos
verbringt. — Bei einem zweiten litterarischen Unternehmen, der
mit seinem Stiefvater gemeinsam gegründeten ultra-liberalen Zei-
tung „The Constitutional and Public Ledger" büßte Thackeray
sein letztes Geld ein. Das Blatt lebte nur neun Monate, von
September 1836 bis Juli 1837.

So war er nun ganz auf seine eigene Kraft gestellt. Und
da er eingesehen hatte, daß er als Maler keine Erfolge erzielen
würde, oder besser: daß er nicht die Energie haben würde, etwas
Erhebliches zu leisten — Clive Newcome hätte, wenn er fleißig
gewesen wäre, ein tüchtiger Porträt-Maler werden können — so
lag der litterarische Beruf nach so mannigfachen Versuchen auf
diesem Felde ihm sicherlich am nächsten.

Ueber den Beginn seiner litterarischen Karriere erhalten wir
interessante Aufschlüsse in dem biographischen Roman „Pendennis",
der sehr lehrreiche Kapitel enthält über den Ursprung und das
Werden dessen, was man die Litteratur einer Zeit nennt, über
den Kampf junger Kräfte um die öffentliche Anerkennung, über
die Herrschaft Fortunas, die auch auf diesem Gebiete gedankenlos
ihre Palmen austeilt und versagt, über gewissenlose litterarische
Lohnarbeit und unbelohnte Geistesthaten. Für den Anfänger,
der unkundig der Gefahren, die ihn auf Schritt und Tritt be-
lagern, die litterarische Rennbahn betritt, giebt es nichts Em-
pfehlenswerteres, als die Erfahrungen, welche Pendennis in
seinem Berufe macht, kennen zu lernen. Was uns für diese
Stelle interessiert, ist, die Vorsätze und Hoffnungen kennen zu

lernen, die Thackeray im Beginne seiner Karriere beseelten, und die er uns von Pendennis beichten läßt.

„So ist es denn wahr, dachte Pendennis, wie er auf seinem Bette lag und nach dem glänzenden Monde draußen blickte, so ist es denn wahr, daß ich endlich mein Brot verdienen werde, und zwar mit meiner Feder? Daß ich meine liebe Mutter nicht länger arm machen werde: und daß ich vielleicht einen Namen und Ruhm in der Welt gewinnen werde? Diese sind willkommen, wenn sie kommen, dachte der junge Träumer, und er lachte und errötete, obgleich allein und in der Nacht, wenn er sich vergegen= wärtigte, wie von Herzen er der Ehre und des Ruhmes froh werden würde, wenn sie sein werden könnten. Wenn das Glück mir hold ist, greife ich es; wenn es finster blickt, verzichte ich darauf. Ich bitte Gott, daß ich ehrlich bleiben möge, ob Miß= lingen oder Erfolg mir wird. Ich bitte Gott, daß ich die Wahr= heit sagen möge, so weit ich sie nur kenne; daß ich nicht von ihr abgelenkt werden möge durch Schmeichelei oder Interesse oder persönliche Feindschaft oder Partei=Vorurteil. Teuerste alte Mutter, wie stolz wirst du sein, wenn ich irgend etwas thun kann, das deines Namens würdig ist.“

Und Pendennis hält fest an seinem Vorsatze, als sein Re= dakteur Shandon ihm die Aufgabe stellt, eine tüchtige Arbeit aus feindlichem Lager herunterzumachen: „Ich will zu meiner Partei stehen wie ein Brite“, erwidert er ihm, „ich will so gut= mütig zu unserer Seite sein, wie Sie wollen; und ich will den Feind treffen, so hart sie wollen — aber mit ehrlichem Spiel, wenn Sie erlauben. Man kann wohl nicht alles sagen, was wahr ist; aber man darf nichts sagen, als was wahr ist; und bei Gott! ich wollte lieber Hungers sterben und niemals wieder einen einzigen Pfennig mit meiner Feder verdienen, als einem Gegner einen unehrlichen Schlag versetzen, oder, berufen, ihm seine Stelle anzuweisen, ihn tiefer stellen, als er redlich ver= dient hat.“

Thackeray hat gehalten, was er als Pendennis gelobt. Wir

werden nicht alle Seiten seiner litterarischen Thätigkeit mit Anerkennung behandeln können; wir werden auch nicht behaupten
wollen, daß alles, was Thackeray gesagt hat, wahr ist, zumal
wenn wir öfters in denselben Schriften das Entgegengesetzte als
wahr behauptet finden. Aber niemand wird in seinen Schriften
eine Stelle finden können, in der er aus irgend einem unedlen
Motive mit Bewußtsein etwas Unwahres gesagt hat. Der Brust-
ton ehrlicher Ueberzeugung macht seine unhaltbarsten Lebensanschauungen immer wenigstens genießbar.

Daraus folgt nun freilich nicht, daß er nie ein Wort geschrieben
hätte, das nicht aus einem gründlichen Studium des Gegenstandes,
einer gewissenhaft reiflichen Ueberlegung hervorgegangen wäre.
Zu denjenigen Journalisten, die ihren Beruf als eine hohe, ver-
antwortungsvolle Pflicht auffassen, hat er — leider! — nicht gehört. Es findet sich in dem ersten Jahrzehnt seines Schaffens viel
flüchtige Augenblicks-Arbeit, die nur im Hinblick auf den klingenden
Sovereign geschrieben ist; und er selbst hat später die Verantwortung für jede Zeile aus der Zeit seines Penny-a-linertums
energisch von sich abgewehrt. Er war trotz seiner großen Befähigung und neben den trefflichen Leistungen, die davon Zeugnis
geben, ein Dutzend-Journalist und Handwerker in seinem Berufe —
und er verschweigt uns nicht, wie er durch seine leiblichen Bedürfnisse zu arbeiten gezwungen war.

„Der Mut junger Kritiker ist wunderbar", heißt es im
„Pendennis", „sie klettern hinauf zum Richtersitz und geben mit
kaum einem Bedenken ihre Meinung ab über die schwierigsten,
tiefsinnigsten Arbeiten. Wäre Macaulays „Geschichte" oder Her-
schels „Astronomie" in jener Zeit Pendennis vorgelegt worden,
so würde er die Bände durchgesehen, seine Meinung bei einer
Cigarre festgestellt und seine erhabene Zustimmung beiden Verfassern gegenüber ausgesprochen haben, als ob der Kritiker ihr
geborner überlegener und nachsichtiger Herr und Gönner gewesen
wäre. Mit Hilfe der „Biographie Universelle" oder des Britischen Museums, pflegte er im stande zu sein, einen kurzen Ueberblick

über eine Geſchichts-Periode zu geben, und Namen, Daten, That-
ſachen mit ſo kenneriſcher Leichtigkeit anzuziehen, daß ſeine Mama
zu Hauſe darüber ſtaunen mußte, die nicht begreifen konnte, wo
ihr Sohn einen ſo wunderbaren Schatz von Beleſenheit erworben
haben könnte — und er ſelbſt ſtaunte auch, wenn er ſeine Artikel
zwei oder drei Monate nach ihrer Abfaſſung zufällig wieder über-
las und den Gegenſtand und die Bücher, in denen er nachge-
ſchlagen, längſt vergeſſen hatte. In dieſer Zeit ſeines Lebens,
das geſteht Mr. Pen ein, würde er nicht gezögert haben, innerhalb 24 Stunden über die größten Gelehrten ſeine Meinung
abzugeben, oder ein Urteil über die „Encyclopaedia" ſelbſt zu
fällen." —

Ueber ſein Leben in der erſten Zeit ſeiner litterariſchen Laufbahn geben folgende Stellen aus „Pendennis" Auskunft: „Getragen von dem Gedanken, daß er das Leben ſehen müſſe, be-
ſuchte Pen hundert merkwürdige Londoner Lokale. Er gefiel
ſich in dem Gedanken, mit allen Arten von Menſchen zu verkehren — ſo ſah er die Kohlenträger in ihren Schenken, die
Boxer in ihren Wirtsſtuben, ehrſame Bürger, die ſich in den
Vorſtädten und am Strome ergötzten, und er hätte mit berühmten
Taſchendieben zechen oder einen Krug Bier mit Dieben und Ein-
brechern trinken mögen, wenn der Zufall ihm die Gelegenheit
geboten hätte, mit dieſer Geſellſchafts-Klaſſe Bekanntſchaft zu
machen."

„Es war eine fröhliche Zeit, die vor vierundzwanzig Jahren,
wo jede Muskel des Körpers und Geiſtes in geſunder Thätigkeit war, als die Welt noch neu war, und man durch ſie hin-
ſchritt, angeſpornt von friſchem Lebensmut und der wonnigen Fähigkeit zu genießen. Wenn wir uns jemals ſpäter wieder jung
fühlen, dann iſt es mit den Genoſſen jener Zeit: die Melodien,
welche wir im Alter ſummen, ſind die, welche wir damals lernten.
Manchmal vielleicht lebt das Feſtgepränge jener Zeit in unſerem
Andenken wieder auf, aber wie ſchmutzig iſt der Luſtgarten geworden, wie zerzauſt die Guirlanden ausſehen, wie dürftig und

alt die Gesellschaft, und wie viele Lichter sind erloschen seit jenem
Tage! Graue Haare sind gekommen wie hereinströmendes Tages-
licht — Tageslicht und damit Kopfschmerzen. Die Lust ist zu
Bette gegangen mit der Schminke auf den Wangen."

Schon 1834 muß Thackeray ein ständiger Mitarbeiter von
„Fraser's Magazine" gewesen sein; denn in der Januar-Nummer
von 1835 finden wir ihn auf dem Bilde der zu einem Gastmahl
versammelten Mitarbeiter. Der gelehrte und als Schriftsteller
seiner Zeit sehr angesehene Dr. Maginn*) präsidiert als der Her-
ausgeber des Blattes, um den Tisch herum sitzen neben geringeren
litterarischen Größen die Dichter Southey, Coleridge, Ainsworth,
der Litterarhistoriker Lockhart, der bekannte Verfasser der großen
Scott-Biographie, und Carlyle. Daß Thackeray damals zu den
unbedeutenderen Mitarbeitern gehörte, ist selbstverständlich, und
vor 1837 hat sich mit Sicherheit kein Beitrag von ihm nach-
weisen lassen. Dieser Jahrgang enthält einen satirischen Brief
über das alberne Buch eines eitlen und in London damals sehr
bekannten alten Mannes, der sich für die Verkörperung des guten
Tones hielt und den seine Vorliebe für die fashionable Welt sein
ganzes beträchtliches Vermögen gekostet hatte. Es führte den
charakteristischen Titel: „Mein Buch; oder die Anatomie des
feinen Benehmens (My Book; or, the Anatomy of Conduct)".
Hier unterzeichnete sich Thackeray zum ersten Male mit „Charles
Yellowplush, Esq.", einem Namen, der im nächsten Jahre ein
gewisses Renommee erlangte. Die Satire fand großen Beifall
und veranlaßte Maginn, den Verfasser zur Fortsetzung seiner Ge-
sellschaftsstudien aufzufordern. So erschienen denn in „Fraser"
von Januar 1838 ab die „Yellowplush Papers" mit seinen eigenen
Illustrationen, die ein bedeutendes Aufsehen erregten. Nichtsdestoweniger unterließ man, nach der Person des Verfassers zu
forschen, und der Name Thackeray blieb noch fast ein Jahrzehnt
unbekannt, bis zum Erscheinen von „Vanity Fair", trotzdem er in

---

*) Kapitän Shandon im „Pendennis" soll sein Porträt sein.

dieſer Zeit ungemein thätig war. Es werden eine große Reihe
von Journalen*) genannt, für die er als Eſſayiſt, Kunſt-Berichter-
ſtatter und Verfaſſer von · kleineren und größeren Erzählungen
wirkte. In die Zeit von 1837—1840 fallen „Stubbs' Calendar,
or the Fatal Boots (Die verhängnißvollen Stiefeln)", das 1839
in Cruikſhank's „Comic Almanack" erſchien und ſpäter in die
„Miscellanies" aufgenommen worden iſt; „Catherine, by Ikey
Solomons, jun.", eine lange Geſchichte, welche von der bekannten
Mörderin Catherine Hayes (18. Jahrhundert) handelt, die als
Traveſtie auf bekannte Schauer-Romane beabſichtigt iſt; die
„Epistles to the Literati", die wiederum den geiſtreich-ſentimen-
talen Bulwer, dieſes Mal als Dramatiker, furchtbar mitnehmen.
In der zweiten Hälfte des Jahres 1839 erſchien in „Fraser" die
„Shabby Genteel Story"; ſie wurde nicht vollendet, weil ein ſehr
trauriges Familien-Ereigniß um dieſe Zeit dem Verfaſſer die Ruhe
und Luſt zum Schaffen nahm, wie er in einer Nachſchrift zu ihrer
ſpäteren Ausgabe im 4. Bande der „Miscellanies" ſagt. Dieſes
Produkt iſt inſofern intereſſant, als hierin Thackeray zum erſten
Male das Gebiet der reinen Satire verläßt, und von dem des
Sitten-Romans Beſitz ergreift; aber obgleich wir hier bereits die
ſchöpferiſche Kraft erkennen, die beſtimmt war,| „Vanity Fair"
und „Die Newcomes" zu erzeugen, dürfen wir doch wegen des
abſtoßenden Charakters des Gegenſtandes ſeine Nicht-Vollendung
nicht bedauern.

Im Sommer 1840 erſchien das erſte Buch des Verfaſſers
unter dem Pſeudonym „M. A. Titmarsh"; es war eine Samm-
lung einzelner in verſchiedenen Journalen verſtreuter Artikel über
Pariſer Verhältniſſe und kleiner in Frankreich ſpielender Erzählungen unter dem Titel „The Paris Sketch Book". Das Buch
fand verdientermaßen nur geringe Beachtung und iſt verſchollen
unter der Unmaſſe ähnlicher „Skizzen-Bücher", „Rundreiſen",
„Sittenbilder", und wie ſich ſonſt dieſe geſammelten Feuilletons
nennen mögen. Das Intereſſanteſte daran für uns iſt die De-

dikation, die wir deshalb auch in diesem kurzen Lebensabriß nicht
auslassen möchten:

Gewidmet

Herrn M. Aretz, Schneidermeister.

27, Rue Richelieu, Paris.

Geehrter Herr!

„Es ist für jeden Mann in beliebiger Lebensstellung schicklich,
die Tugend anzuerkennen und zu preisen, wo er sie auch findet,
und auf sie hinzuweisen zur Bewunderung und zur Nachahmung
seiner Mitmenschen.

„Vor einigen Monaten, als Sie dem Schreiber dieser Seiten
eine kleine Rechnung für von Ihnen verfertigte Röcke und Hosen
überreichten, und als Ihr Schuldner Ihnen darauf versicherte,
daß eine augenblickliche Berichtigung der Rechnung ihm äußerst
unbequem sein würde, antworteten Sie: „Lieber Gott, Herr,
machen Sie sich darüber keine Sorgen; wenn Sie Geld brauchen,
wie das bei einem Gentleman in fremdem Lande öfters vorkommt,
so habe ich eine Tausend-Frank-Note in meinem Hause, die Ihnen
zu Diensten steht."

„Geschichte oder Erfahrung, verehrter Herr, macht uns mit
so wenigen Handlungen bekannt, welche mit der Ihrigen ver-
glichen werden können — ein Anerbieten wie dieses von einem
Fremden und einem Schneider scheint mir so erstaunlich — daß
Sie mir verzeihen müssen, wenn ich von Ihrer Tugend öffentlich
berichte und das englische Volk mit Ihrem vortrefflichen Charakter
und Namen bekannt mache. Ich erlaube mir noch hinzuzufügen,
daß Sie im ersten Stock wohnen; daß Ihre Stoffe, Ihr Schnitt
ausgezeichnet, und Ihre Preise mäßig und angemessen sind; und
als geringen Tribut meiner Bewunderung gestatten Sie mir,
Ihnen diese Bände zu Füßen zu legen.

Ihr sehr verbundener, ergebener Diener

M. A. Titmarsh.

Monsieur Aretz ist gewiß der einzige Mensch gewesen, der
die „Pariser Skizzen" in Maroquin binden ließ.

Ebenso geringen Erfolg hatten die „Comic Tales and Sketches, edited and illustrated by Mr. Michael Angelo Titmarsh",
etwas besseren die „Yellowplush Papers" aus „Fraser" beides
1841. Die ersteren enthalten einige ganz hübsche Erzählungen,
die später in die „Miscellanies" aufgenommen worden sind; z. B.
„Major Gahagan" und die „Bedford-row Conspiracy" (aus dem
„New Monthly"), „Stubbs' Calendar, or the Fatal Boots (aus
dem „Comic Almanack")*). — Ende 1840 war er nach Paris
gegangen und blieb dort bis Mitte des folgenden Jahres; in
dieser Zeit wohnte er der Uebertragung der Reste Napoleons ins
Hôtel des Invalides bei und beschrieb sie in „The Second Funeral
of Napoleon", welche Schrift zusammen mit dem merkwürdigen
Gedicht „Chronicle of the Drum (Chronik der Trommel)" separat
erschien.

In der letzten Hälfte des Jahres 1841 veröffentlichte Thackeray
in „Fraser" eine Erzählung, die zu dem Besten gehört, was er
überhaupt geschrieben hat, die „History of Samuel Titmarsh and
the Great Hoggarty Diamond". John Sterling schreibt darüber**):
„Was giebt es Besseres in Fielding oder Goldsmith? Der Mann
ist ein wahres Genie und könnte bei ruhigem, behaglichem Leben
Meisterwerke schaffen, die solange leben würden wie irgend welche,
die wir besitzen, und Millionen noch ungeborner Leser ergötzen."
Indessen erkannten nur die wenigen Berufenen den hohen Wert
der Dichtung, für das große Publikum gab es noch keinen
Thackeray. „Fitzboodle's Confessions" (in „Fraser") und das
zweibändige Produkt einer längeren irischen Reise, „The Irish
Sketch Book", beides 1843 erschienen, erhöhten den Ruhm des
Dichters in keinem wahrnehmbaren Grade. Erstaunlich aber ist,
daß auch der ein ganzes Jahr hindurch (1844) — immer in
„Fraser" — erscheinende Roman „The Luck of Barry Lindon",
den wir ebenfalls mit unter die besten Leistungen Thackerays

---

*) Also dreimal veröffentlicht (f. S. 26).
**) In Carlyle's „Life of Sterling."

stellen, ziemlich unbemerkt an dem Publikum vorüber ging. Thackeray gehörte zu den frühesten Mitarbeitern des 1841 begründeten Witzblattes „Punch"; hier erschien die Fortsetzung der „Yellowplush Papers": „The Diary of C. Jeames de la Pluche", die ungeheures Vergnügen erregte, da das Original jenes Bedienten und zeitweiligen Crösus allgemein bekannt war; hier erschien auch die vortreffliche Satire „The Snobs". Nun begann das Publikum zu fragen, wer denn eigentlich hinter dem Pseudonym „M. A. Titmarsh" steckte, und seine Neugierde wurde befriedigt in einer Veröffentlichung des Jahres 1845, dem Ertrage einer größeren Reise Thackerays: „Notes of a Journey from Cornhill to Grand Cairo by way of Lisbon, Athens, Constantinople, Jerusalem". Auf dem Titel nannte sich der Verfasser immer noch M. A. Titmarsh, aber die Vorrede zeigte zum ersten Male den Namen W. M. Thackeray. — Das Jahr 1846 brachte neben einigen Journal-Artikeln nur das Weihnachts-Buch: „Mrs. Perkins's Ball". Mit dem Beginn des folgenden Jahres tritt Thackeray in der ganzen Größe, die er dauernd in der Litteraturgeschichte und speziell auf epischem Gebiete repräsentiert, in die Erscheinung. Bevor wir die neue Phase seines litterarischen Schaffens betrachten, haben wir noch einen Blick auf die Familienverhältnisse des Dichters während des letzten Jahrzehnts zu werfen.

Zu der Zeit, wo er noch keineswegs in eine sichere Zukunft blicken konnte, 1837, verheiratete sich Thackeray mit der Tochter des Obersten Matthew Shaw, Isabella. Die Wahl war eine sehr glückliche, trotzdem war die Ehe eine unglückliche. Nach wenigen Jahren trennte sich seine Frau von ihm und führte seitdem ein zurückgezogenes Leben bei einer älteren Dame. Es ist zu bedauern, daß die Biographen des Dichters dieses Verhältnis mit etwas mysteriösen Worten behandeln: soviel geht aber doch aus ihren Auslassungen hervor, daß Thackeray keine Schuld an dieser Trennung hatte; daß er seine Frau wahrhaft liebte und sich aufopferte, um sie glücklich zu machen. Sie erkrankte ge-

mütlich, sodaß ihre Entfernung aus dem gewiß sehr lebhaften
Hause ihres Gatten, der nicht bloß Litterat, sondern auch zeit-
lebens ein man of pleasure war, nötig wurde. Es wäre un-
billig, da keine verbürgten Anhaltepunkte vorliegen, über den
Verlauf des ehelichen Verhältnisses Mutmaßungen anzustellen,
die vielleicht nicht ganz zum Vorteile des Gatten ausfallen
könnten. Wenn ich daher dasselbe aus seinen Schriften zu illustrieren suche, kann ich es nur mit dem Vorbehalte thun, daß ich
dem Leser nichts als meine unmaßgebliche Meinung gebe, und
muß alle Folgerungen, die er aus der folgenden Darstellung
ziehen zu können meint, seiner eigenen Verantwortung überlassen.
Ich glaube also, daß, wie Thackeray im „Pendennis" zum Teil
sein eigenes Leben geschildert hat, er in den „Newcomes" in der
jungen Ehe des Pendennis seine eigene schildert, und zwar in
einer Weise, die ihm die größte Ehre macht. Von Laura heißt
es dort: „Sie war dazu erzogen worden, ihre Handlungen nach
einem Maßstabe zu messen, welchen die Welt wohl dem Namen
nach anerkennt, meistenteils aber thatsächlich unberücksichtigt läßt.
Wenn Gottesfurcht, Liebe, Pflichtgefühl, wie ein inbrünstiges
Studium des göttlichen Gesetzes sie diese Tugenden gelehrt hatte
— wenn diese die äußere Praxis ihres Lebens bestimmten, so
waren sie auch die beständige und geheime Beschäftigung, das
Ziel desselben. Sie sprach nur sehr selten von ihrer Religion,
obgleich ihr Herz voll und ihr ganzes Verhalten davon bestimmt
war. Jedesmal, wenn sie auf diesen heiligen Gegenstand zu
sprechen kam, erschien ihr Wesen ihrem Gatten so erhaben, daß
er kaum in ihrer Gesellschaft ihm nahezutreten wagte, und vor
dem Vorhang stehen blieb, wenn dieses reine Geschöpf in das
Allerheiligste eintrat. Wie muß die Welt einem solchen Wesen
erscheinen? Ihre Belohnungen des Ehrgeizes, ihre Enttäuschungen,
ihre Freuden, welchen Wert können sie haben? Im Vergleich zu
dem Besitz jenes preislosen Schatzes und unaussprechlichen
Glückes, eines in sich beschlossenen Glaubens, was hat da das
Leben zu bieten? Ich sehe noch ihr liebes ernstes Gesicht, wie

sie von dem Balkon unserer kleinen Villa in Richmond, die wir
die ersten glücklichen Jahre nach unserer Heirat bewohnten, Ethel
Newcome mit den Augen folgte" — Ethel Newcome, an deren
Gesellschaft sie sich erst nach innerem Kampfe gewöhnen kann,
weil sie ihr als eine weltlich = frivole Kokette erscheint, und weil
sie nichts häßlicher dünkt als Unlauterkeit des Herzens. Sie
weiß sich nicht darüber zu beruhigen, daß in der fashionablen
christlichen Gesellschaft, in die ihr Mann sie einführt, unerlaubte
Verhältnisse, die vor jedem schärferen Auge offen daliegen, still-
schweigend geduldet werden können; und ihr Gesicht nimmt einen
ernsten, strengen Ausdruck an, sobald die Namen Lady Barnes
Newcome und Lord Highgate genannt werden. Sie fühlt den
Boden schwanken unter ihren Füßen in dem Glanze, dem Geräusch
der großen Welt, und sehnt sich zurück nach ihrer ländlichen
Einsamkeit — nach Ruhe. — Die Erkrankung seiner Frau war
das Ereignis, von welchem er in der Nachschrift zu „A Shabby
Genteel Story" spricht, so daß sein eheliches Glück also nur drei
Jahre bis gegen das Ende von 1840 währte. Die Frucht desselben
waren drei Töchter*), von denen die erstere, Anne, jetzt Mrs. Richmond Ritchie, die Gabe des Vaters geerbt hatte und gegenwärtig
eine geachtete Stellung unter den Romanschriftstellern einnimmt;
die zweite, Jane, als Kind starb; und die dritte, Harriet, den
Schriftsteller Leslie Stephen heiratete, jetzt aber nicht mehr unter
den Lebenden weilt.

---

Die Art, wie Thackeray dazu kam, eine berühmte litterarische
Größe zu werden, war gewissermaßen eine zufällige. Dickens
hatte 1837 mit den „Pickwick Papers" eine Art der Veröffentlichung begonnen, die für den Verfasser mancherlei Annehmlich-
keiten, darunter vielleicht auch einen größeren pekuniären Gewinn
im Gefolge hatte, als der Abdruck in Journalen. Was für die

---

*) Der Verfasser von „Thackerayana" kennt nur zwei.

letzteren ein sehr wesentliches Moment war, die Länge eines Romans, die zwölf Nummern, einen Jahrgang, nicht wohl überschreiten durfte, fiel hier weniger ins Gewicht. Die „Pickwickier" und nach ihnen „Oliver Twist", „Martin Chuzzlewit" wurden nun in monatlichen Schilling-Lieferungen dem Publikum geboten. Hatte diese Publikationsweise für den Dichter die Bequemlichkeit, daß er sich hinsichtlich der Länge seiner Produkte keinen Zwang anzuthun brauchte, so ergaben sich daraus doch hinsichtlich des poetischen Wertes derselben sehr große Nachteile. Die Absicht derselben war eben, daß die Dichtung schon während der Arbeit daran und lange vor deren Vollendung, zu einer Zeit, wo der Dichter sich wahrscheinlich selbst noch nicht recht klar war über Verlauf und Schluß derselben, erscheinen und Einnahme bringen konnte. Daß diese unsolide und vom künstlerischen Standpunkte aus absolut verwerfliche Produktionsweise nicht größeren Schaden angerichtet hat, ist wohl nur erklärlich durch die Größe der Dichter, die ihr fröhnten. Schaden genug aber hat sie angerichtet; sie hat wesentlich dazu beigetragen, die Komposition als etwas Nebensächliches zu mißachten und Dichtungen zu schaffen, die aus einer Reihe beabsichtigter Einzel-Effekte, zerstreut in den verschiedenen Lieferungen und Kapiteln, bestehen und ohne einheitliche Gesamt-Wirkung sind, weil der Dichter in dem Drange der Veröffentlichung, die jeden Tag die Fabrikation einer bestimmten Anzahl von Seiten verlangt, an eine Gesamt-Wirkung gar nicht denken kann. Wenn wir Romane wie die „Pickwickier" oder „Oliver Twist" betrachten, die ebenso wohl noch einen Band weiter fortgesetzt als an dem betreffenden willkürlichen Punkte abgebrochen werden könnten, so kommen uns solche Dichtungen vor, wie wenn ein Gemälde nur von drei Seiten eingerahmt, nach der offenen Seite aber die Leinwand hinausgespannt und zum Teil bemalt wäre, zum Teil für weitere Figuren einen freien Raum zeigte. Ein interessantes Beispiel bietet die Produktion G. Eliots: ihre ersten Romane, wenn auch nicht ohne kompositionelle Fehler, sind wenigstens abgeschlossene Ganze;

„Adam Bede", „Die Mühle am Floß", „Silas Marner" wurden eben gedruckt, nachdem sie mit großer Mühe und Sorgfalt von der Dichterin vollendet worden waren. „Middlemarch" erschien in Lieferungen; die erste wurde veröffentlicht, als die Dichterin an der dritten arbeitete; nach der dritten befällt die Dichterin eine furchtbare Angst, sie weiß nicht, wie sie die in der ersten unwiederbringlich vor der Welt angesponnenen Fäden weiterspinnen soll; auf irgend eine Weise müssen sie aber fortgesetzt werden — so ist das Roman-Ungeheuer entstanden, aus dem G. Eliot bei solidem Schaffen zwei, wahrscheinlich drei Romane gemacht hätte. Ebenso Thackeray. „Vanity Fair", „Pendennis", „Die Newcomes" sind in Lieferungen erschienen; von Komposition ist keine Rede — der Dichter macht uns, an einem gewissen Punkte angelangt, sein Kompliment und hält folgende Ansprache an uns: „Hier lassen Sie mich, verehrte Zuhörer, abbrechen; ich sehe, Sie sind von der Länge des Vortrages ermüdet, ich bin es nicht weniger — wir können das Thema ja gelegentlich weiter behandeln" — und das thut er: im „Pendennis" gelangt der Held bis zur Heirat; in den „Newcomes", wo Pendennis unbeteiligter Zuschauer ist, erfahren wir, wie glücklich er mit seiner Frau lebt; und von Becky Sharp und anderen Personen aus „Vanity Fair" erfahren wir in jenen beiden Romanen noch recht interessante Einzelheiten. — „Henry Esmond" erschien als Ganzes: es ist der einzige vortrefflich komponierte Roman Thackerays. —

Nachdem Thackeray die ersten Anfänge von „Vanity Fair" unter dem Titel „Pencil Sketches of English Society" Colburn für sein „New Monthly Magazine" erfolglos angeboten hatte, fand er einen Buchhändler, der sich dazu verstand, diese „Skizzen" lieferungsweise zu drucken. Wußte Thackeray, als die erste Nummer von „Vanity Fair" erschien, was er in seiner Gesell-schafts-Schilderung dem Publikum bringen wollte? —Schwerlich. — Was er wußte, war nur, daß er sich in denselben Gegensatz zu Dickens setzen wollte, wie Fielding es etwa hundert Jahre früher Richardson gegenüber gethan hatte: sein Held sollte das Gegen-

teil von einem guten Menschen sein. Der Charakter Beckys
wird ihm also vorher festgestanden, die Verworfenheit der Adels-,
die Gemeinheit der Bürgerkreise — mehr nicht. Der Roman
erschien in 24 Nummern von Februar 1847 bis Ende 1848 und
machte Thackeray mit einem Schlage zum berühmten Manne.
Noch während des Erscheinens brachte die erste Revue Englands,
die „Edinburgh Review", einen Artikel von befreundeter Hand*)
(Januar 1848, der die bisherige litterarische Thätigkeit Thackerays,
soweit sie bekannt war, einer günstigen Beurteilung unterzog.
Den gegenwärtig noch unvollendeten Roman fand der Verfasser alle
seine bisherigen Leistungen weit überragend. „Der große Reiz
dieses Werkes besteht in seiner vollkommenen Freiheit von Manie-
riertheit und Affektation sowohl im Stil wie in der Empfindung —
dem vertrauensvollen Freimut, mit dem der Leser angeredet
wird — der gründlichen Sorglosigkeit, mit welcher der Verfasser
die von den Situationen hervorgerufenen Gedanken und Gefühle
in ihrem natürlichen Kanal fließen läßt, wie in dem Bewußtsein,
daß nichts Gemeines und Unwürdiges, nichts, das beschattet, ver-
goldet oder in Gesellschaftskostüm geworfen zu werden brauchte,
seiner Feder entstammen könnte. Mit einem Worte, das Buch
ist die Arbeit eines Gentleman, was ein großer Vorzug ist, und
nicht die Arbeit eines feinen oder fein-sein-wollenden Herrn, was
ein anderer ist. Dann ferner wird von ihm nichts erschöpft,
herausgearbeitet, forciert, er läßt seine feinsten Bemerkungen, seine
glücklichsten Bilder fallen wie Buckingham seine Perlen fallen
ließ, und überläßt es dem Zufall, ob er einen urteilsfähigen Beobachter an die Stelle führen wird, der sie auflieft und zu schätzen
weiß. Seine Effekte gehören einer wie der andere einer gesunden,
heilsamen, echten Kunst an; und wir brauchen kaum hinzuzufügen,
daß wir in seinen Schriften niemals von dem physischen Schauder
der Sueschen Schule durchwühlt werden, oder daß keine sentimentalen Schurken darin zu finden sind .... Sein Pathos

---

*) Abraham Hayward.

obgleich nicht so tiefgehend wie das Dickenssche, ist ein auserlesen
zartes, und das um so mehr vielleicht, weil er dagegen anzu-
kämpfen und halb beschämt zu sein scheint, wenn er sich in weicher
Stimmung betreffen läßt (!); aber das Bestreben, bei solchen Ge-
legenheiten kaustisch, satirisch, ironisch oder philosophisch zu sein,
ist ein gleichmäßig vergebliches (!)*); und immer wieder haben wir
Veranlassung gefunden zu bewundern, wie eine ursprünglich schöne
und freundliche Natur von Weltlichkeit im wesentlichen frei bleibt
und auf der höchsten Stufe der Intelligenz dem Herzen seine
Huldigung darbringt."

Dieses auf verhältnismäßig wenige Produkte gegründete Urteil,
das in dieser generellen Formulierung viel zu weit geht und mancher
Einschränkungen bedarf — ausgesprochen in einem Blatte, das
an die Erzeugnisse der Kunst und des Wissens den allerhöchsten
Maßstab zu legen pflegte, machte Thackerays Glück. — Das Urteil
des Publikums einer neuen litterarischen Erscheinung gegenüber
ist schwankend, das der Rezensenten mittlerer Blätter unverläß-
lich — beides kann keinem Schriftsteller zum Siege verhelfen.
Wenn aber von so hoher Warte einmal ins Horn gestoßen wird,
dann hallt es auf Hügeln, Thälern und dem platten Laube wieder
von einem gewaltigen „Εΰρηϰα!" — Nun begann für Thackeray
die glückliche Zeit des Schriftstellertums, die Zeit jener allgemeinen
gesellschaftlichen Anerkennung, wie sie eben in England und
Frankreich dem sieggekrönten Dichter zu teil zu werden pflegt. In
dem „freien" England ist bekanntlich der Kastengeist ungleich
stärker vertreten als in unserem zum Teil konservativ regierten
Deutschland. Sobald aber ein Schriftsteller wirklich berühmt und
damit zugleich — was bei uns in Teutschland nicht damit
verbunden ist — ein vermögender und reicher Mann geworden ist, stehen ihm die besten Gesellschaftskreise ohne weiteres
offen. George Eliot hatte zwar den unglücklichen Schritt gethan,

---

*) Diese Stellen enthalten meines Erachtens eine übertriebene
Schönfärberei.

mit Lewes ohne kirchliche Einsegnung zusammenzuleben; nichtsdestoweniger aber finden wir sie in dem letzten Jahrzehnt ihres
Lebens, als dieser Fehltritt vergessen war, in Berührung mit den
höchstgestellten Persönlichkeiten. Carlyle hatte ähnliche Beziehungen, die nur darum spärliche waren, weil er den Zeitverlust und die
Unruhe eines ausgebreiteten geselligen Verkehres nicht tragen wollte.
Tennyson ist ein lebendes Zeugniß für die Größe der Anerkennung,
welche in England auch Dichtern zweiten Ranges zu teil wird.

Die gesellschaftlichen Talente Thackerays werden nicht als glänzende geschildert — auch Pendennis sitzt öfters stumm neben seiner
Tischdame und nimmt keinen Anlauf, die ganze Tafel durch seine
Scherze und guten Geschichten zu unterhalten; im Ballsaal spielt
er vorzugsweise den Beobachter. In Gesellschaft eines oder zweier
Freunde dagegen fühlte er sich sehr wohl und ließ seiner frohen
Laune in Witzen, komischen Erzählungen, und jenen Knüttelversen,
die ihm so leicht von der Zunge wie die Karikaturen vom Blei-
stift flossen und die ihm schon in der Schule einen gewissen Ruf
verschafft hatten, die Zügel schließen. Trollope führt aus dem
Gedächtnis eins jener Extempore-Gedichte an, das von der Art
seiner burlesk-satirischen Gabe eine gute Vorstellung giebt:

In the romantic little town of Highbury
My father kept a circulatin' library;
He followed in his youth that man immortal, who
Conquered the Frenchmen on the plain of Waterloo.
Mamma was an inhabitant of Drogheda,
Very good she was to darn and to embroider.
In the famous island of Jamaica,
For thirty years I've been a sugar-baker;
And here I sit, the Muses' 'appy vot'ry,
A cultivatin' every kind of po'try.

Ein anderer Dichter würde nach einem solchen Erfolge mit
Ruhe in die Zukunft geblickt haben; der mißtrauische Thackeray
hielt die Volksgunst für etwas so Zufälliges und Wankelmütiges
wie das Glück selbst. Keine spätere Arbeit unternahm er ohne

die geheime Besorgnis, daß sie vollständig Fiasko machen könnte;
und kein Erfolg, so zufrieden andere mit ihm gewesen wären,
genügte ihm. Er beschloß, sein Leben auf ein festeres Fundament
zu stellen und eine Anstellung im Civilbienst zu erwerben. So
wandte er sich 1848 an den ihm befreundeten Marquis von
Clanricarde, den damaligen General-Postmeister, als die oberste
Sekretär-Stelle im General-Postamte frei wurde. Der Lord war
nicht abgeneigt, sie ihm zu verleihen, wurde aber durch den ein-
stimmigen Einspruch der obersten Beamten davon abgehalten.
Das war ein Glück für Thackeray: denn abgesehen von seinem
Mangel an jeglicher Praxis in dem Berufe, würde er bei seinen
bequemen Lebensgewohnheiten sicher nicht im stande gewesen sein,
die strikte Wahrnehmung eines verantwortungsvollen Postens
mit ausgiebiger poetischer Produktion zu vereinigen. Er hätte
die Dichtkunst an den Nagel hängen müssen, um ein schlechter
Beamter zu werden; denn er hätte wahrscheinlich gearbeitet, wie
er zu dichten pflegte — wenn es ihm behagte. — Noch einmal
machte er einen Versuch, als der Sekretär-Posten der englischen
Gesandtschaft in Washington zu besetzen war (1854); aber wiederum wurde er von Lord Clarendon abschlägig beschieden, da er
in der Branche, in der er amtieren wollte, keine Ausbildung genossen hätte. Im Jahre 1850 hatte er seine Ansichten über die
Verpflichtungen, die der Staat litterarischen Größen gegenüber
habe, in einem Briefe an „The Morning Chronicle“ unter dem
Titel „On the Dignity of Litterature“ auseinandergesetzt: er
meinte darin, daß der Dichter und Litterat in Anbetracht der
großen Dienste, die er seinem Vaterlande leiste, dasselbe Recht
auf Belohnung durch Geld, Rang und Titel habe, wie der Soldat,
der Jurist, der Diplomat, und glaubt sonderbarerweise, daß England das einzige Land sei, das solche Belohnungen nicht gewährte;
während doch Frankreich allein eine offizielle Auszeichnung für
Litteraten kennt, und ein Sitz in der Akademie auch hier viel mehr
eine moralische als eine materielle Belohnung ist. — Daß Litteraten in amtliche Stellungen geschoben werden sollen, die sie

nicht ausfüllen können, ist ein ganz unhaltbarer Anspruch. Die Vereinigung solcher zwei Berufsarten ist eben nur bei denjenigen Dichtern und Schriftstellern denkbar, die von Hause aus einem amtlichen Wirkungskreise angehört haben und neben ihrer litterarischen Arbeit die Fähigkeit und die Kraft besitzen, sämtliche Obliegenheiten ihres Amtes in tabelloser Weise zu erfüllen. Auch ist nicht einzusehen, weshalb der Staat aus der Tasche so vieler ärmeren Mitbürger Männer noch besonders honorieren sollte, die, wie Thackeray, aus ihren Erzeugnissen eine außerordentlich glänzende Einnahme beziehen. Dringend ist auf diesem Gebiete wohl nur die eine Forderung: daß der Staat die Sorge für den Lebensabend solcher Männer übernehmen sollte, welche die nationalen Geistesschätze bereichert und mit all ihrem erfolgreichen Schaffen doch keine materiellen Schätze haben sammeln können. Jede Nation sollte es als ein Unrecht empfinden, das sie begeht, wenn sie bedeutende Dichter, wie so oft geschehen ist, ihre Tage in Kummer und Sorgen beschließen läßt. — Thackeray dagegen, der von allem Luxus eines geistig verfeinerten Lebens in seinen letzten Jahrzehnten umgeben war, hatte keinen Anspruch auf Staats-Unterstützung. —

Während der Veröffentlichung von „Vanity Fair“, im Dezember 1847, erschien das erste „Christmas Book“ von Thackeray: „Our Street“. Das mit jenem Hauptwerke eröffnete Jahrzehnt ist überhaupt bei weitem das fruchtbarste in des Dichters Leben. 1849 erschien ein neuer zweibändiger Roman: „History of Pendennis; his Fortunes and Misfortunes, his Friends and his Greatest Enemy; with Illustrations by the Author,“ der in den Schicksalen des Helden zum Teil die eigenen Erlebnisse des Dichters darstellt und also dieselbe Bedeutung unter Thackerays Werken hat, wie „David Copperfield“ unter denen Dickens’ oder „The Mill on the Floss“ unter denen der George Eliot. In demselben Jahre erschien noch „Dr. Birch“ und „Rebecca and Rowena“. 1850 erschien ein weiteres Weihnachtsbuch „The Kickleburys on the Rhine“, das ihm eine nicht unberechtigt strenge Kritik von

seiten der „Times" zuzog. Der Rezensent meint nicht ohne
Wahrheit, daß die litterarische Gattung der Weihnachtsbücher vorzugsweise aus dem Bedürfnisse beliebter Autoren, ihre leeren
Kassen für die kommenden Neujahrs-Rechnungen zu füllen, hervorgegangen sei. „Da sie meistenteils den Stempel ihres Ursprungs
mehr in der Leere des Schatzes als in der Fülle des Genius
eines Dichters haben, so erinnern sie mit ihrem flauen Geschmack
an das Spülicht eines leeren Hirns nach den bedeutenderen
Koktionen des verflossenen Jahres. Wahrlich, wir würden ebenso
wenig daran denken, diese Dichtungen als Beispiele der Vorzüg-
lichkeit ihrer Schöpfer aufzustellen, wie es uns einfallen könnte, die
wertvollen Dienste des Briefträgers Mr. Walker oder des Kehricht-
sammlers Mr. Bell nach dem Blättchen Verse zu beurteilen, welche
sie an unseren Hausthüren lassen als eine Aufforderung zu der
erwarteten Neujahrsgabe — dichterische Ergüsse, mit denen jene
billigerweise auf eine Stufe gestellt werden können nicht weniger
hinsichtlich ihres inneren Wertes als ihres letzten Zweckes."
Thackeray erwiderte auf diesen Angriff in der Vorrede der bald
darauf erscheinenden zweiten Ausgabe des Büchleins mit einem
satirischen „Essay on Thunder and Small Beer", in welchem er
sich über — den Stil und die Logik des „Times"-Kritikers lustig
machte. — Der Stahl der Waffe mochte nicht von der besten
Mischung sein, aber der Hieb war scharf, und er saß. — Mit
der „Times" blieb Thackeray sein Leben lang überworfen; sie fuhr
fort, mit möglichster Strenge seine Produkte zu kritisieren, die allerdings fast immer hinsichtlich der Sorgfalt der Arbeit und der
Gesundheit der darin entwickelten Lebensanschauungen ein weites
Feld für den Tadel offen ließen. Und als Thackeray starb, fiel
die „Times" gegenüber den Leitartikeln der anderen Blätter durch
einen sehr kurzen Nachruf auf. —

Thackeray, dem sein eheliches Glück so bald zerstört worden
war, hatte die Lebensgewohnheiten eines Junggesellen lange
wieder aufgenommen; er zog seiner einsamen Wohnung die ge-
füllten Drawing-Rooms der Reichen und Hochgestellten, die an-

regenden Freundes-Zirkel in den Clubs vor. Seine Einnahme war groß, aber sein Leben kostspielig, und der wirtschaftliche Trieb schwach in ihm. Er fühlte, daß er mit seinem Einkommen sich und den Seinen ein sehr behagliches Leben bereiten konnte — solange er lebte; um die letzteren auch nach seinem Tode sicher zu stellen, dafür genügte es bei seiner üppigen Lebensweise nicht. So sann er auf neue Einnahme-Quellen, und verfiel auf den Gedanken, öffentliche Vorlesungen zu halten, wofür jetzt, in der frischen Blüte seines Ruhmes, allerdings die Zeit am besten gewählt war.

Von Jugend auf war sein litterarisches Haupt-Interesse auf das verflossene Jahrhundert gerichtet gewesen; wir haben gesehen, wie er schon als Knabe die Dichtungen aus jener Zeit verschlang; und wir werden sehen, wie er in eigenen Dichtungen jene Zeit zu vollkommenstem Leben zu erwecken vermochte. So beschloß er denn, litterarhistorische Vorträge über Schriftsteller des 18. Jahrhunderts zu halten; sie fanden statt im Jahre 1851 zu hohem Eintritts-Preise, vor einer ihrer geistigen und weltlichen Stellung nach äußerst gewählten Gesellschaft, unter dem Titel: „The English Humourists of the Eighteenth Century." — Da wir es in dem vorliegenden kleinen Werke nur mit dem Dichter Thackeray, nicht mit dem Litterarhistoriker und Historiker zu thun haben; mithin dieser Veröffentlichung kein besonderes Kapitel widmen können — das ihr Wert reichlich verdiente — so mag das Interesse des Gegenstandes es entschuldigen, wenn wir die Biographie mit einigen kurzen Bemerkungen darüber unterbrechen.

Der Stil dieser Vorlesungen ist ein glänzender, rhetorisch lebendig, überall fesselnd, und doch so natürlich und ungesucht, wie der seiner epischen Dichtungen. Wenn man sie heute liest, kann man sich vorstellen, welchen bedeutenden Eindruck sie viva voce vorgetragen machten mußten — einen Eindruck, der freilich, wie Zuhörer berichten, durch das schwache Organ und die un-ausgebildete Deklamations-Kunst Thackerays ein wenig abge-schwächt wurde. Aus dem Stil bereits kann man auf die

Bedeutung des Inhalts schließen: denn ein so blühender, kräf-
tiger, hinreißender Stil kann nur erreicht werden bei dem voll-
kommensten Erfülltsein von dem behandelten Gegenstande, bei
absoluter Beherrschung des Stoffes. Und es sind allerdings
so lebensvolle und wahre Bilder, die er von den Wits des 18.
Jahrhunderts entrollt, wie wir sie vergeblich in irgend einer
Litteraturgeschichte — auch Taines nicht ausgenommen — suchen
würden. Nur Macaulay bietet uns in seinen Essays etwas
Aehnliches. Vielleicht ist er durch das eindringende Studium,
das er jedem einzelnen derselben gewidmet, ein paar Male in
den so naheliegenden Fehler verfallen, sie nach der auf sie verwandten Zeit, d. h. zu hoch zu schätzen. Sicher ist das geschehen
mit Prior, der wohl den Horaz nachgeahmt, aber ihn doch nie
erreicht hat; auch mit Gay, dessen Fabeln, voll kindlichster Moral,
dessen cynische Satire, „Die Bettler-Oper", ihn nicht im geringsten berechtigen, unter den hervorragendsten Geistern jener Epoche
genannt zu werden. Das Bild, das er von Swift entwirft — der
neben Fielding sein Lieblingsautor gewesen zu sein scheint — ist
meisterhaft, und wir geben gern zu, daß die geistige Bedeutung
des Mannes, den wir Heutigen fast ausschließlich aus „Gullivers
Reisen" kennen, von der Nachwelt nicht hinreichend gewürdigt
worden ist. Aber bei aller freudigen Anerkennung, welche die
Tiefe dieser litterarhistorischen Studie uns abzwingt, werden den
meisten die Worte, in welche Thackeray die Schätzung dieses
Mannes zusammenpreßt, doch zu hoch gegriffen erscheinen: „So
groß erscheint mir der Mann, daß der Gedanke an ihn ist wie
der Gedanke an ein untergegangenes Reich." Auch Smollet,
ebenfalls ein Liebling Thackerays, werden wir geneigt sein, etwas
niedriger zu stellen, mehrere Stufen unter Fielding und Goldsmith. — Die litterarhistorischen Data sind in Einzelheiten ange-
fochten worden; im ganzen aber sind sie derartig, daß sie auch für
Zwecke wirklichen Studiums ausreichen; und gewiß ist, daß jemand,
dem es versagt ist, den Charakter jener Litteratur-Epoche aus ihren
Denkmälern zu erfassen, eine bessere Darstellung nicht finden kann.

Der gewichtigste Einwand, den wir gegen diese Vorlesungen erheben müssen, richtet sich gegen den Titel und die Begriffsverwirrung, von der er ausgeht und die er unter ästhetisch Ungeschulten anzurichten geeignet ist. Die Vorlesungen behandeln 12 Männer (übrigens ohne chronologische Ordnung): Swift, Congreve, Addison, Steele, Prior, Gay, Pope, Hogarth (den bekannten Maler!), Smollet, Fielding, Sterne und Goldsmith. Und das sollen lauter Humoristen sein? — Diese Anschauung muß einem Deutschen, der nur eine geringe Kenntnis der englischen Litteratur und der Elemente der Aesthetik besitzt, geradezu unbegreiflich vorkommen. Ein solches Sichvergreifen in den Gattungs-Begriffen der Dichtkunst bei einem Dichter ist nur erklärlich durch die wirklich äußerst niedrige Stufe, auf der sich die Aesthetik als Wissenschaft in England befindet. Die Engländer haben in dem vorigen Jahrhundert tüchtige Anläufe zur Begründung einer Theorie der Künste genommen; dabei ist es indessen geblieben; jene Versuche sind heute total vergessen; und wer sich ein wenig mit der englischen ästhetischen Kritik beschäftigt hat, weiß, daß sie neben dem mehr oder weniger urwüchsigen subjektiven Gefühl keine festen Normen des Urteils kennt, keine festeren thatsächlich als das dilettantische „Das gefällt mir, und das gefällt mir nicht".

Selbst wenn wir Thackerays „Humoristen" in dem unter Laien üblichen Sinne von Leuten, welche auf irgend eine Art komische Empfindungen in uns erregen, faßen, könnten wir Addison, Steele und Prior nicht darunter gelten lassen. Thackeray aber verwahrt sich selbst gegen eine solche Auffassung: er meint den Humor im engeren Sinne, den ästhetischen Begriff, wie er vorzugsweise in den Dichtungen Sternes und Jean Pauls dargestellt wird. Und wie richtig er diesen Begriff gefaßt, beweist die begründete Ausstellung, die er an Sternes Humor macht, der immer „eine geheime Verderbnis" in sich trage, indem „beständig ein boshaftes Satir-Auge aus den Blättern hervorschiele." — Und doch soll dieser Humor vertreten sein in Congreve, dem Dichter von obscönen Possen? oder in der gleichartigen „Bettler-Oper" von Gay? oder in dem jovialen Abdison, den Thackeray mit einer contradictio in adjecto einen „freundlichen Satiriker" nennt, der von den tieferliegenden irdischen Gebrechen nichts weiß, und die kleinen menschlichen Fehler immer „lächelnd züchtigt"? Und nun gar der biedere Steele, der höchstens einen unfreiwilligen Humor in seinem gewohnheitsgemäß betrunkenen Zustande entwickelt haben kann! Popes komisches Epos, „Der Lockenraub", hat man große Mühe, überhaupt komisch zu finden, und humoristische „Satiren" giebt es eben nicht. Aus diesem Grunde kann man auch nicht Swift unter die Humoristen rechnen, der ausschließlich Satiriker und nur als solcher bedeutend ist. Hogarth ist ein Swift unter den Malern. Smollet einen Humoristen nennen, heißt das seltene Göttergeschenk des Humors mit Sturrilität und Cynismus gleichsetzen. Fielding ist in demselben Grade humoristisch wie Thackeray, das heißt: sehr wenig, stellenweise, in einzelnen Figuren; beiden fehlt zum Humor die Tiefe und der Ernst der Weltanschauung, und vor allem das liebesfähige, mitleidende Gemüt. So bleiben denn von sämtlichen 12 sogenannten Humoristen nur zwei wirkliche übrig: Sterne und Goldsmith. —

Das Lukrative solcher Vorlesungen ist bekanntlich, daß dieselbe Leistung eine zehn- und zwanzigfache Bezahlung davonträgt. Nachdem Thackeray in den Hauptstädten Englands und Schottlands seine Vorträge gehalten hatte, führte er seinen Haupt-Coup aus, indem er nach Amerika hinüberging. Die Amerikaner waren noch ein wenig verstimmt von dem geringen Danke, den sie vor zehn Jahren von Dickens in seinen „American Notes" für den ihm gewährten glänzenden Empfang geerntet hatten. Aber ihre Bedenken wurden schnell überwunden von dem feinen, einnehmenden Wesen Thackerays, der nicht verfehlte, ihnen zu versichern, daß er über Amerika kein Buch schreiben würde. Und so durfte er denn auf seine Reise (1852) als auf einen erfolgreichen Beute- und Triumph-Zug zurückblicken. Ueber sein ver-

gangenes und gegenwärtiges Leben wurden von den amerikanischen Zeitungsschreibern eine Reihe von romanhaften Legenden
in die Welt gesetzt, die er in „Fraser" mit gutmütigem Spott
zurückwies. Was uns von diesen Schreibereien allein interessiert,
ist die Schilderung seiner Persönlichkeit, die, abgesehen von der
Nichterwähnung seiner in einem Faustkampfe in Charter House
eingeschlagenen Nase, sicherlich authentisch sein wird: „Er ist ein
stämmiges, gesundes, breitschulteriges Exemplar von einem Manne,
mit kurzgeschnittenem, sich grau färbendem Haar und blitzenden
grauen Augen, die sehr scharf durch eine Brille blicken, welche
einen sehr satirischen Brennpunkt hat. Er scheint fest auf seinen
eigenen Füßen zu stehen, als ob er nicht so leicht umgeblasen
oder niedergeworfen werden würde, weder durch Lobsprüche noch
durch Fäuste; ein Mann von guter Verdauung, der das Leben
leicht nimmt, und alle Winkelzüge und alle Grillen durchschaut."

Die „Englischen Humoristen" hatten neben ihrem inneren
Werte die glückliche äußere Folge, daß sie Thackeray zu seinem
Meisterwerke, dem Romane „Henry Esmond", anregten, der nicht
bloß im Anfange des 18. Jahrhunderts spielt, sondern auch in
dem reinen Stile dieses sogenannten „augusteischen Zeitalters"
der englischen Litteratur geschrieben ist. Ich werde in einem besonderen Kapitel versuchen, die großen Vorzüge dieser Dichtung
auseinanderzusetzen. Sie erschien als ein Ganzes 1852, gerade
als der Verfasser seine Reise nach Amerika antrat. Auf „Esmond"
folgte 1855 der Roman „Die Newcomes", eine Schöpfung, die
trotz mancherlei Schwächen der Komposition und trotz der Einseitigkeit der Lebensauffassung, die hier, wie in fast allen anderen
Schriften Thackerays, sich breit macht, doch eine große, eine reiche
genannt werden muß. Mit ihr hat der Dichter die Höhe seiner
Laufbahn erstiegen, die sich nun langsam, fast unmerklich, aber
dennoch abwärts neigt. Hier muß bemerkt werden, daß der
Eindruck der Gesundheit, den sein mächtiger Körper allen, die ihn
sahen, machte, ein trügerischer war. Schon als er 1849 seinen
„Pendennis" schrieb, war er in ein schweres Fieber verfallen, aus

dem ihm die Neigung zu Krämpfen zurückblieb. Und im Jahre
1854, als „Die Newcomes" geschrieben wurden, klagte er seinem
Freunde Reed, welche schweren Leiden ihm seine häufig wieder-
kehrenden Krämpfe bereiteten.

Da die ersten Vorlesungen sich so einträglich erwiesen hatten,
so unternahm Thackeray 1856 eine zweite Serie, die ihm in England und wiederum in Amerika noch größeren Ertrag lieferten
als jene. Es waren „The Four Georges", die nachmals im
„Cornhill Magazine" und dann selbständig erschienen. Diese Vorlesungen, über deren historischen Wert ich außer stande bin zu
urteilen, fanden großen Anklang in Schottland und in Amerika,
und sie müssen den Anarchismus noch mehr entzückt haben als
den Radikalismus; dagegen verletzten sie viele loyale englische
Herzen aufs tiefste. Darunter das seines Freundes Trollope, der
das rechte Wort über sie gesprochen hat. Er findet, daß der
Verfasser „sich zu viel Freiheit herausgenommen hat einem Amte
gegenüber, das noch immer so heilig ist, wie irgend etwas Mensch-
liches sein kann. Wenn unter uns ein Herrscher bestehen soll, so
sollte jener Herrscher, wenn er auch der politischen Macht entkleidet
ist, mit allem begabt werden, was persönliche Achtung geben kann.
Wenn wir selbst hoch zu stehen wünschen, sollten wir das, was
über uns ist, auch als hoch behandeln. Und das sollte nicht allein
vom persönlichen Charakter abhängen, wenn wir auch wissen, wie
die Festigkeit unserer Gefühle gestärkt werden kann durch persönliches Verdienst . . . . . Der Thron, dessen Würde wir zu erhalten wünschen, wird untergraben, wenn maßloses Böses einem
Manne nachgesagt wird, der darauf gesessen hat in unsern Tagen.
Jedem von uns würde es eine persönliche Beleidigung sein, wenn
ein dahingegangener Verwandter mit all den Fehlern gezeichnet
würde, durch welche, wir müssen es ja zugeben, selbst unsere nächsten
Verwandten unvollkommen gemacht wurden . . . . Das Gefühl,
von dem ich spreche, veranlaßt mich in diesem Augenblicke fast,
die Feder niederzulegen. — Und, wenn allen Unterthanen so viel
Rücksicht geschuldet wird, gebührt einem Könige weniger?"

Ob der Ehrgeiz, ohne den Thackeray nicht war, durch die reichen Einnahmen der letzten Jahre Nahrung erhalten hatte, ob er wirklich glaubte, seinem Lande als Politiker bedeutende Dienste leisten und der liberalen Sache, deren Anhänger er war, eine starke Stütze sein zu können, läßt sich schwer entscheiden. Aber im Jahre 1857 trat er als Parlaments-Kandidat für Oxford auf, unterlag indessen wenn auch gegenüber einer schwachen Majorität und verminderte sein Vermögen um 1000 £. Das war besser für ihn, als wenn er seine Zeit in einer Sphäre vergeudet hätte, für welche ihm die Lebensbedingungen — Geschäftskenntnis, praktischer Sinn, Fleiß, Geduld und Ausdauer — sämtlich fehlten.

Im Jahre 1857 fingen „The Virginians" zu erscheinen an, und wurden in 24 Nummern bis Oktober 1859 vollendet; man kann sie als eine Art von Fortsetzung des Romans „Henry Esmond" betrachten. Um diese Zeit lernte ihn sein Biograph Trollope kennen; er beschreibt ihn folgendermaßen. „Er war damals 48 Jahre alt, ganz grau, mit vielen Kennzeichen des Alters an sich, welche von Leiden herrührten — eines Alters, das sich äußerte in der Abneigung vor Thätigkeit und in einer greisenhaften Art, die Dinge zu betrachten, und zu sprechen, als ob die Welt ganz hinter ihm, nicht vor ihm läge, aber immer noch mit kraftvollem äußeren Auftreten, sehr gerade in seiner Haltung, und mit einem auffallend ausdrucksvollen Gesicht, das sehr würdevoll aussehen konnte."

Mit dem Januar 1860 begann Thackeray die Herausgabe einer neuen Revue, „The Cornhill Magazine", das einen großen Erfolg errang. Das erste Heft brachte Beiträge von Thackeray — den Beginn von „Lovel the Widower" und eines seiner „Roundabout Papers" — von G. H. Lewes — „Studies in Animal Life"! — und von T. A. Trollope — den Roman „Framley Parsonage" *);

---

*) Es gehört zwar nicht in diese Lebensbeschreibung, dürfte aber dem Leser doch interessant sein zu erfahren, wie Romane von renommierten Verfassern in hochstehenden, von hervorragenden Männern edierten Journalen oft zustande kommen. Thackeray sollte das Ma-

die späteren zeigten die Namen Tennyson, Mrs. Beecher Stowe, Mrs. Browning, Mrs. Gaskell, Charles Lever, Laurence Oliphant, John Ruskin, Matthew Arnold, Miß Thackeray, kurz alles Schriftsteller, die sich einen mehr oder minder bedeutenden Namen gemacht hatten. Die Last der Redaktions-Arbeiten, wie jede regelmäßige, anhaltende Thätigkeit, war Thackeray zu schwer; er verzichtete darauf nach zwei Jahren, nachdem er dem Journal einen vortrefflichen Namen gemacht hatte. Er fuhr aber fort, Beiträge zu liefern. Im folgenden Jahre erschien der letzte grö- ßere Roman von ihm im „Cornhill Magazine"; „The Adventures of Philip on his Way through the World", und nach seinem Tode, im Jahrgang 1864, wurde das Fragment einer grö- ßeren Dichtung, an der er nach der Ankündigung eine Reihe von

___

gazin mit einem großen Romane eröffnen, hatte aber nicht Zeit dazu gefunden und nur den „Lovel" begonnen, welcher der belletristische Leiter nicht sein konnte. Woher 7—8 Wochen vor dem Erscheinen der ersten Nummer einen großen Roman nehmen? — Trollope, der Fruchtbare, mußte es sein; es gab keinen anderen, der die Romane so aus dem Aermel schüttelte. Trollope hatte eine Serie von vier kleinen Geschichten angeboten. — Unmöglich. — Trollope hatte eine irische Geschichte angefangen. — Unbrauchbar — das Rezept lautete: Englisch und womöglich über Geistliche — und war in einen Brief des Verlegers gepackt, der äußerst „interessante Einzelheiten hinsicht- lich des Honorars" enthielt. — Was sollte Trollope thun? einen Roman beginnen, ehe er den Gegenstand dazu gefunden hatte? — Aber die Einzelheiten jenes Verleger-Briefes waren wirklich sehr interessant! Wer konnte ihnen widerstehen? Und so begann er denn getrost eine Erzählung, die in England spielte und von Geistlichen handelte, und nannte sie „Framley Parsonage". Weshalb sollte er auch ängstlich sein? Wenn der Stoff bei Beginn der Arbeit nicht vorhanden war, so mußte er sich während derselben doch notwendig einstellen. — Trollope versichert, daß er nur einmal in seinem Leben auf so gottvertrauende Weise gearbeitet habe, und dieses eine Mal nur — wegen jener interessanten Einzelheiten.

Jahren zwischenburch gearbeitet hatte, „Denis Duval" betitelt,
abgebruckt.

Im Jahre 1862 bezog er ein Palais, das er sich in Ken-
sington an den Palace Gardens hatte erbauen lassen, und das
mit allem erdenklichen Luxus ausgestattet war. Das dazu erfor-
berliche Anlage-Kapital — Trollope giebt es auf c. 210,000 Mark
an — gestattet einen Schluß auf die günstigen Vermögensverhältnisse des Dichters. Er sollte nur kurze Zeit sich dieses behaglichen Heims erfreuen. Ein Jahrzehnt hindurch hatte er an
den Folgen jener schweren Krankheit von 1851 gelitten — Krämpfen,
die fast allmonatlich wiederkehrten und ihn eine Zeit lang sehr
elend machten. In den letzten Jahren waren diese Anfälle sel-
tener geworden; schon sprach er die Hoffnung aus, wieder ganz
gesund zu werden, da traf ihn der verhängnisvolle Schlag am
Morgen des 13. Dezember 1863. Obgleich er am Abende dieses
Tages noch sehr leidend war, ließ er dennoch seinen Diener zu
Bette gehen. Als dieser ihm um 9 Uhr am nächsten Morgen den
Kaffee brachte, fand er ihn regungslos im Bette liegen, in einem
Zustande der Ermattung, wie er glaubte, den er dem vorhergegan-
genen Krampf-Anfalle zuschrieb; als er dann aber nach einiger
Zeit ins Zimmer zurückkehrte und das Frühstück unberührt fand,
entdeckte er, daß sein Herr während der Nacht verschieden war —
wie die Aerzte später feststellten — an einem Bluterguß ins
Gehirn. Thackeray hatte ein Alter von 52 Jahren erreicht. —

———

Wer Thackerays Dichtungen kennt, wird daraus schwerlich
ein besonders günstiges Urteil über den Schöpfer derselben ab-
leiten können: man wird meinen, daß ein Dichter, der das Gute
nirgends in der Welt unbefleckt vertreten findet, sondern es immer
nur als eine Art von Sumpfblume betrachtet, die aus dem schlamm-
migen Untergrunde des Egoismus emporwächst, auch in den Menschen seiner Umgebung es nicht erkannt, wenige von Herzen geliebte
Freunde gehabt haben wird. Man wird annehmen, daß ein Mensch,

der mit solcher Bitterkeit von den Erdendingen, mit solchem ver-
achtungsvollen Hasse von der Menschheit spricht, sich von dem,
was seine unversöhnliche Abneigung erregt hat, mit Freuden zurückgezogen und ein misanthropisch abgeschlossenes Dasein geführt
haben wird — vielleicht in einsamer Selbstvergötterung. — Wir
freuen uns, nach dem übereinstimmende Urteile seiner Freunde versichern zu können, daß der Mensch Thackeray ein Wesen war,
sehr verschieden von dem Dichter Thackeray. Der Mensch hatte
wenig Ursache sich zu beklagen: er hat — was man so nennt —
ein glückliches Leben gehabt. In behäbigen Verhältnissen aufgewachsen, in seiner geistigen Entwickelung nicht gehemmt, hatte
er allerdings das Unglück gehabt, sein Vermögen durch eigenen
Leichtsinn zu verlieren; aber als das geschah, war er durch seine
vorgängige litterarische Beschäftigung bereits in den Stand gesetzt, für ein auskömmliches Leben zu sorgen — Beweis seine
Verheiratung sehr bald nach jenem Unfall. Er sagt selbst gegenüber den abenteuerlichen Legenden, die vor seiner ersten Reise
nach Amerika dort über ihn verbreitet wurden, daß er eigentliche
Not nie kennen gelernt habe, daß sein Mittagessen immer gut und
reichlich, und seine Börse immer gefüllt genug gewesen sei, um es
zu bezahlen. Das Leben, das er in seinen Dichtungen so schwarz
malt, war ihm leicht und angenehm durch die überreichen Einnahmen, welche seine Schriften besonders in den beiden letzten
Jahrzehnten ihm abwarfen, und durch die vielfältigen Genüsse,
welche er sich darin zu verschaffen wußte. Er war von Anfang
bis zu Ende ein man of pleasure und hatte keine innere oder
äußere Veranlassung, den Tod als eine Erlösung von den Uebeln
dieser schlechtesten aller Welten aufzufassen. Er hatte ein gutes,
lauteres Herz — nach mehrfachen Aussprüchen in „Pendennis"
scheint er die verunreinigenden Freuden dieser Welt immer ver-
abscheut zu haben — und, da er selbst den Wert eines sorgen-
losen, frohen Lebens kannte, so war er auch für das Wohlergehen
seiner Mitmenschen besorgt, zum wenigsten derjenigen, mit denen
seine Neigung oder der Zufall ihn in Berührung brachten. Er

immer bereit, einem armen Teufel, den das Unglück verfolgte,
aufzuhelfen und öfters generös bis zum Leichtſinn. So erzählt
Trollope einen Fall, wo er einen in ſehr bedrängter Lage befind-
lichen Bekannten, nicht einmal einen Freund, durch ein Darlehen
von 1000 L. ohne jede Sicherheit der Rückerſtattung rettete.

Nach den furchtbaren Streichen zu urteilen, die Thackeray
in ſeinen Romanen dem Laſter und leider auch der Schwäche
verſetzt, ſcheint es, als ob der Verkehr mit ihm ſeine ſchwierigen
Seiten gehabt haben müßte. Wie ſeine Freunde ihn indeſſen
ſchildern, milderte ſich die Satire, der Sarkasmus, der Hohn im
perſönlichen Verkehr zum gutmütigen Scherze herab; und jene
gefährlichen Kräfte wurden nur durch beſondere Herausforderung
entfeſſelt, wo ſie dann allerdings tüchtige Verheerungen anrichteten.
Im allgemeinen war er ein liebenswürdiger Geſellſchafter und
als Freund viel begehrt.

Eine andere merkwürdige Eigenſchaft in dem Manne war
ſeine Empfindlichkeit gegen fremde Angriffe, die ihn innerlich aufs
tiefſte erregten und verletzten; während er ſelbſt doch ſo erbarmungslos auf anders Gerichtete dreinſchlagen konnte, wie z. B. im
Beginn ſeiner Karriere auf Bulwer, der bei ſeiner in der Tat
beſchränkten Kraft und trotz ſeiner Geiſtes- und Wiſſens-Eitelkeit
dennoch der Dichter von „Was wird er damit machen“ und der
„Caytons“ iſt*). Ueberhaupt ſcheint er trotz ſeiner ſtattlichen
Geſtalt etwas Nervöſes in ſeinem Weſen gehabt zu haben, das
ſich in der ganzen abſpringenden Art ſeines Lebens und Schaffens
zeigt. Eine beſchwerliche Arbeit konnte er überhaupt nicht ertragen:
die Erfüllung ſeiner Pflichten als Redakteur des „Cornhill“ ver-
urſachte ihm eine gemütliche Depreſſion und machte ihn zu Zeiten
ganz unglücklich. Aber auch bei der ihm kongenialen Arbeit dichte-
riſchen Schaffens konnte er keine Ausdauer entwickeln: mit wenigen

--------

*) Hier muß freilich bemerkt werden, daß Thackeray in ſpäteren
Jahren das Ungeziemende ſeines Angriffes ſelbſt anerkannt und den
Wunſch ausgeſprochen hat, ihn ungeſchehen machen zu können.

Ausnahmen zeigen seine Romane sämtlich die Spuren der durch
Ermüdung und Lebensgenuß veranlaßten Unterbrechungen, der
Ueberhastung, die oft notwendig war, um die betreffende Lieferung
zum bestimmten Termine fertig zu stellen; der mangelhaften Feile
und der fehlenden, weil unmöglichen Schluß-Durchsicht. Bei dieser
Art der Arbeit, die er, so leicht sie ihm wurde, doch zu vielen
Zeiten als eine Last empfand, müssen wir bewundern die Masse
und die Qualität des dennoch von ihm Geleisteten. Vieles davon
ist allerdings reine Brot-Arbeit von geringem Wert und bisher
wohl nur abgedruckt aus zu weit gehender Achtung vor dem Namen
des Dichters; die große Masse trägt unzweifelhafte Merkmale
einer genialen Beanlagung, verfehlt aber leider ihre poetische
Wirkung durch die Defekte einer zu wenig tiefen, zu wenig wahren
Lebensanschauung; einzelnes, wie der Roman „Henry Esmond",
ist von unvergänglichem Werte. —

—————

Der Körper Thackerays ruht in Kensal Green. Sein Andenken wurde verewigt durch eine Büste in der Westminster Abtei,
von Marochetti gearbeitet. Trollope nennt sie ein feines Kunstwerk, aber an Aehnlichkeit zurückstehend hinter der für den Gar-
rick-Club von Durham geschaffenen. Beide aber, so meint er,
geben keine so genaue Vorstellung von dem Menschen wie eine
von Böhm gefertigte Bronze-Statuette, von der zwei oder drei
Kopien genommen wurden. Nach seiner Beschreibung ist es
zweifellos dasselbe Bild, welches „Thackerayana" auf seiner Ein-
band-Decke und seinem letzten Blatte dem Leser zeigt, und das
ich anfangs für eine Karikatur Thackerays hielt. Trollope giebt
diesen Eindruck zu, findet aber doch, daß die Statuette mit der
Länglichkeit der Figur, den in die Hosentaschen gesteckten Händen,
dem hoch erhobenen Kopfe mit der eingedrückten Nase, dem merkwürdig vorstehenden Kinn, den Menschen, wie er leibte und lebte
und wie er im Gespräch vor seinen Freunden zu stehen pflegte,
wiedergiebt[11]).

## Zweites Kapitel.

## „Vanity Fair."

Das Wesen, die Kraft und die Bedeutung eines Dichters muß beurteilt werden nicht nach der vielleicht überwiegenden Masse derjenigen Produkte, welche die Intervalle seiner größeren Schöpfungen füllen, noch nach denen von den letzteren, welche aus irgend einem Grunde, sei es Ermattung des Interesses, unglückliche Stoff-Wahl, äußere Umstände oder was sonst immer, nicht die ganze Summe seiner Gaben haben zur Entfaltung kommen lassen, sondern nach den wenigen oder dem einzigen, welches infolge der aufgewandten Kraftfülle allgemein als das bedeutendste betrachtet wird — als das bedeutendste, womit keineswegs gesagt ist, daß es auch zugleich das künstlerisch vollendetste sein müßte. Wenn auch in allen Schöpfungen eines Dichters das Blut des Erzeugers pulsiert, so giebt es doch Grade der Ungemischtheit, Unverfälschtheit dieses Blutes; nicht die kränklichen, schwächlichen, sondern die vollblütigsten, gesundesten Kinder bestimmen das Maß der Zeugungskraft des Vaters. Shaksperes ganze Größe zeigt sich im „Hamlet", der als Kunstwerk hinter „Macbeth" und „Othello" zurücksteht. Göthes „Wilhelm Meisters Lehr- und Wanderjahre" könnte man mit einer Meerjungfrau vergleichen, deren herrlicher Oberkörper unsere bewundernden Blicke fesselt und uns meist die Lust nimmt, durch die wässrige Fläche philanthropischer Weltverbesserungs-Ideen hin-

durchzubringen, um den häßlichen, schuppigen, durch einander ge-
schlungenen Schwanz zu erkennen; und niemand wird den
„Faust" als Drama hochstellen. Ein Vollbild seines Universal-
genies geben aber nicht die künstlerisch vollendeten „Wahlver-
wandtschaften", oder das unübertreffliche Epos „Hermann und
Dorothea", nicht „Egmont" oder „Tasso", sondern allein „Faust"
und „Wilhelm Meister". Moliere ist am größten im „Tartuffe",
der als Komödie verfehlt ist. Heinrich von Kleists urwüchsige
Kraft zeigt sich am imposantesten in der „Hermannsschlacht",
und nicht im „Prinzen von Homburg", der doch ein Musterdrama
ist. Das epische Ungeheuer „Middlemarch" zeugt von einer Be-
obachtungs- und Darstellungsgabe, wie sie unter den Dichterinnen
wohl unerreicht dasteht; dem gegenüber ist der beste Roman George
Eliots, „Silas Marner", zugleich ihr unbedeutendster. Daß die
litterarische Bedeutung eines Kunstwerks mit seiner künstlerischen Vollendung zusammenfällt, wie in Grillparzers „Medea",
in Dickens „Copperfield", in Kellers „Grüner Heinrich", in
Spielhagens „Sturmflut", ist vielleicht noch der seltenere Fall.

Ich vermag Thackerays „Vanity Fair" als ästhetische Leistung
nicht zu bewundern. Der Roman krankt an den Fehlern der
gesamten modernen Epik der Engländer. Die Handlung des
ersten Teiles ist fast interesselos, ihr Gang äußerst schleppend;
interessanter wird sie nach dem Tode George Osbornes, sobald
die eigentliche Heldin des Romans — die freilich keine Heroine,
sondern eine verschmitzte Abenteurerin ist *) — in den Vordergrund
tritt. Fragen wir uns nach spannenden Situationen, nach dra-
matisch packenden Szenen, so finden wir wenige; ist es mehr als
der historische Ball-Abend in Brüssel am Tage vor der Schlacht
von Waterloo, und das Rencoutre Rawdon Crawleys mit Lord
Steyne in dem Boudoir seiner opferartig geschmückten und ent-
blößten Frau? Die komischen Effekte sind reichlicher gesät:

*) Thackeray nennt bekanntlich „Vanity Fair" „einen Roman
ohne Helden".

Szenen wie die in Vaurhall, wo der trunkene Jos Sedley der hei-
ratslustigen Becky in einer Weise den Hof macht, daß die Scham
ihn zu deren großem Bedauern in die Flucht treibt; oder die, wo
der alte Sir Pitt von seiner Schwester bei einem Heiratsantrage,
den er seiner Bonne Becky macht, überrascht wird; oder Jos' heroische Fluchtanstrengungen am Schlachttage, als er die Nachricht
von der Niederlage der Engländer erhält, in denen er sich durch
keinen weiblichen Widerspruch aufhalten läßt; oder die ganz köstliche,
wo dieser würdevolle Notable der vereinigten Königreiche in das
Dachzimmer eines gewöhnlichen Wirtshauses zu seiner zur Land-
streicherin hinabgesunkenen ersten Liebe hinaufkeucht und von der
verführerischen Schlange in seinem alten Herzen Gefühle erregen
läßt, die er für rein humane hält — das sind die Glanzpunkte
des Romans; im ganzen aber ist alles Werden, alles Geschehen
darin fast so langwierig wie im wirklichen Leben.

Aus obigen Worten geht hervor, daß es ein einheitliches
Interesse in demselben nicht giebt. Im ersten Teile steht Amelia
Sedley mit ihrem Liebeskummer und ihrem kurzen, schmerzens-
vollen Glücke im Vordergrunde; dann wird sie von Becky abge-
löst, welche nach dem Eclat, zu dem ihr Verhältnis mit Lord
Steyne führt, für eine Zeit lang ganz von der Bildfläche verschwindet, und dann ganz zuletzt noch einmal ihre ganze teuflische
Energie entfaltet, um das Leben des guten Jos zu vergiften.
In diesem Teile nennt Thackeray wohl aus Versehen Amelia
„seine Heldin". — Neben diesem großen fehlen auch die kleineren
Kompositionsfehler nicht. Mit souveräner Rücksichtslosigkeit
führt der Erzähler den Leser eine Strecke vorwärts, dann wieder
zurück, läßt ihn in die Zukunft wie in eine Gegenwart schauen
und versetzt ihn dann in eine ferne Vergangenheit, wenn es ihm
plötzlich einfällt, daß er noch etwas nachzutragen habe. Selbst
vor den gröbsten epischen blunders schreckt er nicht zurück. Auf
Seite 152 des 3. Bandes*) wird uns die Rückkehr Jos' und

---

*) Tauchnitz Edition. 1848.

der freudige Empfang bei den verarmten Seinigen geschildert,
und einige Seiten später läßt der Dichter sein Anmeldungs-
schreiben ankommen und beschreibt den Eindruck, den es auf seine
Schwester Amelia macht. Der Roman ist so flüchtig gearbeitet,
wie — wir werden sehen — fast sämtliche anderen größeren Werke
des Dichters. Und Trollope hat sicher recht, wenn er aus der
ab- und umspringenden Art der Erzählung schließt, daß sie begonnen wurde, ohne daß der Dichter eine Ahnung vom Verlauf
und Ende derselben hatte*).

Daß Thackeray jeden Augenblick aus den Coulissen heraus-
tritt und sich mit dem Zuschauer über sein Schauspiel und die
Charakterdarsteller unterhält; daß er den Lauf der Erzählung
fortgesetzt mit seinen Lebensbetrachtungen unterbricht — hier mit
einer satirischen, die häufig gut; hier mit einer pessimistischen,
die gewöhnlich falsch; und dort mit einer sentimentalen, die nicht
bloß natura langweilig, sondern in dieser Verbindung geradezu
widernatürlich ist — braucht kaum erwähnt zu werden; das versteht sich für einen englischen Novellisten von selbst.

Diesen Mängeln der Komposition gegenüber ist nun freilich ein
unschätzbarer Vorzug zu betonen, der Thackeray über fast alle seine
englischen Genossen erhebt: er. ist im einzelnen Meister in der
Handhabung der poetischen Oekonomie, und das ist der Grund,
weshalb seine Darstellung von Vorgängen und Charakteren immer
etwas Energisches, tief Eindrucksvolles hat. Es fällt ihm nicht
ein, Nebenfiguren in der Breite, mit dem Raum-Aufwande wie
Hauptfiguren zu schildern, und trotzdem versteht er es, mit wenigen prägnanten Zügen selbst den Dienerrollen das Gepräge
einer bestimmten Individualität aufzudrücken, aus Statisten wirkliche Menschen zu machen. Er hält sich überhaupt nicht bei
Nebenumständen auf, ohne sie darum gänzlich zu vernachlässigen:
die Lokalität, in der die Vorgänge sich entwickeln, ist uns immer
hinreichend bekannt, ohne daß er jemals in den Fehler Scotts, sie

---

*) Vgl. S. 37 f.

langatmig und detailliert zu beschreiben, verfiele. Daß ihm selbst
die Lokale seiner Erzählung deutlich vor Augen standen, beweist
die Thatsache, daß er seinem Freunde Hannay das Haus in
Russel Square zeigte, wo die Sedleys gewohnt haben. Ebenso
pflegte er auf Spaziergängen mit seiner Tochter ihr die Häuser,
in denen seine Geschöpfe lebten oder gelebt hatten, zu bezeichnen.

Er denkt nicht daran, eine Entwickelung von seelischen Vorgängen in drei Gesprächen zu geben, die er mit einem abmachen
kann, — ein Fehler, zu welchem G. Eliot durch die Kunst ihrer
Dialogführung, durch ihre Liebe zur Kleinmalerei so oft verführt
wird. Ueberhaupt ist Thackeray hinsichtlich der dramatischen Wirkung und psychologischen Kraft seiner Gespräche wohl unübertroffen. Lange Unterhaltungen kommen bei ihm nicht vor, hier
weiß er uns immer denjenigen Ausschnitt aus der Wirklichkeit
zu geben, den wir von der Poesie verlangen müssen: im Gegensatz zu jenem verkehrten Realismus, der durch photographische
Treue die unpoetische Wirklichkeit in der Poesie vollkommen erreichen will, finden wir in seinen Dialogen nur das für die
Handelnden, die Situation und deren Folgen Charakteristische
und Wichtige energisch zusammengefaßt. Jene von der modernen Epik so sehr beliebte und mit der Forderung der epischen
Breite, des behaglichen Sichauslebens gerechtfertigte Veranstal-
tung, daß eine Anzahl Personen sich zusammenfinden und in
einem langen Gespräche, das für die Handlung von keiner trei-
benden Kraft und für die Charakteristik belanglos ist, alles das
aussprechen, was der Dichter von seiner Denk- und Gefühlsweise
gern unter die Leute bringen möchte — jene höchst geistreichen
politischen, sozialen, ästhetischen, religiösen ꝛc. ꝛc. Debatten finden
wir bei ihm nicht. Freilich besitzt er auch den Fehler seiner Jugend: er scheint eine Abneigung vor ins Kleine ausgeführten
Dialogen zu haben, auch da, wo sie zur Schilderung der inneren
Beziehungen einer auf gemeinsamem Schauplatz thätigen Reihe
von Personen wünschenswert, und selbst an Wendepunkten der
Handlung, wo sie notwendig sind. Die eigentümliche Größe

eines Dickens, einer George Eliot auf diesem Gebiete erreicht Thackeray nicht: auf solche Massen-Szenen wie der Familienrat in der „Mühle am Floß", auf Dialoge wie der der Trennung Maggies von Stephen Gunst vorausgehende, wo zwei verschiedene Lebensauffassungen um den Sieg ringen und die Voraussicht einer tragischen Katastrophe jede Fiber unseres Interesses anspannt; auf Erschütterungen, wie jene Szene in „Adam Bede", wo das endlich erweichte Herz der schuldig befundenen Hetty Dinah gegenüber in furchtbaren Bekenntnissen und Selbstanklagen sich ergießt; auf jene in ihrer Feinheit und seelischen Tiefe ergreifenden Gespräche, wie das zwischen Dorothea und Rosamond in „Middlemarch", das die letztere vom Abgrunde unmerklich sanft zurückzieht — auf solche höchsten Erhebungen der epischen Kunst, deren nur der große Dichter fähig ist und die im Herzen des Lesers unauslöschlich fortwirken, müssen wir bei Thackeray verzichten. Pathos kann nur in ausgeführten Szenen erzeugt werden; und die Gabe des künstlerischen Pathos, die tief unter der Oberfläche des bloßen Mitfühlens, der Sympathie liegt, scheint ihm versagt zu sein. Und an solchen Stellen, wo lange im Verborgenen genährte Konflikte die Hülle abwerfen und die entfesselten Kräfte elementargewaltig zum Entscheidungskampfe einander gegenübertreten, enttäuscht uns das Fragmentarische seiner Darstellung. Ein merkwürdiges Beispiel für die Richtigkeit dieser Behauptung: Der Dichter hat mit unübertrefflicher psychologischer Feinheit das Verhältnis Lord Steynes und Beckys geschildert bis zu dem Punkte, wo die rein materialistische Gesinnung Beckys trotz ihres kalten, unsinnlichen Wesens sie zu der Ueberzeugung bringt, daß die sozialen Vorteile der Unbescholtenheit geringer wiegen als die Sorgenfreiheit und der unbegrenzte Luxus, die ein enorm reicher Liebhaber ihr zu gewähren vermag. Lord Steyne veranlaßt die Verhaftung ihres Mannes wegen Schulden, die ihr Leichtsinn gemacht hat; Becky verweigert ihm die zu seiner Befreiung erforderliche Summe, welche sie doppelt und dreifach, ein Geschenk Lord Steynes, in Händen hat. Der

Abend, an welchem sie jenen im Gefängnisse sicher aufgehoben
wähnen, ist für die Besiegelung des unlauteren Bundes bestimmt.
Rawdon Crawley aber ist von seiner milder gesinnten Schwägerin
befreit worden. Wie schildert nun Thackeray die Katastrophe? —
Der schwer beleibte Ehemann kommt vor seinem Hause an, sieht
Lord Steynes Wagen vor der Thüre, die Fenster des Drawing-
room erleuchtet, stürmt hinauf, um seinen Verdacht bestätigt
zu finden, reißt seiner Frau den Sündenlohn ihrer Diamanten
vom Leibe und schlägt den Besudler seiner Ehre nieder. — Hier
war die ausgeführte Schilderung des Zusammenseins der beiden
Verworfenen bis zur Höhe ihres diabolischen Triumphes, wo die
Katastrophe eintreten mußte, unbedingt erforderlich. Der Dichter
brauchte uns nur von der Entlassung Rawdons aus dem Gefängnisse zu berichten; wie er dann dazu kam, einem Rasenden
gleich in das verliebte Tete-a-tete hineinzustürmen, dafür bedurfte
es keiner Erklärung. Daß Thackeray von der kompositionellen
Notwendigkeit einer solchen Szene nichts geahnt habe, ist nicht
anzunehmen. Daß er diese Szene wegen ihrer sittlichen Anstößig-
keit umgangen habe, wäre eine kindliche Voraussetzung; wenn er
ein derartig falsches Zartgefühl besessen hätte, brauchte er diesen
Konflikt nicht heraufzubeschwören, die Katastrophe nicht so sorg-
fältig, so langer Hand vorzubereiten. Hier erblicke ich einen
Mangel seiner Kraft. Wenn wir ein zierliches gotisches Bauwerk
sähen, das mit einem plumpen, abgestumpften Turme gekrönt
wäre, würden wir denselben ästhetischen Eindruck davontragen,
wie von einer solchen Führung der Handlung.

Die häßliche Unart, die bei den meisten englischen Epikern
so häufig unseren selbstthätigen Genuß vernichtet, die Handelnden
nicht bloß in Wort und That zu schildern, sondern ihre Charaktere
in längeren psychologischen Traktaten zu beschreiben, finden wir
bei Thackeray selten und dann nur maßvoll vertreten. Die Kinder seiner Phantasie leben alle ihr eigenes, spontanes Leben, sie
sind Geschöpfe von Fleisch und Blut wie irgend einer von uns;
sie brauchen keine Entschuldigung für ihre Geburt, keine Erklärung

für die Art ihres Seins. Und kämen nicht leider viel zu oft
pessimistische Uebertreibungen vor, so könnte man die Kunst seiner
Menschen-Schöpfung eine vollkommene nennen. Wenn wir mit
Lessing „eine wahre und lebhafte Schilderung der Sitten und
Charaktere" als eine Hauptaufgabe gerade der epischen Kunst anerkennen müssen, so gehört Thackeray trotz gewisser Mängel seiner
Komposition und der viel zu stark hervortretenden Einseitigkeit
einer pessimistischen Lebensauffassung ohne Frage zu den bedeutend-
sten Epikern der Welt-Litteratur.

Sehen wir uns nun sein Gemälde näher an: suchen wir
aus der Art, wie er seine Figuren gruppiert, wie er die Farben
bei ihrer Zeichnung mischt, zu erkennen, welcher Art das Reflex-
bild ist, das die Welt in seine Seele geworfen hat, ob es eine
getreue Spiegelung der Wirklichkeit ist. —

In jedes Menschen Brust bekämpfen sich zwar nicht immer
mit gleicher Heftigkeit, aber doch unablässig das böse und das gute
Prinzip: die Selbstsucht und das Pflichtgefühl, in welcher Gestalt
das letztere auch in ihm vorhanden sein mag, ob als bloßer Nach-
ahmungstrieb, veranlaßt durch die Erkenntnis dieses Gefühles in
anderen, als Gewöhnung, oder als heiliges Gesetz, als Gott.
Die Leichtigkeit und die Masse der Siege, welche die Selbstsucht
in diesem Kampfe erringt, bestimmt die relative Wertlosigkeit oder
Güte des betreffenden Menschenwesens. Betrachten wir nun die
Menschen dieses dichterischen Weltbildes nach der Macht, welche
das böse oder das gute Prinzip über sie hat, und beginnen wir
mit derjenigen Figur, die nach der Stärke des Interesses, welche
der Dichter auf sie zu konzentrieren gewußt hat, mag er sagen,
was er will, doch die Heldin ist.

Rebecca Sharp ist von der Natur launenhaft behandelt
worden, mit allerlei äußeren Gaben schön geschmückt, aber in der
Hauptsache doch stiefmütterlich bedacht: sie ist ohne jede Gemüts-
anlage; das gute Prinzip hat kein selbständiges Leben in ihr, sie
erkennt es nur außer sich in den Handlungen anderer Menschen
und nur äußerlich, aber scharf genug, um — dieser Atavismus

ist- in ihr besonders stark vertreten — es nachäffen zu können,
sobald die Darstellung desselben ihr zweckdienlich erscheint. Was
die Gewöhnung einer guten Erziehung aus ihrer niederen Katzen-
Natur hätte machen können, weiß man nicht: ihr Vater war ein
im Trunke verkommener Maler, ihre Mutter eine Ballettänzerin;
sie ist in moralischem Schmuße aufgewachsen, und das Sittlich-
Häßliche hat nichts Abschreckendes für sie. Wie unsere inneren
Kräfte, obwohl wir sie an der Verschiedenartigkeit ihrer Aeußerungen als Individualitäten erkennen, doch in einer für uns un-
aufgeklärten Weise mit einander zusammenhängen und sich gegenseitig bestimmen, so ist mit einer solchen natürlichen Gemütsschwäche eine natürliche Verstandesschwäche verbunden: wenn sie
die umgebende Welt, das Streben und Ringen der Menschen betrachtet und sich die große Frage nach dem Zwecke dieses Daseins
vorlegt, so reicht ihr Verstand nicht weiter als bis zu der Erkenntnis, daß der fetteste Bissen auf dieser Erde das einzig
Erstrebenswerte sei, und daß sie die ihr verliehenen Angriffs- und
Verteidigungswaffen energisch benutzen müsse, um sich den fettesten
Bissen zu erkämpfen. Tritt das Leben ihr als eine gute alte
Frau entgegen, die ganz vernarrt ist in ihr schönes Fell, ihren
geschmeidigen graziösen Körper, sie streichelt und liebkost, mit
Leckerbissen aufzieht und ihr ein weiches, warmes Lager bereitet,
dann wird sie sich ganz manierlich betragen und nur hin und
wieder ein wenig kratzen und beißen, was sie ihrer Natur nach
doch nicht ganz lassen kann. Ist das Leben so hart zu ihr, wie
die Natur, ihre Eltern es gewesen sind, dann wird sie die ganze
Schärfe ihrer Zähne und Krallen, die ganze Kraft ihrer Sprung-
gelenke einsetzen, um zu ihrem Ziele zu gelangen. So kämpft
sie, und nicht ohne Erfolg, freilich auch nicht mit ganzem Erfolge;
sie hat das Unglück, ihre geschicktesten Sprünge immer ein wenig
zu kurz zu bemessen, und immer wieder zu einem neuen ansetzen
zu müssen. Der dicke, wohl situirte Indiaman, Joseph Sedley,
ist beim ersten Anlauf genommen — da entschlüpft er ihr wieder in einem Anfall thörichter Schamhaftigkeit. Nun wirft sie ihr

Netz nach dem Sohne ihres Prinzipals, Kapitän Rawdon Crawley, aus, wieder mit Erfolg — da will es das Unglück, daß der alte Sir Pitt Crawley sich selbst in sie verliebt und ihr den Antrag macht, als sie bereits mit jenem im geheimen verheiratet ist — so erhält sie weiter nichts als den tief verschuldeten und enterbten Sohn eines reichen Mannes. Ein nur obenhin glänzendes Leben, das im wesentlichen durch die sehr bedenkliche Spielgewandtheit ihres Mannes gefristet wird, genügt ihr für die Dauer nicht. Es ist ein wahrer Meistersprung, den sie jetzt thut, nach Lord Steyne, diesem alten, übersättigten Roué, dem nur noch die äußerste Piquanterie, ein verwegener sittlicher Haut Gout sein Mahl zu würzen vermag. Alles ist vortrefflich angelegt und vorbereitet: ihr Nachahmungstalent auch auf sittlichem Gebiet hat den größten Sieg errungen, sie ist in die höchsten Kreise eingedrungen, selbst bei Hofe präsentiert, ihr Name ist mit dem Nimbus einer Respektabilität umgeben, die ihr eine feste Schutzwehr gegen Angriffe des Neides und böses Gerede sein wird. Der Sohn ist in einer Erziehungs-Anstalt auf Kosten Lord Steynes gut aufgehoben, ihr Mann im Schuldgefängnis unschädlich gemacht, aus dem er auf Lord Steynes Verwendung als der Gouverneur einer fernen, ungesunden Insel hervorgehen wird. Daß sie dem Manne, der ihr alles im Leben geopfert hat aus wirklicher Liebe, unheilbar das Herz zerfleischen muß — ist nun eben im Kampfe um den besten Bissen nicht zu vermeiden. — Da stürzt er selbst hinein und zertrümmert mit derber Hand das sein gefügte Gebäude ihrer Ränke und macht sie zum Abscheu der Menschheit. Nun sind die guten Bissen, nach denen sie noch zu haschen vermag, mitunter recht erbärmliche Bissen, die die Not ihr eintreibt. Die Jahre wüsten Nomadenlebens zehren an ihren Reizen, sie sinkt weit unter das Niveau der fashionablen Demi-Monde hinab, sie muß schon um die Freundschaft armer deutscher Studenten werben, um für sich einen besseren Bissen als Branntwein und kalte Küche zu erwischen — als ihr erster Liebhaber, Jos Sedley, sie wieder antrifft. Sofort holt sie zum Sprunge aus — aber, o Ironie

des Schicksals! — in ihrem Wege liegt eine gute That, über die
sie hinweg muß, um zum Ziele zu gelangen. So verrichtet sie
denn die einzige gute That ihres Lebens und entfernt Amelia
Sedley von ihrem Bruder, um sie mit ihrem langjährigen Verehrer, Major Dobbin, zu vereinigen — freilich, indem sie ihr
die Treulosigkeit ihres ersten Gemahls, deren Veranlassung und
Gegenstand sie selbst gewesen, enthüllt. Aber das Geld des
guten Jos schwindet schnell dahin unter den Händen der sauberen
Gesellschaft, die sie unter hochklingenden Namen in sein Haus
einführt; er selbst stirbt bald — das wie? bleibt dunkel — und
schließlich ist Becky Sharp wieder vor die Alternative gestellt,
von einem kleinen Jahrgelde zu leben, verständig und respektabel,
oder auf Abenteuer auszugehen. Was sie vorziehen wird, kann
der urteilende Leser sich selbst sagen. — Das Bild dieser mit
äußerster Schärfe und Konsequenz gezeichneten Abenteurer-Natur
allein würde dem Roman eine hervorragende Bedeutung sichern
und muß ihm immer neue Leser zuführen.

Diejenige Figur, welche der kleinen Sharp hinsichtlich der
Masse des ringsum verbreiteten Unheils am nächsten kommt, ist
der alte Osborne — ein äußerst „respektabler" Mann, so respektabel, wie Glück in Handelsunternehmungen und die strengste Be-
obachtung der äußeren Konvenienz einen Menschen nur machen
können. Zwar ist er ein unerträglicher Tyrann im eigenen
Hause; zwar beschimpft und verachtet er einen alten Freund, dem
er sein Emporkommen zu danken hat, als dieser unglücklich in
seinen Spekulationen ist; zwar zerreißt er ein Band, das die in-
timen Familien noch enger verknüpfen sollte, und verstößt seinen
Sohn, da dieser, der Stimme des Gewissens folgend, seiner unglücklichen Braut die Hand reicht; zwar läßt er das frühzeitig
verwitwete Weib und seinen Enkel ein Jahrzehnt hindurch darben,
und versetzt ihr dann den empfindlichsten Schlag, indem er ihre
Not benutzt, um ihren Sohn für immer von ihrem Herzen zu
reißen — aber höchst respektabel — das ist die Tendenz des
Dichters — kann man doch sein, und wenn man ein eingefleischter

Teufel wäre. Das Bild dieses brutalen Geldprotzen, der Armut
für eins der schlimmsten Verbrechen hält und nichts Verächtlicheres
kennt, als einen schwach begüterten Mitmenschen, ist nur bis zu
einem gewissen Grade gelungen; seine Vorliebe, schwarz zu sehen,
hat den Dichter hier zu einer Uebertreibung veranlaßt, wie
sie bei ihm nicht selten ist. Als der junge Osborne in der
Schlacht bei Waterloo gefallen ist, kommt die Liebe in dem stei-
nernen Herzen des Vaters zum Durchbruche; denn, so weit er
überhaupt lieben kann, hat er seinen Sohn geliebt. Während
er diesem nun ein prächtiges Denkmal setzen läßt, stößt er Amelia
mit seinem Enkel von seiner Thüre fort ins Elend. Und erst
nach langen Jahren, als er sich alt und vereinsamt fühlt und
in dem kleinen George das wahre Ebenbild seines Sohnes erkennt, läßt er sich bewegen, ihn in sein Haus aufzunehmen unter
der Bedingung, daß seine Mutter sich niemals vor ihm blicken
lasse. Der Widerspruch zwischen jener Ehrenbezeugung, mit der
er den Gram um seinen Sohn beruhigen will, und der barba-
rischen Behandlung seines Enkels ist so groß, daß wir hier nicht
mehr die Empfindung der Ironie, der Satire, sondern des einfachen Unsinns haben. Es giebt kein denkbares Motiv, das
den Alten hindern konnte, zwölf Jahre früher zu thun, was er
später that. —

Der Hauptvertreter des Adels neben dem trotz aller Verworfenheit sehr einflußreichen Lord Steyne ist Sir Pitt Crawley,
eine seltsame, aber doch naturwahre Mischung von Geizhals,
Gauner und sinnlichem Materialisten, bei dem nur das unwahr
und tendenziös ist, daß dieser nicht einmal durch saubere Wäsche
verhüllte Cynismus ein Charakteristikon des englischen Adels
sein soll. Er krönt das Werk seines Lebens, indem er die dreifach jüngere Tochter seines Kellermeisters seinen erwachsenen
Söhnen und Töchtern zum Hohne zu seiner Geliebten erkürt, und
ist im Begriff, diese Dirne zur Lady Crawley zu machen —
wenn aus keinem anderen Grunde, so doch um seinen so sittlich
und vornehm thuenden, und ihm darum so verhaßten Angehö-

rigen einen furchtbaren Streich zu spielen — als gerade zur
rechten Zeit ein Schlagfluß den im Branntweingenuß Vertierten
seiner Unabhängigkeit beraubt. Sir Pitts Bruder, Bute Crawley,
der einzige Vertreter der Geistlichkeit in dem Roman, ist ein
Schwachkopf, Sportsman, Trinker und Verschwender, und infolge
dieser Eigenschaften natürlich sehr ungeeignet, die Würde seines
Standes aufrecht zu erhalten. Seine Frau teilt die Beschränktheit der ganzen Familie; sie sucht durch kleinliche Sparsamkeit
und Erbschleicherei den Leichtsinn ihres Gatten auszugleichen und,
in Ermangelung jedes Vertreters religiöser Richtung in ihrer
Familie, ein Christentum zur Geltung zu bringen, das mehr eine
Religion der Gewaltthat als der Liebe ist. Während ihre Töchter
durch körperliche Häßlichkeit und jede Unfähigkeit ausgezeichnet
sind, läßt ihr Sohn, der hinsichtlich seines Cynismus und seiner
Hinneigung zu der untersten Gesellschaftsklasse große Familien-
ähnlichkeit mit seinem Onkel aufweist, sich den Nachweis angelegen
sein, wie wenig die Kenntnis der lateinischen und grie-chischen
Sprache allein im stande ist, die Brutalität in uns zu töten.
Der Mittelpunkt der ganzen Familie, wegen ihres Geldes von
allen umkrochen und in boshafter Freude alle mit Füßen tre-
tend, ist die unverheiratete Miß Crawley, eine der wider-
wärtigsten alten Jungfern, die je der schwärzeste Pessimismus er-
sinnen konnte, und trotz der Widersprüche, die sie in sich vereinigt,
glaubhaft gezeichnet. Stolz auf ihre französische Bildung und
prahlend mit der irreligiösen, leichtfertigen Lebensanschauung, die
sie aus ihr sich angeeignet hat, ist sie nichtsdestoweniger die
starrste Vertreterin der englischen Konvenienz und dessen, was
Thackeray uns als die englische Respektabilität deutlich zu machen
bemüht ist. Liebt sie ihren Neffen Rawdon Crawley offenbar
darum, weil er ihrem Ideal eines französischen Weltmannes am
nächsten kommt, ein unbarmherziger Löwe unter den Pächters-
töchtern, ein gewissenloser Raufbold, ein professionierter Spieler
und Schuldenmacher ist: so enterbt sie ihn darum, weil er von
einer einmaligen wirklichen Liebe getrieben unter seinem Stande,

die arme Gouvernante Becky Sharp heiratet. Lady Southdown,
ihre intimste Widersacherin, ist ein weiblicher Dragoner, der in
Ermangelung eines anderen Regiments sich zum Kommandeur
einiger frommen Vereine aufgeworfen hat. Die weiteren abligen
Nebenfiguren sind lauter Null-Eristenzen, die Männer dazu angethan, einer so pikanten Dame wie Rebecca Bouquets zu senden,
Handschuhe zu kaufen und Geld zu leihen, die Frauen energische
Helfershelfer der bösen Fama, in aktivem und passivem Sinne.
Es versteht sich, daß diese achtbare Gesellschaft von einem entsprechend spitzbübischen Lumpengesindel von Dienerschaft umgeben
ist, und so in ihrer Gesamtheit eine Welt bildet, aus der ein auf
ewig Verdammter in die Hölle zurückfliehen würde.

Eine vortreffliche Zeichnung ist die des immerfort zwischen
Gut und Böse schwankenden George Osborne: nicht ohne Regungen des Edelmuts und einer männlich unabhängigen Gesinnung, werden seine besten Vorsätze durch seinen Leichtsinn, seine
Eitelkeit immer wieder zu nichte gemacht. Wohl weist er das
Ansinnen seines Vaters, die Verlobung mit Amelia Sedley abzubrechen, mit Entrüstung zurück; aber sie zu heiraten, hätte er
doch nicht über sich vermocht ohne die Mahnungen seines Freundes
Dobbin und ohne die geheime Ueberzeugung, daß es ihm doch
gelingen werde, die Härte seines Vaters zu besänftigen. Seine
Sucht zu glänzen, läßt ihn seine bescheidene, liebevolle Frau
vernachlässigen und treibt ihn der Schlange Rebecca in die
Arme, die ihn innerlich als einen eitlen Narren verachtet, ihn
aber mit ihrem gewohnten Raffinement an sich fesselt, um
durch die Spielgewandtheit ihres Mannes in den Besitz seines
Geldes zu kommen und der armen Amelia Schmerzen zu bereiten. Sein Vergehen sühnt er durch einen tapferen Tod für
sein Vaterland.

Wir sehen, die Zahl derjenigen Menschen, bei denen die
Selbstsucht die allein ihr Leben führende Macht ist, ist in dem
Weltbilde Thackerays hervorragend stark; wieviel Rollen können
bei der notwendigen Beschränkung eines solchen Bildes wohl

noch den Kämpfern für das Recht, den Vertretern einer reineren
Menschlichkeit bleiben?

Gegenüber der ganzen Summe von Verworfenheit, die der
Dichter den Abel entwickeln läßt, giebt es darunter zwei Leute,
die respektabel, und zwar nicht bloß in ironischem Sinne sind.
Es ist der junge Pitt Crawley und seine herzensgute, harmlose
Frau: dem ersteren zollt Thackeray selbst zwar geringe Achtung;
er behandelt seinen bigotten Standpunkt, sein Streben nach po-
litischer Bedeutung trotz geringer Geistesmittel, seinen Hang zur
Sparsamkeit, neben dem keine Generosität aufkommen kann, mit
viel schärferer Satire, als sie verdienen. Thatsächlich gehört er
zu der übergroßen Masse irdischen Mittelgutes, dessen Wert und
Bedeutung für das Weltganze Thackeray nicht abschätzen zu
können scheint: zu jenen Menschen, die trotz mancher Fehler und
Schwächen, trotz ihrer geringen geistigen oder gemütlichen Erhebung,
in ihrer Abneigung vor Uebertretung des göttlichen und menschlichen Gesetzes, in ihrem tadellosen Lebenswandel dennoch die
Träger der Sittlichkeit und als solche dem weitesten Weltblick von
dem erhabensten Standpunkte aus als entschieden achtbar erscheinen
müssen. Daß der Dichter und der Denker auf die Kleinheit der
„Philister“ hinabsieht, ist selbstverständlich; er erregt aber Zweifel
an der Höhe und Gesundheit seines Denkens, wenn er zu ihrer
Verachtung auffordert.

Mr. Sedley ist im Beginn der Erzählung ein behäbiger,
jovialer, wohlwollender Mann; seine Frau die Seele eines in
seiner freundlichen Tüchtigkeit ungemein anheimelnden Lebens-
kreises. Der Dichter schildert die Wirkungen ihres Ruins auf
diese vortrefflichen Menschen: Mr. Sedley vermag von der Höhe
des Großkaufmannes zu der Bescheidenheit einer mittellosen
Existenz nicht hinabzusteigen; er möchte noch immer den Groß-
kaufmann spielen und macht sich mit allerlei unfundierten Unternehmungen lächerlich. Und wenn er auch Fremden gegenüber
niemals den Grundsatz außer acht läßt, daß das ehrenfeste, selbst-
bewußte Auftreten des Kaufmannes sein halbes Kapital ist; so

wird er doch durch die vielen Mißerfolge, die sich an seine aus-
sichtslosen Bestrebungen knüpfen, tief verbittert, griesgrämig und
zuletzt fast schwachsinnig. Die früher so offene Hand der guten
Frau schließt sich krampfhaft um die wenigen Groschen ihres
Einkommens; sie mißgönnt der armen Amelia und ihrem Kleinen,
deren geringes Jahrgeld oft genug in Anspruch genommen wird,
den Bissen im Munde. — Das Bild ist traurig, kläglich wahr;
und der Eindruck der Kläglichkeit ist um so ungemischter, als
Thackeray, Anatom wie er ist, das menschliche Leiden bis in seine
innersten Atome auseinanderlegt und in seine finstersten Winkel-
chen mit seiner analytisch-satirischen Lampe hineinleuchtet.

Ganz ebenso schlimm spielt die böse Welt seiner „Heldin"
Amelia mit, die auch nichts weiter verbrochen hat, als daß sie
gut sein wollte auf einem Planeten, den das böse Prinzip zu
seiner Residenz erkürt hat. Hören wir einen seiner sentimentalen
Ergüsse: „Ihr Leben, das nicht glücklos begonnen hatte, war so
tief hinabgesunken — zu einem elenden Gefängnis und einer
langen, entwürdigenden Knechtschaft. Der kleine Georg" — er
ist bereits im Hause seines Großvaters — „besuchte ihre Gefangenschaft mitunter, und tröstete sie mit schwachen Strahlen der
Ermutigung. Russel Square war die Grenze ihres Gefängnisses;
sie konnte hin und wieder dorthin gehen, war aber nachts immer
wieder zurück in ihrer Zelle; um freudlose Pflichten zu erfüllen,
an undankbaren Krankenbetten zu wachen; sich von klagsüchtigem,
verbittertem Alter quälen und tyrannisieren zu lassen. Wie viele
tausend Menschen giebt es, meistenteils Frauen, die verurteilt
sind, diese lange Sklaverei zu ertragen? Die Krankenwärterinnen
ohne Lohn sind — barmherzige Schwestern ohne die meinetwegen
romantische Empfindung des Opfers — die kämpfen, fasten,
wachen und dulden unbemitleidet; und dahinsterben würdelos und
unbekannt. Der verborgenen und furchtbaren Weisheit, welche
ihr Los den Menschen zuteilt, gefällt es, die Liebevollen, Guten
und Weisen so zu demütigen und niederzuschlagen; und emporzu-
heben die Selbstsüchtigen, die Thoren oder Schurken. Oh, sei

demütig, mein Bruder, in deinem Glück! Sei freundlich zu denen,
welche weniger glücklich sind und vielleicht Besseres verdient haben
als du. Bedenke, was für ein Recht hast du, hochfahrend zu
sein, du, dessen Tugend Mangel an Gelegenheit zum Sündigen
ist, dessen Erfolg ein Zufall, dessen Rang ererbtes Glück sein
mag, dessen Wohlergehen höchst wahrscheinlich eine Satire ist?"

Ja, es ist eine unumstößliche und seit den Urzeiten bekannte
Wahrheit: es giebt viel unverdientes Unglück auf unserer Erde.
In diesem Falle aber bedauern wir, die Tiefe des Mitgefühls
und der liebenden Verehrung, mit der der Dichter seine Heldin
so oft weinend ans Herz schließt, nicht vollkommen teilen zu
können. Denn bei all ihrer Harmlosigkeit und Güte, ihrer stillen
Ergebung in harte Pflichten, ihrer Liebe zu dem verstorbenen
Gemahl, die Anbetung, und zu ihrem Kinde, die Vergötterung
ist, ist Amelia nicht schuldlos an ihrem Schicksal, das ein wenig
größere Verstandesschärfe, ein wenig geringerer Egoismus günstig
hätte gestalten können. Daß sie ihren leichtfertigen Gemahl nach
seinem Tode als Heiligen verehrt, ist eine von Thackeray beabsichtigte Satire. Wenn sie um dieser Empfindung willen dem
treuen Dobbin, dem einzigen Freunde in ihrer Not, der nicht so
hübsch und gewandt, aber tausendmal wertvoller, als jener Dandy
ist, mehrere Male ihre Hand entzieht; wenn sie bei vollem Bewußtsein der Schmerzen, die sie ihm bereitet, achtzehn Jahre lang
seine Ritterdienste duldet und ihn erst erhört, als er sich im Zorne
von ihr gewandt und sie erkennen gelehrt hat, was das Leben
ohne seine zarte Sorge ihr ist: so müssen wir den edlen Mann,
dem diese Beschränktheit und diese Koketterie die schönsten Jahre
seines Lebens verleidet und verstört, viel mehr bedauern, als
jenes auch im Unglück thöricht verzogene Kind. — Wir sparen
unsere Thränen für größere Herzen und unverdientere Leiden.

Als ich nach langer Zeit wieder diese Leidensgeschichte las,
fiel mir der Ruin des Hauses Tulliver in George Eliots „Mühle
am Floß" ein. Auch hier ist eine bis ins Kleinste gemalte
Schilderung eines großen, langlebigen Unglücks; auch hier sind

die frischen Lebensgeister des alten Tulliver wie betäubt, das
Herz der herrlichen Maggie wie abgestorben unter den ewig
nagenden kleinen Sorgen. Aber die Kraft des Alten ist ge-
schwächt, und nicht gebrochen: was er davon noch besitzt, ver-
wendet er mit zäher Energie zum Wiederaufbau seines Hauses.
Maggie arbeitet an der Wiederaufrichtung ihres gedrückten Geistes
durch Religion und Poesie. Und ihr ehrenwerter Bruder Tom ringt
sich durch mit Anstrengung jeder Fiber aus der Knechtschaft der Armut zur Freiheit des Besitzes. Vergleichen wir mit diesem das
Thackerayische Bild widerstandslosen Duldens, so sind die beider-
seitigen Wirkungen so weit verschieden wie Jammern und Kämpfen,
wie Misere und Pathos, wie klägliche und tragische Wirkung.

Wenn wir die beiden feindlichen Mächte des Guten und des
Bösen in der Welt dieses Romans vergleichend neben einander
stellen, so sieht die Tugend kümmerlich und abgezehrt aus neben
dem in voller Kraft und Blüte prangenden Laster. Die Tugend
scheint sich in die Schwäche zurückgezogen zu haben; wer nicht
die Kraft zu bösen Thaten hat, ist aus Not tugendhaft. Die
Natur hat die Sedley-Familie nicht mit Verteidigungs- und noch
weniger mit Angriffs-Waffen versehen: darum krümmen sie keinem
ihrer Mitmenschen ein Haar; darum müssen sie sich aber auch
unter Unrecht und Elend zur Erde beugen ohne die Kraft, sich
aufzurichten. Und nur, wenn sie ihrer Schwäche eine noch größere
gegenüberfehen, regt sich auch in ihnen der aller Menschheit an-
geborene Trieb zur Bosheit: so lassen die alten Sedleys ihren
Gram und ihre Verbitterung an der armen Tochter aus als der
einzigen, die noch tiefer niedergedrückt ist als sie. Und Amelia
läßt den einzigen Menschen, der zu ihr in das Verhältnis der
Dienstbarkeit tritt, ihre Launen in rücksichtsloser Weise fühlen.
Dieser Mann, Dobbin, ist ebenfalls ein Stiefkind der Natur:
mit seinem häßlichen Gesicht, seinen ungeschlacht entwickelten
Gliedmaßen ist er in jungen Jahren der Spott seiner Mitschüler,
in späteren ein Hohn auf die salonmäßige Gewandtheit und
Eleganz gewesen. So von niemandem ausgezeichnet, von allen

zurückgestoßen, erklärt es sich allerdings, wie er seine Anhänglichkeit auf eine einzige Frau in einer Weise konzentriert, die zu
einem niedrigen Vergleiche herausfordert. Da es nun aber für jeden
M a n n unerlaubt ist, den Launen auch der schönsten und liebenswürdigsten Frau zum Spielball zu dienen, so wird das schöne Bild dieses
in seiner geräuschlosen Tüchtigkeit verehrungswürdigen Menschen durch
den Makel einer höchst beklagenswerten Schwäche entstellt.

Es ist nicht zu leugnen, daß Menschen von stark ausgepräg-
tem Egoismus, nachdem sie eine Zeit lang mit allen verwerflichen Mitteln eiteln Besitztümern nachgejagt haben, aus irgend
welcher Veranlassung in sich gehen und wertvollere Mitglieder
der menschlichen Gesellschaft werden. Auch Thackeray scheint
diese Thatsache zuzugeben, aber doch nur in dem beschränkten
Maße, daß die ursprünglich schlechte Natur wohl für gewisse Zeit
zurückgedrängt, nie ganz verdrängt werden kann. So zeigt er
mit tiefer Seelenkunde, wie den Wüstling Rawdon Crawley die
Liebe zu seinem kleinen Sohne, an den er sich immer inniger an-
schließt, je mehr sein seelenloses Weib sich ihm entfremdet, zu
einem auch um das sittliche Wohl seines Kindes zartbesorgten
Vater und zu einem wohlgesinnten Menschen macht. Wir würden ihn hochachten können, wenn er nicht stockblind gegen die Nichtswürdigkeit Rebeccas wäre. Zuletzt aber läßt er sich von dem Manne,
der ihm mit der Ehre seines Weibes ein Stück von der eigenen
geraubt hat, mit dem er auf dieser Erde nicht zusammen existieren
zu können glaubte, abfinden — freilich in äußerster materieller
Not — durch die Gouverneurschaft von Coventry Island, dessen
ungesundes Klima seiner unbequemen Existenz ein frühes Ziel
stecken wird. — Nicht unmöglich, aber schauderhaft!

Das sind die Guten. — Mit welchem wonnigen Behagen,
mit welcher Kraft und Gewandtheit schwimmen ihnen gegenüber
die Bösen in ihrem sumpfigen Element! „Ich für meinen Teil
glaube," sagt Thackeray, „daß Reue die am wenigsten wirksame
von allen moralischen Empfindungen des Menschen ist — die
am leichtesten zu ertötende, wenn erweckt: und in manchen über-

haupt niemals erweckt. Wir bekümmern uns, wenn man uns
durchschaut hat, und bei dem Gedanken an Schande und Strafe;
aber das bloße Gefühl des begangenen Unrechts macht wenige
Menschen unglücklich auf dem Jahrmarkt der Eitelkeiten." Dieser
Anschauung entsprechend sind denn auch Thackerays Lumpen und
Schurken Lumpen und Schurken mit Leib und Seele, aus innig-
ster Ueberzeugung. Das sieghafte Bewußtsein ihrer vielen gelungenen Streiche erfüllt sie mit einer unverwüstlichen Fröhlich-
keit; ihre Zufriedenheit mit sich, ihre Seelenruhe äußert sich auch
körperlich: sie blühen und gedeihen, ihre Haare ergrauen später
als die anderer Menschen, ihre Gesundheit widersteht allen Stra-
pazen der Genußjagd bis ins höchste Alter; mit Geld und Ehren
und Ansehen werden sie förmlich überschüttet. Und so fahren sie
denn fort, den schwer beladenen Esel, die ehrlich kämpfende Tüchtigkeit, mit Püffen und Tritten zu regalieren, und kennen in der
Welt nur eins, das noch lächerlicher als die Ehrlichkeit ist: den
dummen, von seinesgleichen übertölpelten Schurken.

Das Weltbild, das sich in Thackerays Seele spiegelt, ist
dasselbe wie jenes, welches auf das Gemüt des unglücklichen
Dänenprinzen drückt:

' s ist ein wüster Garten,
Der auf in Samen schießt; verworfenes Unkraut
Erfüllt ihn gänzlich.

Aber Hamlet können wir entschuldigen: er war noch sehr jung,
der Schlag, der ihn traf, war zu furchtbar für seine unausge-
reifte Kraft; sein Herz war unheilbar verwundet; und bei aller
Jugend wußte er doch, daß „die Erde, dieser treffliche Bau," nur
ihm „ein kahles Vorgebirge scheint". Tadeln hätten wir ihn
müssen, wenn er sich zum Sprecher der Menschheit aufgeworfen
und das Bild, das die Welt in sein zerrissenes Gemüt geworfen,
das wahre genannt hätte.

Es hat nie einen wirklichen Dichter gegeben, der nicht Pessimist gewesen wäre; aber immer noch ist ein bloßer Pessimist, bei
noch so großen Gaben der höchsten Stufe der Dichtkunst so fern

geblieben wie der höchsten Stufe der Wahrheit. Auch Shakspere hat in seinen reiferen Jahren eine Zeit gehabt, in der ihm die Macht des Bösen in der Welt koloffal und furchtbar erschien: die Dramen „Maß für Maß", „Hamlet", „Macbeth", „Lear", „Othello" gehören dieser Periode an; sie aber beweisen gleichzeitig die Unerschütterlichkeit seines Glaubens an die Kraft des Guten. Was mag wohl Thackeray von einer Figur wie Heinrich V ge- halten haben, die das siegreiche Gute in dichterisch nie erreichter Weise verkörpert? — Sie kann ihm nur eine schöne Illusion gewesen sein. Will er doch nicht einmal die Existenz der vielen kleineren siegreichen Helden, welche das Leben jedem unbefangenen Geiste zu seiner freudigen Erhebung zeigt, anerkennen — jene tüchtigen Naturen, die mit ihrem guten Willen die Kraft vereinen, das Böse zu durchschauen und erfolgreich zu bekämpfen; die sich eine feste Stellung im Leben erobern, von der aus sie in ihrem beschränkten Herrscherkreise Gesundheit und Wohlsein zu verbreiten wissen. Es giebt bekanntlich Landschaftsmaler, die ausschließlich Sturm- und Regenlandschaften malen, weil ihnen die Sonnenbeleuchtung nicht so gut gelingt. Was würden wir zu einem Manne sagen, der auf unsere Frage, warum er nicht einmal eine sonnenbeschienene Landschaft schüfe, antwortete: „Weil es keine giebt." Nun, bis zu diesem Grade der Unwahrheit geht Thackerays Pessimismus, der sich in zahlreichen Sentenzen und Betrachtungen unverhüllt ausspricht.

Wir können es dem Satiriker zum teil zu gute halten, wenn er jungen Mädchen auf ihren Weg nach dem Ziele der Ehe fol- genden Rat mitgiebt: „Eine lange Verlobung ist ein Genoffen- schafts-Vertrag, den die eine Partei die Freiheit hat zu halten oder zu brechen, während die andere ihr ganzes Kapital darin engagiert. Hütet euch also, ihr jungen Damen; seht euch vor wie ihr euch verlobt! Vermeidet es, freimütig eure Liebe zu er- kennen zu geben; sagt niemals alles, was ihr fühlt, oder (ein noch besserer Weg) fühlt sehr wenig! Seht, was es für Folgen hat, wenn man vorzeitig aufrichtig und vertrauensvoll ist! Ver-

heiratet euch, wie fie es in Frankreich machen, wo die Notare
die Brautführer und Liebesboten find! Jedenfalls habt niemals
irgend ein Gefühl, das euch unbequem werden kann; gebt niemals ein Versprechen, das ihr nicht jeden Augenblick in der Hand
habt oder zurückziehen könnt! Das ist der Weg, wie man vorwärts
kommt und geachtet wird und in den Ruf der Tugend kommt in
Vanity Fair."

In der folgenden Stelle, die uns die intimften Verhältniffe
des Lebens fo fchwächlich zeigt, daß fie durch ein Nichts zerriffen
werden können, hören wir weniger das Lachen des Satirikers
als die Flüche des Mifanthropen: „Vielleicht giebt es in Vanity
Fair keine befferen Satiren als Briefe. Nehmt doch nur ein
zehn Jahre altes Bündel von eurem lieben Freunde, den ihr jetzt
haffet! Seht einen Haufen von eurer Schwefter durch: wie feft
ihr aneinander hinget, bis ihr um die 20 Pfund (!) - Erbschaft
euch entzweitet! Langt doch das ausgeschriebene Gekritzel eures
Sohnes herab, der euer Herz fast gebrochen hat feitdem durch
unkindliche Selbftfucht; oder ein Päckchen von euren eigenen, end-
lofe Glut und ewige Liebe atmenden, welche euch zurückgeschickt
wurden von der Geliebten, als fie den Nabob heiratete — von
eurer Geliebten, die euer Herz jetzt fo kalt läßt, wie die Königin
Elifabeth."

Ich glaube, die folgende hat denfelben Charakter: „Solange
wir eines Menfchen irdifche Refte unter uns haben, laffen wir
an ihnen unfere Frivolität aus, umgeben fie mit Humbug und
Zeremonien, ftellen fie in Parade aus, packen fie mit goldenen
Nägeln und Samt ein und geben unferem Pflichtgefühl die Vollendung, indem wir einen Stein über fie fetzen, der mit Lügen
ganz vollgeschrieben ift."

Das mag alles als Satire noch hingehen, obgleich es keine
gute Satire ift, welche die Gefinnung eines Teiles der Menfchen
als die Gefinnung der Menfchheit fetzt und nicht wirklich allgemein verbreitete Uebel einer Zeit oder eines Landes zum Gegen-
ftande ihres Hohnes macht — gut ift z. B. feine Satire auf die

Verlogenheit des geselligen Lebens. — Was wir aber weiter an-
führen wollen, ist ein Zeugnis von der totalen Gemüts-Verdun-
kelung des Dichters, von einer gänzlichen Verzweifelung an allem
Guten und Edlen.

„Wer von uns kann auf viele Menschen in seinem Kreise
hinweisen, deren Zwecke edel, deren Treue beständig und nicht
bloß beständig in ihrer Art, sondern auch erhaben in ihrem
Grade ist; deren Mangel an niedriger Gesinnung sie einfältig
erscheinen läßt: die der Welt ehrlich ins Gesicht sehen können
mit der gleichen männlichen Sympathie für das Große und
das Kleine?" — Daß Idealmenschen nicht oft zu finden sind,
ist zwar keine tiefe, aber eine Wahrheit. Was ist das aber für
ein Standpunkt, der, weil er das Beste nicht überall findet, das
Gute leugnet?

Fruchtloser, unwahrer Miserabilismus spricht aus den folgenden Worten: „Wie sehr du auch [äußerlich] betrauert werden
magst, deine Witwe wird doch wünschen, daß ihre Trauerkleider
zierlich gemacht werden." — Warum denn auch nicht? Macht
etwa der Sack und die Asche die Trauer? — „Der Tod eines
kleinen Kindes, welches dich kaum gekannt hat, und dich nach
einwöchentlicher Abwesenheit vergessen haben würde, wird dich
tiefer niederbeugen als der Tod deines treusten Freundes oder
deines Erstgebornen, eines Mannes ausgewachsen wie du selbst,
mit eigenen Kindern." — „Und wenn du alt bist, alt und reich
oder alt und arm, so kannst du einst bei dir denken: Diese Leute (!)
um mich sind sehr gut; aber sie werden sich nicht zu sehr betrüben,
wenn ich dahin bin. Ich bin sehr reich, und sie wollen mein
Erbe haben — oder sehr arm, und sie sind es müde, mich zu
füttern." — Armer Thackeray! ob er seinen eigenen Angehörigen
gegenüber sich in demselben Lichte betrachtet hat?

Daß der Mangel an Versuchung die Tugend erhält, ist bekannt. Nicht minder aber steht es fest, daß nicht alle Menschen
allen Versuchungen unterliegen, daß z. B. nicht jede sittlich er-
zogene Frau von der Armut zur Schande getrieben wird; daß

der ehrenwerte Mensch nicht immer stiehlt, wenn er Hunger hat;
daß nur wenige Menschen heutzutage sich von dem furchtbarsten
Hasse zum geplanten Morde verführen lassen. Was sollen wir
nun dazu sagen, wenn der Dichter als einzigen Unterschied zwischen
der abgefeimten Dirne Rebecca und jeder beliebigen achtbaren Frau,
wie jene selbst, nur die Verschiedenheit der materiellen Mittel gelten
läßt? — „Und wer weiß, ob nicht Rebecca recht hatte in ihren
Erwägungen — und ob es nicht bloß eine Frage des Geldes und
Glückes ist, welche den Unterschied zwischen ihr und einer ehrlichen Frau ausmacht? Wenn man die Versuchungen in Betracht
zieht, wer kann dann sagen, daß er besser ist als sein Nachbar?
Eine behagliche, glückliche Karriere, wenn sie die Leute nicht ehrlich macht, erhält sie wenigstens ehrlich. Und ein behäbiger Stadt-
rat, der mit seiner Schildkröten-Suppe im Leibe vom Festmahle
heimkehrt, wird nicht aus dem Wagen steigen, um eine Hammel-
keule zu mausen; aber man stelle ihn vor den Hungertod und
sehe zu, ob er nicht ein Brot stehlen wird."

In der folgenden Stelle macht Thackeray nun gar die man-
gelnde Gefühlstiefe, die Erinnerungsschwäche der Kinder zu einem
angebornen Keime der Lieblosigkeit. Als Amelia mit der Sorgfalt des Schmerzes die Sachen ihres kleinen George packt, der
in das Haus des Großvaters ziehen soll, heißt es: „Das Kind
scheidet lächelnd, während der Mutter das Herz bricht. Beim
Himmel, es ist jammervoll, die fruchtlose Liebe der Frauen zu
ihren Kindern in Vanity Fair!" — Das sind kranke, irre Reden, die unser Mitleid mit dem Redner wecken.

Und was ist denn der Zweck seiner Dichtung? — Er spricht
ihn aus, indem er die „Mitträger der Narrentracht", d. h. alle
Menschen anruft: „Giebt es nicht Augenblicke, wo uns das Grin-
sen und Gaukelspiel und Klingeln der Schellenkappe zum Ekel
wird? Dies, teure Freunde und Genossen, ist mein liebevoller
Zweck — mit euch über den Jahrmarkt zu wandern, die Läden
und Buden dort anzusehen, und daß wir dann alle nach Hause
kommen nach dem Geflimmer, dem Lärm und der Lustigkeit und

in unseren vier Wänden vollkommen elend seien." — Das ist ein sehr trauriges und — leider! — durchaus verwerfliches Ziel. Die Dichtung soll gerade das Gegenteil: durch die Wahrheit den Menschen zur Gesundheit, zur Kraft und zum Glücke führen.

Charakteristisch ist auch der Schluß des Romans: „Oh! Vanitas Vanitatum! Wer von uns ist glücklich — auf dieser Welt? Wer von uns hat, was er wünscht? oder ist zufrieden wenn er es hat? — Kommt Kinder, laßt uns Theater und Puppen einschließen, denn unsere Komödie ist zu Ende." —

Thackeray hat seiner verzerrten, falschen Lebensanschauung selbst die gebührende Zurechtweisung zu teil werden lassen, und zwar gleich in seinem nächsten Romane, „Pendennis": „Der Hohn und der Ueberdruß, der Vanitas vanitatum ruft, ist nur die Er- schlaffung des kranken, durch Genüsse übersättigten Appetits."

Nochmals: die Charakterzeichnung dieses Romans im allge- meinen — abgesehen von mancherlei Uebertreibungen nach der pessimistischen Seite hin — ist eine ausgezeichnete und stellt Thackeray hinsichtlich seiner Schöpferkraft auf eine Stufe mit Dickens und George Eliot; auch die Führung der Fabel ist, wenn nicht tiefe Spannung erregend, doch eine geradezu natur- notwendige und läßt niemals in uns die Empfindung des „Ro- manhaften" aufkommen. Wenn wir aber neben diesen beiden großen Vorzügen die Frage nach dem Werte des sachlichen Ge- haltes stellen, so müssen wir antworten: das uns gebotene Welt- bild ist fast in jeder Einzelheit richtig, als Ganzes grundfalsch.

# Drittes Kapitel.

## „Pendennis."*)

„Pendennis" gilt für einen autobiographischen Roman, in dem der Dichter einen Teil seiner Jugend-Erlebnisse dargestellt hat. Wenn wir aber erwarten sollten, daß er darum ein ähnliches Interesse in uns erregte, wie etwa „David Copperfield" oder „Sartor Resartus" oder „Die Mühle am Floß", so würden wir uns enttäuscht finden. Es fehlen in Thackerays Entwickelung die Fülle der äußeren Erlebnisse eines Dickens, und das Pathos der inneren Kämpfe eines Carlyle, einer George Eliot. Wie wir gesehen haben, finden sich in Thackerays Leben keine romantischen Elemente. Er besuchte eine gute Schule, wie andere Knaben seines Standes; dann eine Universität, auf der er, wie andere auch, mit verhältnismäßig großen Kosten an Geld und Zeit einen verhältnismäßig geringen Betrag von Bildung erwarb; er machte Reisen, verspielte und verspekulierte sein Vermögen; wurde gezwungen, sich durch seine Feder sein Brot zu erwerben, was ohne Schwierigkeiten gelang; und nachdem er wahrscheinlich vorher einige Liebschaften gehabt hatte, die ihn für die Dauer nicht hätten glücklich machen können, heiratete er in jungen Jahren eine brave Frau. Das ist die einfache Lebensgeschichte des Dich-

---

*) The History of Pendennis. His Fortunes and Misfortunes, his Friends and his Greatest Enemy.

ters und im ganzen auch die seines Helden Pendennis, den wir erzogen werden, irren und schließlich in einen ruhigen Lebenshafen einlaufen sehen.

Ich habe bereits in dem Lebensabriß wiederholt Partien aus „Pendennis" zur Veranschaulichung der Entwickelung Thacke- rays herangezogen; wenn wir den biographischen Gehalt des Romans uns im einzelnen vergegenwärtigen wollen, so ist er folgender.  Wir finden in dem Romane dargestellt Thackerays Erziehung in Charter House, seine Universitäts-Laufbahn, während welcher er im Bewußtsein seiner Freiheit und seiner Mittel den jungen „swell" spielte und das Leben von verschiedenen Seiten kennen lernte, auch von solchen, die Pendennis, wie die meisten seiner Kommilitonen, nicht durch den Druck verewigen mag noch darf.  Was nun in dem Romane fehlt, sind die Reisen Thacke- rays, und seine Künstler-Karriere, die in den „Newcomes" dar- gestellt sind.  Pendennis vergeudet sein Vermögen durch sein ver- schwenderisches Leben auf der Universität, Thackeray das seinige erst einige Jahre später in Paris und durch litterarische Unter- nehmungen.  Sein Eintritt in den litterarischen Beruf ist, sowohl was die rein materiellen Motive desselben, das im allgemeinen niedrige Niveau und die Vielgestaltigkeit seiner Arbeiten betrifft, als auch mit seinem hervorragenden Interesse an dem geselligen Leben genau im „Pendennis" wiedergegeben.  Es ist der inter- essanteste, lehrreichste Teil des Romans, aus dem wir erkennen, daß Thackeray nicht ist, was wir einen reinen Dichter nennen, der einem inneren Drange gehorcht und ohne Rücksicht auf den materiellen oder moralischen Erfolg bei dem Publikum seine Schöpfungen veröffentlicht; sondern ein Journalist, der von dem ganzen, nicht immer sauberen Getriebe der litterarischen Fabrika- tion eine sehr eingehende und praktisch äußerst nutzbringende Kenntnis hat.

Liebschaften hat auch der junge Thackeray selbstverständlich gehabt; ob er eine Miß Costigan gekannt hat, ist freilich nicht festzustellen.  Daß er eine Miß Amory gekannt, wenn auch nicht

geliebt hat, steht fest. Wir wissen es aus Mrs Carlyles[12])
Briefen, welche das Original ihrem Onkel schildert. Bei dem
Interesse, welches ein Vergleich zwischen dem Original und seiner
poetischen Gestaltung bietet, lasse ich die Schilderung ganz folgen.

„Hast Du Thackerays „Penbennis" gelesen? Wenn das, so
hast Du mit Blanche Amory Bekanntschaft gemacht; und wenn
ich Dir sage, daß meine junge Dame von letzter Woche das Original jenes Porträts ist, wirst Du mir gratulieren, daß sie, Zofe
und unendliches Gepäck, alles fort ist. Nicht als ob die arme
kleine — ganz so ein kleiner Teufel ist, wie Thackeray, der sie
schon als Kind nicht hat ausstehen können, hier dargestellt hat;
aber das Aussehen, die Manieren, die Ränke, les larmes, und
all das ist vollkommenes Abbild. Der Tadel trifft jedoch hauptsächlich diejenigen, welche sie in eine so falsche Stellung brachten,
daß es außerordentliche Tugend erforderte, in ihr nicht allmählich falsch zu werden. Sie war das einzige legitime Kind eines
schönen jungen „bedenklichen Frauenzimmers", welche eine Reihe
von Jahren — s Mätresse war (sie hatte einen Gatten gehabt,
einen Schwindler). Seiner Mutter fiel es auf einmal ein, dieser
Mätresse Wohlwollen zu bezeigen, sah das Kind, und siehe, es
war sehr hübsch und gescheidt. Die arme Mrs. — war der Gesellschaften, der Politik und der meisten Dinge im Himmel und
auf Erden müde geworden; „ein plötzlicher Gedanke leuchtete ihr
auf", sie würde das Kind adoptieren; sich die Aufregung eines
Skandals und eines Kampfes mit der öffentlichen Meinung
machen, und ein Mädchen aus Fleisch und Blut zur Heldin eines
dreibändigen Romans erziehen, welchen sie Jahre hindurch zu
schreiben versucht, aber zu vollenden die Ausdauer entbehrt hatte.
Das Kind wurde zum Idol des ganzen Hauses gemacht; ihre
äußerlich glänzende Erziehung machte sie mehr geeignet für die
Profession ihrer Mutter als für irgend eine ehrliche; und als sie
siebzehn war, und der Roman sich gerade bis zu dem Interesse
von Liebes-Affären erhob, und ein reicher junger Mann bereits
von ihr einen Korb erhalten, oder vielmehr an der Nase herum-

geführt worden war, starb Mrs. —, nachdem ihr Gatte und
Sohn ihr vorausgegangen waren; und die arme — blieb ohne
irgend eine irdische Stütze zurück, und mit nur 250 £ jährlich,
um sie mit ihren übermäßig verschwenderischen Lebensgewohnheiten,
in denen sie aufgezogen war, zu unterhalten.

„Sie hat eine sehr schöne Stimme und wünschte für die Oper
ausgebildet zu werden. Mrs. —s hohe Freundinnen schrieen
bei dem bloßen Gedanken, aber boten ihr nichts an dessen Stelle,
nicht einmal ihren Schutz. Ihre beiden Vormünder beschlossen,
um die Verantwortung für sie los zu werden, sie nach Indien
zu senden, und nach Indien mußte sie, wenn auch mit dem
Schwur, daß sie ihnen, wenn sie sie etwa an den Mann zu bringen gedächten, einen Strich durch die Rechnung machen würde,
und zurückkehren, „um die Künstler-Laufbahn zu beginnen". Sie
machte ganz außerordentlichen Furore in Calcutta; hatte jede
Woche einen Antrag; wies sie geradezu ab; jagte Sir — durch
ihr extravagantes Wesen einen Schrecken ein; quälte Lady —
durch ihre Liebeleien; „bekam die Schwindsucht" bei dieser Gelegenheit; wurde von den Doktoren nach England zurückgeschickt!
und kam zu dem Entsetzen ihrer feigen Vormünder vor 6 Monaten hier an mit vollständig wiederhergestellter Gesundheit! Aber
ihr indischer Ruf war ihr vorausgegangen, und die vornehmen
Damen, welche ihr in ihrer äußersten Not den Rücken kehrten,
laden jetzt ein Mädchen ein, das Subar Richtern dutzendweise
den Korb gegeben hat. Sie ist von einem Hause zum andern
herumgezogen, während keine Heimat für sie gefunden werden
konnte. . . . Ich bat sie, einen Tag bei mir zu verbringen, damit ich sehen könnte, was aus ihr geworden sei, und ob ich irgend
etwas thun könnte, um sie bei einer geeigneten Persönlichkeit unter-
zubringen. . . . Sie hat uns jedoch alle weiteren Erwägungen
ihrethalben gespart, indem sie sich mit einem Menschen verlobt
hat, der mit ihr auf demselben Schiffe gefahren ist und ein sehr
ergebener Verehrer zu sein scheint. Sie erzählte mir, daß sie
eine Zeit lang geschwankt hätte, ob sie ihm das Jawort geben

ober zur Bühne gehen ober ſich ertränken ſollte. Ich ſagte ihr,
ihre Entſcheidung wäre gut, da Heiraten es nicht ausſchlöſſe, daß
ſie zu einer ſpäteren Zeit auf die Bühne gehen ober ſich ertränken
könnte; wogegen, wenn ſie das Ertränken gewählt, alles vorbei
geweſen wäre. Ich habe ſo meine Gedanken, daß ſie ihm noch
ben Laufpaß geben wird; inzwiſchen iſt eine geſegnete Ruhe eingetreten, ſeit ihr Wagen ſie Sonnabend von hier weggeführt hat.
„Oh, meine Liebe", ſagte Mr. Carlyle, „wir können nicht dank-
bar genug ſein!" In der That, Du kannſt Dir keine Vorſtellung
davon machen, wie ſie die ganze Hausordnung unſeres ſtillen
Heims über den Haufen geworfen hat."

Das iſt das Original; die Nachbildung enthüllt ſich uns in
einem vertraulichen Erguß an Major Pendennis: „Wenn ich
meines [Stief-]Brubers Vermögen hätte, ſo könnte ich wohl eine
paſſende Partie machen — aber mit meinem Namen*) und bei
meinen geringen Mitteln, was habe ich da für Ausſichten? Vielleicht auf einen Landpfarrer oder einen Abvokaten aus einer
Straße in der Nähe von Ruſſel Square, oder einen Kapitän in
einem Dragoner-Regiment, der mit mir in ein Boarding-Haus
ziehen, und von der Offiziers-Tafel heimkehren wird betrunken und
nach Rauch riechend wie Sir Francis Clavering. So iſt es
unſereinem beſtimmt, ſein Leben zu beſchließen. O Major Penbennis, ich bin Londons müde, müde der Bälle und der jungen
Stuper mit ihren Kinnbärtchen und der hochmütigen alten Frauen,
die uns heute kennen und morgen fremd an uns vorübergehen — müde der ganzen Welt. Ich möchte ſie verlaſſen und
in ein Kloſter gehen, das möchte ich. Ich werde niemals jeman-
ben finden, der mich verſteht. Und ich lebe hier in meiner Familie und in der „Welt" ſo einſam, als wenn ich für immer in
eine Zelle geſchloſſen wäre. Ich wünſchte, es gäbe hier barmherzige Schweſtern, und ich wäre auch eine und bekäme die Peſt

---

*) Blanche Amory hat ebenfalls ein ſehr berüchtigtes Indivi-
buum zum Vater.

und stürbe daran — ich möchte aus der Welt gehen. Ich bin noch nicht so sehr alt: aber ich bin müde, ich habe so viel gelitten — ich habe meine Illusionen alle verloren — ich bin müde, müde — oh käme doch der Engel des Todes und winkte mich hinweg."

Diese Stelle liest sich wie eine Erläuterung zu dem von Mrs. Carlyle geschilderten Charakter. Die gesellschaftliche Position beider Frauen ist dieselbe: beide haben eine Erziehung weit über die Verhältnisse erhalten, für die sie ihren Vermögens-Umständen nach bestimmt sind; sie bewegen sich unter dem Adel des Landes, ohne von ihm als gleichstehend anerkannt zu sein; sie haben die Bedürfnisse hochgestellter Damen, ohne sie befriedigen zu können. Von flacher Empfindung und von einem sehr allgemeinen Begehren nach dem männlichen Geschlecht, sind sie zu allem eher fähig, als in einem Individuum ihre Befriedigung zu finden, eine treue Gattin und solide Hausfrau zu werden. Sie wären früh und oft gefallen, wenn sie nicht eine feige Furcht vor den Schmerzen des Falles immer wieder gerettet hätte. Die Schnelligkeit ihrer Auffassungsgabe, die Gewandtheit ihres Kombinations-Vermögens, ihre Schlagfertigkeit giebt ihnen eine gewisse Präponderanz im geselligen Leben; eine künstlerische Disposition — von tieferer Befähigung kann bei solchen Naturen nicht die Rede sein — die sich bei dem Original in der Neigung zur Bühne, bei dem Abbild in der Abfassung von „Mes Larmes" äußert, giebt ihnen der Unerfahrenheit gegenüber den Anschein von superior women, während ihre Gemütsschwäche sie zu jeder wirklichen Kunstleistung unfähig macht und ihnen nur gestattet, die Affen der Künstler zu sein. So, in dem ewigen Widerspruch ihres Wollens und Könnens, innerlich zerrissen durch Eigendünkel und Selbstverachtung, führen sie in zwecklos krampfhaften Bewegungen den ihnen durch Natur und Erziehung präbestinierten Veitstanz — als welchen man ihr Leben bezeichnen muß — weiter, bis sie endlich zur Befriedigung aller Umstehenden vor Ermattung niedersinken. Man

mag diejenigen Koketten, welche ihre Reize und Vorzüge aus-
legen, um sie zu dem höchstmöglichen Preise loszuschlagen, als
die bewußten Gesinnungs-Materialisten unter den Frauen hassen
und bekämpfen. Koketten, wie Miß Amory, die krank von Natur und ohne jede heilende Behandlung gewesen sind, sollte man
nur bedauern.

Daß Laura ihrem Wesen nach der Frau des Dichters ent-
sprochen habe, läßt sich nicht beweisen; nichtsdestoweniger ist kaum
daran zu zweifeln, wenn man die Art der Zeichnung bis in die
„Newcomes" hinein verfolgt, wo sie eine außerhalb der Handlung
stehende Zuschauerin ist und ihr Vorhandensein nur der Pietät des
Dichters zu verdanken scheint. Sie ist das Frauenmuster, das
Thackeray mehrere Jahrzehnte hindurch so vieler Leichtfertigkeit,
Oberflächlichkeit und Charakterlosigkeit, wie er sie in dem ganzen Geschlecht vertreten findet, gegenüberstellt — eine in sich abgeschlossene
harmonische Natur, die so vollkommen ist, als natürliche Beschränktheit es sein kann; eine Frau, die zweifellos ihre Pflichten
als Gattin, Mutter und Wirtschafterin bis auf das Pünktchen
erfüllen, aber kein Jota mehr thun wird. Erst in „Henry Esmond"
ist Thackeray dahinter gekommen, daß eine Frau alle jene häus-
lichen Tugenden besitzen kann und geistiger Bedeutung nicht notwendig zu entbehren braucht. Diese Thackerayschen Frauen
führen ein strenges Leben nach einem engen Moral-Kodex und
sind sehr erzürnt über sämtliche Menschen, die ihn nicht anerkennen. Laura, besonders als Ehefrau, ist ohne jede Harmlosigkeit und Natürlichkeit, sie kann die Dinge nur nach ihrem moralischen Endzweck betrachten; sie ist festgebannt in die englische
Konvenienz und in ihrer Totalität ein wandelndes Moral-Prinzip.
Sie ist eine Frau, mit der kein Denker für die Dauer leben
könnte, noch weniger ein Künstler: schon ihre enorme Langweilig-
keit muß wie ein Mehltau auf der Blüte seiner Gaben liegen.
Nichtsdestoweniger lebt der Dichter Pendennis mit ihr, ohne daß
Thackeray uns die Schwere der Selbstentäußerung, welche die Aufgabe eines solchen Dichterlebens sein muß, begreiflich zu machen

sucht. Und unter den mancherlei Widersprüchen in der Auffassung und Zeichnung der Menschen, deren sich Thackeray schuldig macht, besteht vielleicht einer der ergötzlichsten darin, daß er gerade in diesem Roman die relative Wertlosigkeit solcher Naturen mit einer so schlagenden Prägnanz zum Ausdruck bringt, wie sie uns bei einem Laura-Verehrer unglaublich erscheint.

„Gewiß, Sie, Madame, sind vielleicht ein vollkommenes Wesen und haben nie einen unrechten Gedanken in dem ganzen Laufe Ihres kalten und tadellosen Daseins gehabt .... Sie sind so stark, daß sie keine Sympathie brauchen. Wir gewähren Ihnen denn auch keine; wir behalten die unserige für die Niedrigen und Schwachen, welche kämpfen und stolpern und wieder auf die Beine kommen und so mit den übrigen Sterblichen zusammengehen. Was bedürfen Sie einer helfenden Hand, die niemals fallen? Ihre heitere Tugend ist niemals von der Leidenschaft verschattet, oder von der Versuchung in Wallung versetzt oder von der Reue getrübt; Mitgefühl wäre unhöflich einem solchen Engel gegenüber: aber mit einem solchen wird dann auch das Zusammenleben unerträglich; Sie sind, eben wegen der Höhe Ihres erhabenen Tugend-Pfades, einsam; wir können uns nicht emporrecken und vertraulich mit solchen Gewaltigen sprechen. Leben Sie denn wohl; unser Weg liegt zusammen mit dem niedriger Menschen, und nicht mit dem so heiterer Hoheiten wie Sie; und wir verkünden hiermit, daß es keine vollkommenen Figuren iu dieser Geschichte giebt" — keine! — „ausgenommen vielleicht eine kleine, und diese ist auch nicht vollkommen; denn" — nun kommt jene höhere Logik, die erforderlich ist, um logische Widersprüche zu beseitigen — „sie weiß bis auf den heutigen Tag nicht, daß sie vollkommen ist, und hält sich mit einem beklagenswerten Mißverständnis, einer verkehrten Demut für eine so große Sünderin, wie es die Verhältnisse erfordern." — Da es nun eine Forderung der christlichen Religion ist, daß jeder sich für einen sündigen und verderbten Menschen zu halten habe, so dürfte durch diese Eigenschaft ihre unerfreuliche Vollkommenheit noch erhöht

werden. Die einzige Menschlichkeit an dieser Figur könnte nur
sein, daß sie sich für viel vollkommener hielte, als sie in Wirklichkeit ist.

Unter den übrigen Figuren macht besonders der Major Pendennis, der Onkel des Helden, den Eindruck eines sehr gelungenen
Porträts. Major Pendennis' Lebensaufgabe würde aufs vollkommenste gelöst worden sein, wenn er das Resultat seiner Erfahrungen
in einem Buche niedergelegt hätte, etwa mit dem Titel: „Der gute
Ton oder der Weg, wie man ohne Rang und Mittel in die höchste
Gesellschaft hineinkommt, sich darin hält und ein respektables Ende
nimmt." „Seine Sittenlehre mochte vielleicht nicht auf das Fort-
kommen jemandes in der anderen Welt abzielen, aber sie war recht
wohl geeignet, seine Interessen in dieser zu fördern." Daß es ein
anderes Ziel des Strebens für einen vom Schicksal tiefer gestellten Menschen geben könnte als den Verkehr mit Grafen und
Herzögen, ein solcher Gedanke ist ihm nie aufgegangen; Leistungen
jeder Art, ob wissenschaftlich oder künstlerisch, sind ihm wertlos,
wenn sie nicht zugleich Mittel zur Erreichung dieses Zieles werden.
Er würde seinen Neffen desavouieren, wenn er weiter nichts als
litterarischen Ruf gewonnen hätte und nicht zugleich eine Stellung,
vermöge deren er von hohen Abligen zur Tafel und zu Bällen
gezogen wird. Die Unebenheiten, welche aus der nahen Berührung so verschiedenartiger Stellungen hervorgehen müssen, existieren
in seinem Bewußtsein nicht; und fühlte er sie, so würde seine
Lebensphilosophie ihm gebieten, jedes persönliche Opfer zu bringen,
um sich in solcher Gesellschaft zu halten. Also wieder einmal ein
Typus der Thackerayschen „Respektabilität", der sich aber von
den mancherlei Karikaturen, die er auf diesem Gebiete gezeichnet
hat, dadurch sehr vorteilhaft unterscheidet, daß Major Pendennis
nicht bewußter Gesinnungs-Materialist ist, sondern seine Lebensanschauung wirklich für die einzig wahre hält und mit ihr sehr wohl
eine ehrenhafte Gesinnung und ein gutes Stück Menschenfreund-
lichkeit zu vereinigen weiß. Die Absicht, zu zeigen, aus welchen
erbärmlichen Kreaturen die sogenannte respektable Gesellschaft zu-

sammengeſetzt iſt, hat Thackeray hier fern gelegen und ſo iſt es
ihm denn gelungen, eine wirklich lebenswahre Figur zu ſchaffen,
die mit den harmlos unbewußten Widerſprüchen ihres Weſens
eine fein komiſche Wirkung auf den Leſer ausübt, ſeine Sympathie
erweckt und wohl nur von ſo einſeitigen Moraliſten wie Laura
„verachtet" werden kann.

Eine ſehr viel tiefer ſtehende, gleich lebenswahre Figur iſt
Kapitän Coſtigan — es iſt merkwürdig, wie häufig vollkommen
verlumpte Exiſtenzen bei Thackeray militäriſche Titel führen. Der
Kapitän iſt ein Ire und mit allen Fehlern ſeiner Raſſe behaftet:
verſchwenderiſch, trunkſüchtig, und bei all ſeinem äußeren und
inneren Schmutz mit hoher Abkunft prahlend, und von einem
verſchrobenen Point d'honneur, der ſeine Wurzel lediglich in der
Raufluſt hat. Die einzige gute Eigenſchaft an ihm iſt ſein per-
ſönlicher Mut. Thackeray hat den Irländern niemals geſchmeichelt,
am wenigſten in „Barry Lindon", einem Romane, in dem faſt
ebenſo viel Schurken wie Iren vorkommen; in dieſer Darſtellung
mag er etwas weniger unrecht haben als in dem abſchreckenden
Bilde, das er von dem engliſchen Offizierſtande entwirft.

Ohne Karikaturen geht es eben bei Thackeray nicht ab: eine
ſolche iſt auch die Schauſpielerin Miß Fotheringay, deren wahrer
Name Coſtigan iſt — eine ſogenannte „große" Schauſpielerin.
Thackeray ſchildert ſie ſo ungebildet, daß ſie nur mit Schwierigkeit
ihren Namen ſchreiben kann — wenn ſie an ihren Liebhaber Penbennis ſchreibt, bedient ſie ſich fremder Federn — ſo dumm, daß ſie
unfähig iſt, irgend einen Gedanken, der nicht die Vorgänge des
alltäglichen Lebens betrifft, zu faſſen — alle Aeußerungen eines
verliebten Dichterherzens kommen ihr wie pure Tollheit vor —
ſo herzenstot, daß ſie keine der hohen oder zarten Empfindungen,
die ſie von der Bühne verkünden ſoll, nachempfinden kann. —
Was oder wer macht ſie alſo zur „großen" Schauſpielerin? —
„Bows war ein ſonderbarer toller Kerl von nicht geringem
Talent und Humor. Angezogen von Miß Fotheringays Schönheit, begann er, ſie im Spiel zu unterrichten. Er kreiſchte ihr

mit seiner Fistelstimme die Rollen vor, und seine Schülerin lernte
sie ihm von den Lippen ab, und wiederholte sie mit ihrem vollen,
reichen Organ. Er zeigte ihr die Stellungen und legte und bewegte jene ihre schönen Arme; diejenigen, welche diese große Schauspielerin noch auf der Bühne gesehen haben, wissen, wie sie immer
genau dieselben Gesten, Blicke und Töne verwandte, wie sie auf
demselben Brette der Bühne in derselben Stellung stand, ihre
Augen in demselben Augenblicke und in demselben Grade rollte
und mit genau demselben herzbrechenden Pathos weinte bei derselben pathetischen Silbe. Und nachdem sie zitternd vor Erregung
dem Rufe des Publikums gefolgt war und so erschöpft und thränen-
reich ausgesehen hatte, daß man glaubte, sie würde vor Nervosi-
tät in Ohnmacht fallen, pflegte sie im nächsten Augenblick, wenn
der Vorhang herunter war, ihre Haare aufzuflechten und nach
Hause zu gehen zu einem Schöpsen-Kotelett mit einem Glase
Porter; und wenn die gemütlich aufwühlende Tagesarbeit vorüber war, ging sie zu Bett und schnarchte so energisch und gleichmäßig wie ein Lastträger."

Die Schilderung ist sehr interessant, da wir ja auch unter
uns Schauspielerinnen kennen, die durch die Schönheit und wahrscheinlich auch die Körperhöhe ihrer Erscheinung und durch ihr
sonores Organ einen tiefen Eindruck machen und für groß gelten,
während der genauere Beobachter und tiefere Kenner in der Art
ihres Vortrages keine feinere Nüancierung der poetischen Empfin-
bungen entdecken kann, und in ihrem ganzen Spiel nur äußerlich
angelernte Routine findet. Wenn man Thackerays Schilderung
der Miß Fotheringay auf der Bühne liest, so ist es, als ob er
Clara Ziegler gesehen hätte. Mag man nun von der künstlerischen
Begabung dieser Schauspielerin auch nicht besonders hoch denken,
so wird doch kein verständiger Mensch behaupten wollen, daß ihre
Leistungen ausschließlich durch eine äußerliches Nachahmungstalent
und ein gutes Gedächtnis zu stande kämen.

Mit dem Helden müssen wir uns hier, sowie im nächsten
Romane, den „Newcomes", etwas eingehender beschäftigen, weil

die Art seiner Zeichnung die Thackerahsche Tendenz am deutlichsten
zeigt. In der Vorrede zu „Pendennis" beklagt sich Thackerah
über die Unfähigkeit des Publikums, die Menschen so zu sehen
und zu würdigen, wie sie wirklich sind; die poetischen Geschöpfe
müßten entweder hervorragend schlecht oder engelhaft gut sein,
wenn sie dem Publikum gefallen sollten. Und nachdem er daß
Paradoxon aufgestellt hat, daß „es seit dem Tode des Schöpfers
von „Tom Jones" keinem englischen Dichter gestattet gewesen sei,
nach seiner besten Kraft einen Menschen zu malen", zeigt er
dem Leser seine Absicht an, im „Pendennis" einen solchen wirklichen Menschen ihm vorzuführen, der neben seinen guten ebenso
viel schlechte Eigenschaften habe wie Tom Jones. Das ist nicht
richtig: Pendennis unterscheidet sich von Tom Jones generell
dadurch, daß er keine Nichtswürdigkeiten begeht, die ihm die Verachtung jedes anständigen Menschen eintragen müßten. Wenn also
Tom Jones als Held künstlerisch absolut verwerflich ist und seinen
wahren Entstehungsgrund nicht etwa in dem tieferen Kunstver-
ständnis, sondern in der mangelhaften moralischen Erziehung, in
dem Cynismus Fieldings hat: so lassen sich für Pendennis
immer noch einige ästhetische Milderungs-Gründe geltend machen.
Er ist ein schwächlicher, schwankender, unzuverlässiger Charakter;
verfügt aber über so viel moralische Kraft, daß sein Leichtsinn ihn
zur Gemeinheit nicht herabsinken läßt.

Was also will Thackerah mit seinem Helden? weshalb sucht
er ihn zu entschuldigen? — Zunächst beruht die scheinbar überlegene Weisheit, welche Thackerah in jener Vorrede seinen novel-
listischen Vorgängern und dem Publikum gegenüber entfaltet, auf
einer — in England übrigens sehr gewöhnlichen – Unklarheit
seiner ästhetischen Begriffe und auf einem faktischen Irrtume.
Es ist nicht wahr, daß die dichterischen Helden von Fielding bis
Thackerah lauter Tugendmuster gewesen sind; und es ist ebenso
wenig wahr, daß das Publikum solche Helden liebt; er müßte
denn voraussetzen, daß das Publikum aus lauter solchen faden
Moralisten bestände, wie er sie seinen fehlenden Helden gegenüber-

zuſtellen pflegt. Wie konnte Thackeray eine ſolche Behauptung, deren Unwahrheit ihm nach augenblicklichem Nachdenken zum Be= wußtſein kommen mußte, aufſtellen, um daraus für ſeine, wie e r meint, originale, wie uns ſcheint, veraltete und verkehrte poe= tiſche Tendenz Kapital zu ſchlagen? Die unklare Anſchauung be= trifft die Beſtimmung des Helden, die im Grunde für jede Art der Dichtung dieſelbe iſt.

Der epiſche Held ſoll nicht dem dramatiſchen Helden gleich ſein, und ſehr verſchieden iſt der Weg, auf dem die beiden poetiſchen Gattungen ſeine Handlungen zur Darſtellung bringen: ſeine Stellung dem Leben gegenüber iſt ganz dieſelbe. Entweder iſt die ſein Leben beherrſchende Macht das Schickſal, deſſen ſchlimme Fügungen und die drückenden Verhältniſſe, in die es ihn ohne ſein Zuthun hineinverſetzt. In dieſem Falle muß der Held den Kampf mit dem Schickſale aufnehmen: das Gewinnen iſt an die Entfaltung tüchtiger Eigenſchaften geknüpft; ohne ſie kann er nicht der Sieger, aber mit ihnen und trotz ihrer — wie Hamlet — ſehr wohl der Beſiegte ſein. Dieſes ſind die einzigen Fälle, in denen man von Tugendhelden ſprechen kann, die aber das Publikum nicht um ihrer Tugenden willen liebt, ſondern nur in dem Maße, als ihr L e i d e n tief und ihre abwehrende K r a f t groß iſt. Iſt der Held nicht vollkommener Herr ſeiner Kräfte, kommt er durch Leidenſchaften oder Fehler im Kampfe gegen das Schickſal zum Straucheln, ſo unterliegt er. — Die andere Macht, von der das Leben des Helden abhängt, iſt die Schuld, und der Gegenſtand der Dichtung entweder ſein ſiegreicher Kampf gegen, oder ſein Untergang an den Folgen einer begangenen Schuld. Die Behauptung Thackerays iſt ſo wenig wahr, daß gerade das Gegenteil richtig iſt: die Mehrzahl der Helden ſind zu allen Zeiten kleine Tugendmuſter, ſondern fehlende Menſchen geweſen. Man braucht, wie geſagt, nur im Fluge an eine Anzahl bekannter Dichtungen zu denken, um dieſen Sachverhalt zu erkennen.

Alſo nicht das unterſcheidet Thackeray von anderen Dichtern, daß e r M e n ſ c h e n, d. h. fehlende Geſchöpfe in ſeinen Helden

malt, die anderen nicht — es ist entweder eine beschränkte oder
eine unehrliche Anmaßung, so etwas zu behaupten. Der Unterschied kann also nur qualitativ oder quantitativ in der Art des
Fehlens liegen. — Pendennis hat das mit anderen Romanhelden gemein, daß er durch seine Verschwendung diejenigen Menschen, die ihn auf der Welt am liebsten haben, in Kummer und
Not bringt. Andere Dichter haben nun gemeint, daß ihr Held,
wenn er den Namen eines Helden verdienen sollte, seine Kraft
zusammennehmen müßte, um sich aus dem Nichts, zu dem er
hinabgesunken, zu einem Etwas zu erheben und so seine Fehler
wieder gutzumachen. Das scheint Thackeray nicht für „mensch"-
lich zu halten: seines Helden Einsicht. geht nur so weit, daß
es mit dem Schuldenmachen einmal ein Ende nehmen müsse,
wenn absolut kein Geld vorhanden ist, sie abzutragen; er läßt
sich von seiner Pflegeschwester Laura seine Schulden bezahlen,
kehrt zu seiner ausgesogenen Mutter zurück und privatisiert oder
— mit studentischem Ausdrucke — bummelt auf dem Lande umher ohne einen Zukunfts-Gedanken, bis die Frauen endlich ein-
sehen, daß er so nicht bis an sein Lebensende weiter vegetieren
kann, seine Börse füllen und ihn nach London schicken, wo er
irgend etwas aus sich machen soll. Er macht zunächst nichts aus
sich, sondern verzehrt seine Sovereigns, diesmal in etwas ge-
mäßigterem Tempo. Als sie zu Ende sind, entdeckt er sich seinem
Freunde Warrington, der ihn in den litterarischen Beruf hinein-
bugsiert. Er wird Zeitungsschreiber und paßt gut dazu; er besitzt die Leichtigkeit der Feder und des Wissens, welche dazu gehört, um über einen gegebenen Gegenstand „at the shortest no-
tice" irgend etwas*) sagen zu können. Er veröffentlicht einen
Roman, der ihm durch die geschickten Manipulationen seines
Freundes, der ein alter Praktikus auf dem Gebiete der litterarischen Spekulation ist, ein gutes Stück Geld abwirft. Kurz, er
hat mehr Glück als Willen und Kraft.

_____

*) S Erstes Kapitel S. 27f.

Pendennis hat mit anderen Romanhelden gemein, daß die Liebe ihn auf Irrwege lockt. Er liebt mit der idealistischen Schwärmerei eines reinen Jünglingsherzens eine Frau, die dieser Liebe nicht wert ist; dann zieht ihn eine Kokette in ihre Netze, in denen er sich verwickelt. Das sind Fehler in allen Ehren, kein Wort soll vom ästhetischen Standpunkt aus gegen diese gesagt werden. Andere Dichter haben nun gemeint, daß sie, wenn ihr Held nicht jede Achtung des Lesers verlieren sollte, zeigen müßten, wie er aus der Thorheit zur Vernunft kommt, erkennt, daß die Leibesschönheit allein, ohne Vereinigung mit weiblichen Tugenden, keinen Mann glücklich machen kann, und nach dieser zweifachen herben Enttäuschung das Weib zu finden sucht, dessen innere Eigenschaften ihm die Gewähr einer relativ glücklichen Zukunft geben. — Das kommt Thackeray wiederum nicht „mensch"-lich vor: sein Held macht zwar einen verunglückten Versuch nach dem Besitze Lauras, deren Moral-Prinzip ihr nicht gestattet, sich einem so unsoliden jungen Manne zu eigen zu geben, ehe sie Beweise seiner Besserung vor Augen hat. Mit Laura zugleich aber giebt der gute Pendennis jedes verständige Denken über Wert und Sinn des ehelichen Lebens auf; er nimmt von dem flachen Weltlinge, seinem Onkel, die Ansicht an, daß von allen weiblichen Vorzügen der Besitz eines großen Vermögens der vorzüglichste ist; und macht noch einmal in einem Uebermaß materialistischer Versumpfung auf jene nämliche Kokette Jagd, die er bereits vor Jahren durchschaut hat. Er würde leichtsinnigerweise das Unglück seines Lebens besiegelt haben, wenn jene Person, dem Triebe ihrer Natur gehorchend, nicht zufällig schon vor dem verhängnisvollen Tage einen Wechsel in der Person ihres Liebhabers hätte eintreten lassen. Ein reiner Zufall rettet ihn diesmal davor, nicht einmal blindlings, sondern mit offenen Augen ins Verderben zu rennen.

Aber der Held muß nach seiner Irrfahrt irgend einen Hafen finden, in dem er vor Anker geht — also heiraten muß Pen. Nun hat es naturgemäß seine Schwierigkeiten für den Dichter, am Ende des dritten Bandes noch eine neue Frauengestalt zu schaffen, und deren Innerlichkeit so im einzelnen vor dem Leser auszulegen, daß er von ihrer Würdigkeit, die Gefährtin eines solchen Helden zu werden, überzeugt wird.   Was bleibt also übrig — da alle Stränge reißen? Pen eilt zurück zu Laura — es ist niemand anders mehr da — und legt seine hochansehnliche Persönlichkeit ihr nochmals zu Füßen. — Aber wird Laura jetzt wollen? — Wenn Laura wollen dürfte, was sie ihrem Wesen nach wollen muß, so könnte von einer Heirat jetzt am allerwenigsten die Rede sein.   Was sie früher für jugendliche Unbesonnenheit halten konnte, muß sie jetzt als ein Gebrechen seiner Natur erkennen, die wie ein Rohr von jedem Lufthauche unberechenbar hin und her bewegt wird. — Wenn Pen heiraten soll, muß Laura hier einmal von ihrer kalt berechnenden Moral verlassen werden, sie muß den Antrag eines Mannes, der ihr die unumstößlichsten Beweise seiner Unzuverlässigkeit gegeben hat, mit thränenseliger Freude in ihre Arme schließen — sie muß eben alles thun, was Thackeray sie thun heißt.   Thatsächlich aber gehört eine unerzwungene Ehe zwischen zwei einander so ab= stoßenden Wesen, wie Pen und Laura, und noch dazu unter den Umständen, unter denen sie sich vollzieht, zu dem Unglaublichsten, was je von einem Dichter seinen Lesern geboten worden ist.

Thackeray ist nicht ohne Empfindung für das Bedenkliche seines Schluß=Arrangements gewesen, das vielleicht nicht ganz ohne das Drängen des ungeduldigen Verlegers zu stande gekommen ist, der von „Pendennis" doch schließlich einmal die letzte Nummer seinem Publikum vorlegen mußte.   Der Schluß des Werkes lautet: „„Und was für eine Art von Ehemann wird dieser Pendennis sein?" wird mancher Leser fragen, der an dem Glück einer solchen Heirat und des Loses, das Laura darin gezogen hat, zweifelt." — Enthielte Thackerays Antwort auf diese nur zu naheliegende Frage etwas Geistreicheres als ein wortreiches Ja, so würde sie hier= her gesetzt werden.   Er erinnert den Leser daran, daß er „ja täg= lich sehe, wie die Falschen und Wertlosen gedeihen und glücklich

werden" .... „und da wir wissen, wie niedrig gesinnt der beste
von uns ist" — auch Laura, auch Warrington, auch Helene
Pendennis, deren „wichtigste Geschäfte in diesem Leben Lieben
und Beten waren" — alle, alle! — „reichen wir in christlicher Milde
trotz all seiner That- und Unterlassungs-Sünden Arthur Pendennis unsere Hand, der ja nicht den Anspruch erhebt, ein Held zu
sein, sondern nur ein Mensch und ein Mitbruder." — Auch später
hat ihm diese poetische Sünde keine Ruhe gelassen. In seinem
nächsten Romane führt er Pendennis und Laura als Zuschauer
ein und schildert uns ganz abseits von der eigentlichen Handlung
das glückliche Zusammenleben des jung vermählten Paares. Laura
ist die langweilige Tugendboldin, die sie von Hause aus war.
Sie besitzt einen Mann, der fähig ist, die innere Leblosigkeit und
Sterilität ihrer Natur nicht zu sehen, und die moralischen Platt-
heiten, die simple Richtschnur, nach der sie das Leben um sich
pedantisch gestalten möchte, als hohe Weisheit anzuerkennen —
ein höchst solides Ehegespons, einen Schlafrock- und Pantoffel-
Mann, der nur selten und mit großem Mißbehagen den immer
enger werdenden Gesellschafts-Habit anlegt und nur mit Genehmigung und unter Begleitung der teuren Gattin einen Schritt in
die böse Welt wagt — einen Philister, der aus dem Versteck
seines materiell gesicherten Daseins mit kühler Selbstzufriedenheit
in das Weltgetriebe blickt und den Freuden und Leiden der anderen so leidenschaftslos gegenübersteht, daß man ihn zu den
wenig beneidenswerten Geschöpfen zu zählen geneigt ist, die auch
in jungen Jahren niemals ein Wässerchen getrübt haben. Ja,
das ist der Mann, wie ihn eine Laura wohl brauchen kann —
wo aber ist Pendennis? —

Bei diesem Gemälde müssen wir nicht vergessen, daß Thackeray
der ganzen Dichtung seit Fielding den Handschuh hingeworfen,
sie getadelt hat, daß sie Helden male, die keine Menschen wären;
daß er nun wieder Menschen malen wolle, Helden, die nicht
besser wären als Pendennis; und daß dann dieser Dichter, der
eine ganz neue Periode der Dichtung heraufführen will, den

Pendennis No. 1 in den Pendennis No. 2 endigen läßt. Und wir müssen besonders daran erinnern, daß in derjenigen Dichtung, welche das „Mensch"liche, d. h. das Fehlerhafte, Schwankende, Halt- lose im Menschen wieder zu seinem poetischen Rechte bringen wollte, eine Figur wie Warrington — thront, möchte man sagen — ein wahrhaft verehrungswürdiger Mensch, der die Folgen eines dummen Jugendstreiches mannhaft bis ans Ende trägt, dem frühes Leiden den Blick für die Unebenheiten des Lebens geschärft hat, und der nun seinen tiefen Fonds von Weltkenntnis als Mittel benutzt, um jene Unebenheiten, soweit seine hilfsbereite Hand reicht, zu glätten — ein so liebenswerter Mensch, daß jeder Leser bedauert, ihn nur im Hintergrunde der Ereignisse thätig zu sehen. Wer hätte nicht die Lebensbeschreibung von zehn Pen- dennissen für die eines Warrington dahingegeben. Ein Dichter, der eine solche Gestalt schafft, erkennt die Existenz von Helden im Leben an. Und wenn er solche fehlenden, aber innerlich guten und achtbaren Menschen zu Nebenrollen hinabdrückt und verächtliche Schwächlinge zu Helden wählt, so können wir als einzige Ent- schuldigung für dieses thörichte Verfahren nur annehmen, daß er sich der Unwahrheit, die in seiner proklamierten Lebenswahrheit liegt, nicht bewußt geworden ist, und daß unklare und gänzlich verschro- bene ästhetische Anschauungen ihn auf diesen Irrweg geführt haben. Man könnte bei einem Manne wie Thackeray, der bei allem, was er schrieb, den Geldpunkt immer im Auge hatte, auf andre Gründe verfallen: vielleicht wollte er mit dieser Gattung von Helden von dem breitgetretenen Wege seiner Genossen abweichen, etwas ganz Apartes leisten und — ein englischer Zola — Eclat machen, indem er seit Aristoteles bestehende künstlerische Anschauun- gen als falsch bezeichnete; vielleicht spekulierte er auf die in den meisten Menschen vorhandene Freude an böser Nachrede und zeichnete vorwiegend schlechte Charaktere, weil er wußte, daß das Böse interessanter ist als das Gute. Aber wir würden uns eines ähnlichen Fehlers schuldig machen, wollten wir so unvorteilhafte Dinge ohne die Möglichkeit eines Beweises von ihm behaupten.

Wo aber kommt jene verschrobene Anschauungsweise her? — Ich glaube nicht zu irren, wenn ich die Ursache in einer Beschränktheit seiner poetischen Begabung finde. Er folgte einem Naturtriebe, als er in jungen und älteren Jahren seine Karikaturen zeichnete d. h. Bilder, in denen das Häßliche und Gebrechliche unverhältnißmäßig hervortritt. Es war derselbe Trieb, aus dem heraus er zu allererst Satiren schrieb, nicht edle, litteraturberechtigte, sondern boshafte Pasquille auf die Menschen-Natur, deren Kulminations-Punkt jenes erbarmungslose, monströs unwahre Schmähgedicht „Vanity Fair" ist. Es machte Thackeray keine Schwierigkeiten, die schlechten Eigenschaften an Menschen und Dingen zu erkennen und darzustellen. Das Gute war ihm ein unhandlicher Stoff, aus dem er nichts zu formen wußte; er zeigte es mit Vorliebe in der Ferne, wo man die genauen Umrisse, den Bau der Figuren nicht mehr erkennen kann; und stellte er es in den Vordergrund, so erschien es nicht selten ohne Leben und unschön. Das einzige Lob, das seinen guten Menschen zu teil geworden ist, haben sie von ihrem Schöpfer selbst erhalten — das freilich in sehr reichem Maße. Da er vorzugsweise schlechte Menschen zeichnen konnte, mußten die Menschen auch vorzugsweise schlecht sein; da eine Welt voll lauter schlechten Menschen unmöglich eine gute Welt sein konnte, mußte seine Lebensanschauung, so viel Freude und Genüße ihm auch sein Dasein bereitete, eine pessimistische sein. Wir wollen nicht behaupten, daß er die Menschen allesammt mit Ausnahme natürlich seiner nächsten Verwandten und Freunde nicht wirklich für sehr verwerflich hielt — obgleich er niemals die Bosheit der Menschen stark an sich empfunden haben kann — daß er unsere Welt nicht wirklich für die schlechteste aller denkbaren Welten hielt — obgleich es ihm in unserer Welt außerordentlich wohl gefiel —; wir wollen nicht sagen, daß er es absichtlich gethan hätte: aber thatsächlich hat er so aus der Not eine Tugend gemacht.

Im ganzen ist „Pendennis" als das Werk eines Pessimisten sehr merkwürdig — eines Pessimisten der — wenigstens teilweise

— seinen Lebensgang beschreibt und darin zeigt, daß es brave,
milde, hilfreiche Menschen in der Welt giebt, die unserer Fehler
nicht achten, unsere Sünden vergessen und uns nach jedem Falle
wieder die Hand reichen, und ohne deren Hilfe wir nicht hätten
werden können, was wir geworden sind. Im „Pendennis" lehrt
uns Thackeray, wie wenig persönliche Veranlassung er zum Pessimismus hatte.

Pessimistisch aufgefaßt und dargestellt ist die englische Erziehung in Schule und Universität, von der Thackeray allerdings
sein Leben lang wenig gehalten hat. Der Offizierstand ist in
nicht weniger als vier verkommenen Existenzen vertreten: Kapitän
Costigan, Kapitän Strong, Colonel Altamont und Sir Francis
Clavering, der wegen falschen Spieles seiner Zeit aus dem Stande
ausgestoßen ist. Dieser ist zugleich der einzige Vertreter des Adels;
Lady Rockminster steht ganz im Hintergrunde. Sir Francis Clavering ist, von Hause aus tief verschuldet, längere Zeit Industrieritter gewesen, hat die Gefängnisse sämtlicher Staaten des Fest-
landes kennen gelernt, dann eine reiche Indierin geheiratet, deren
Hauptobliegenheit es ist, Wechsel, die ohne ihr Wissen auf ihren
Namen ausgestellt sind, zu bezahlen. Da er ein unverbesserlicher
Spieler und Verschwender ist, so ist er schließlich genötigt, von
aller Welt schillingweise zu borgen; auf diesem Wege macht er
sich unter anderem von seinem Kammerdiener abhängig, der ihn
sehr schlecht behandelt, als Entschädigung für seine Verluste seines
Herrn Gesellschaftstoilette auf den Ball führt, u. s. w., u. s. w.
Der Dichter hat es sich in diesem Bilde, ähnlich wie in dem des
Sir Pitt Crawley in „Vanity Fair", angelegen sein lassen, den
Ekel des Lesers bis zur Unerträglichkeit zu steigern.

Wir denken nicht daran, den englischen Offizierstand etwa
auf ein Niveau mit dem deutschen zustellen; nichtsdestoweniger
ist es unzweifelhaft, daß die Darstellung, welche ihm hier und in
„Vanity Fair" zu teil geworden ist, eine tendenziös unwahre ist.
In den „Newcomes" und in „Esmond" ändert sich Thackerays
Auffassung des Standes: hier hat er ein offenes Auge auch für

die vielen vorteilhaften Eigenschaften, die der militärische Beruf
im Manne entwickelt. Was den Adel betrifft, so sagt ein neuerer
deutscher Litterarhistoriker mit Recht: wenn er so wäre, wie Thackeray ihn schildert, dann müßten die Engländer Sklaven sein, wenn
sie einer solchen Klasse von Menschen eine derartige Macht im
Staate zugeständen, wie sie dieselbe besitzt. Thatsächlich aber sind
die Engländer nicht ein Volk von Sklaven, und die Achtung vor
ihrem Adel ist unter ihnen eine große und allgemeine. Es gereicht
Thackeray nicht zur Ehre, daß er sich dauernd in Adels-Kreisen
bewegte; daß er aus ihnen eine Menge von jenen Genüssen zog,
die er für sein Leben nicht entbehren konnte, und dennoch diese
Kreise in so unverantwortlicher Weise mit einem solchen Aufwand
von Unwahrheit bloßstellte. Andererseits hat doch gerade ein
Thackeray über Mangel an Toleranz in diesen Kreisen sich nicht
zu beklagen gehabt. —

Auf das weibliche Geschlecht erstreckt sich Thackerays Pessimismus hier wunderbarerweise nicht. Sonst wird er nicht müde
zu versichern, daß die Frauen geborene Sklaven sind, die vor
ihren Peinigern, den Männern, kriechen; daß Trug und Heuchelei
ihre eigentliche Natur ist. Und hier — was müssen unsere stau-
nenden Augen lesen? —

„Ich meine, daß es kein nationales Vorurteil ist, welches
mich glauben läßt, daß eine englische Dame von bester Erziehung
das vollkommenste Wesen von allen Unterthanen des Himmels
in der Welt ist. Denn in welchem sonst sieht man so viel Anmut
und so viel Tugend; so viel Treue und so viel Zärtlichkeit im
Verein mit so vollkommener Feinheit und Keuschheit? ... Fast
jeder Weltmann (!), so wollen wir hoffen, hat das Glück, ein
Paar solcher Wesen in den Kreis seiner Bekanntschaften zu zählen —
Frauen, in deren engelhaften Naturen etwas Erhabenes wie etwas
Schönes anzuschauen ist; zu deren Füßen die Wildesten und Ueber-
mütigsten unter uns niederfallen und sich demütigen müssen — in
Bewunderung jener anbetungswürdigen Reinheit, welche niemals
etwas Böses zu thun oder zu denken scheint."

Fast zu überschwenglich, aber im Grunde wahr. Eine Frau, die ihren Beruf versteht und das Zeug hat, ihn zu erfüllen, erreicht eine Stufe sittlicher Vollkommenheit, die wir Männer in dem Auf und Nieder unseres akuten Daseins-Kampfes nur aus der Ferne bewundern können. Darum aber ist es auch unrecht und falsch, sie in ihrer Gesamtheit zu schmähen oder geringschätzig zu behandeln, wie es z. B. geschieht, wenn wir von ihnen sagen: „Diese Weiber wurden zu unserer Behaglichkeit und zu unserem Vergnügen erschaffen, ihr Herren — wie alle übrigen kleineren Tiere". Wenigstens sollten wir das nicht thun, wenn wir als Lehrer des Volkes in irgend welcher Gestalt, etwa als Dichter, auftreten; und besonders dann nicht, wenn wir doch nicht umhin können, ihnen zu Zeiten solche Lobeserhebungen zu teil werden zu lassen, wie die oben citierte.

Das logisch Absurde, das moralisch Widrige in Thackerays Pessimismus ist, daß er ganz harmlos mit dem Optimismus, dem Idealismus, der sich häufig in eine alberne Schönseligkeit verwässert, zusammenliegt. Thackerays Denken kennt kein logisches Entweder — oder. Für ihn ist ein und dasselbe Ding sowohl schwarz — heute — als auch weiß — morgen — als auch ein wenig grau — übermorgen. Es kommt eben ganz auf den Kontext an, ob die Lebensfreude oder der Lebenshaß oder die sentimentale Schwärmerei zum Ausdruck gelangen soll. Seine Philosophie sagt: die Welt ist grundschlecht und enthält viel Gutes; das Leben ist nicht lebenswert, aber der Tod macht leider allen Lebensfreuden ein Ende. Dieser Vorwurf trifft indessen nicht Thackeray ausschließlich, der die Widersprüche seines Denkens nur mit besonderer Naivetät enthüllt, sondern die ganze Richtung. Wo ist ein wirklich konsequenter Pessimist? — Er dürfte ja gar nicht vorhanden sein.

Die Komposition eines Romans, der die verhältnismäßig einfache Lebensgeschichte e i n e s Helden erzählt, bietet an sich wenig Schwierigkeiten. Nichtsdestoweniger kann Thackeray einige epische Unarten auch hier nicht vermeiden: Lady Clavering und Blanche

empfangen die beiden Penbennis an der Hausthüre; als sie im
Begriff sind einzutreten, schildert uns der Dichter die Einrichtung
des Hauses, die Art des Haushaltes, die kostspieliger ist, als die
Vermögensverhältnisse der Claverings es gestatten; diese letzteren
werden nun auseinandergesetzt, und im Anschluß daran wird der
Charakter des Sir Francis Clavering gezeichnet, der trotz des
Reichtums seiner Frau ein durch Verschwendung und wüstes Leben
sehr verschuldeter Mensch ist. — „Aber", fährt Thackeray fort, „wir
lassen Lady Clavering und ihre Freunde zu lange auf den Thür-
stufen in Grosvenor Place warten", und kehrt zu seinem Gegenstande zurück.

# Viertes Kapitel.

## „Die Newcomes.“

Wenn wir den Beginn dieses Romans lesen, empfangen wir den Eindruck, als wäre eine gewisse Aenderung in Thackerays Lebensanschauung eingetreten, und als hätten wir Unrecht gethan, dieselbe als einseitig, also falsch zu bezeichnen. Nicht als ob die Schatten unserer modernen Kultur nicht auch hier in aller Breite und Schwärze vor uns lagerten; als ob die Menschheit im ganzen von ihm hier weniger frivol und brutal, weniger egoistisch und verlogen dargestellt wäre. Durchaus nicht: tierisch blöbe Genußsucht ist auch in dieser Dichtung das allgemeine Lebensziel; um ein möglichst großes Quantum weltlicher Freuden sich zu sichern, darum das Drängen und Ringen auf der großen Stufenleiter des Lebens; damit einzelne die höchste Stufe erreichen, d. h. volle Befriedigung ihrer Leidenschaften haben können, darum der Sturz so vieler Millionen in materielles und sittliches Elend. Der Anhänger Buckles verleugnet sich nicht: es giebt keinen sittlichen Fortschritt in der Welt, sondern nur einen intellektuellen; die Kampfmittel sind vielgestaltiger, raffinierter und wirksamer geworden, der Kampf selbst wird mit der uralten Wildheit fortgesetzt.

Was den Unterschied dieses Romans von den anderen kennzeichnet, ist eine geringe Aenderung in dem numerischen Ver-

hältnis von Gut und Böse, ist das Anerkenntnis, daß es neben
neun hundert und neun und neunzig Verworfenen einen Auserwählten giebt — nicht einen wehrlosen, niedergetretenen Schwäch-
ling, sondern einen Menschen, der neben der natürlichen Neigung
zum Guten auch die Kraft ihrer Bethätigung besitzt, Frohsinn und
Segen rings um sich verbreitet und darum auch von allen ihm
Nahestehenden eine unbegrenzte Liebe und Bewunderung genießt.
Ein schöneres Menschenbild ist niemals von einem Dichter geschaffen worden, als das des vortrefflichen Oberst Newcome.
Was den Leser so innig zu diesem Bilde hinzieht, ist seine Lebenswahrheit und die Wärme und Frische der Farben, mit der es
gezeichnet ist, ist der einsam schöne Strahl des Idealismus, der
durch dasselbe nun doch einmal aus dem Dichterherzen in das
unserige hinüberleuchtet — jenes „so falschen, so verwerflichen"
Idealismus, der dennoch für unser Leben genau so notwendig
ist wie das ganz kompakte, derbe, hausbackene tägliche Brod.
Wir wollen ja gern noch so viel rohes Geldprotzentum, noch so
viel schurkische Respektabilität, noch so viel gebildete Flachköpfig-
keit und heuchlerische Frömmigkeit uns gefallen lassen und für
wahr halten, wenn wir nur hin und wieder aus diesem Sumpfe
die Blume reiner und wirksamer Güte emporwachsen sehen,
wie es in der Wirklichkeit geschieht.   Wir glauben nicht nur, wir
wissen, die Bosheit findet sich im Leben häufig in so unglück-
licher Stärke zusammen, daß der einzelne Edle, Redliche, in
solchen Kreis versetzt, machtlos und dem Untergange preisgegeben
ist; wir wollen uns aber nicht das Märchen aufbinden lassen,
daß das Edle nirgendwo auf Erden Boden und Luft zum
Wurzel- und Blütentreiben finden könne.

Oberst Newcome hat als ein Knabe von äußerst frischen
Lebensgeistern das Unglück gehabt, eine beschränkte und energische
Stiefmutter zu bekommen — eine Menschengattung, die mit ihrem
vermeintlich guten Willen häufig mehr Unheil anrichtet, als be-
wußtes Uebelwollen.   Trotz der reichlichen Jugendtollheiten, die
er schon aus Trotz gegen die strenge Frau verübt hat und die zu

seiner Verbannung nach Ostindien geführt haben, hat er dennoch auf eine für Mrs. Newcome gewiß unbegreifliche Weise sich ein ganz reines Herz erhalten, und an den schweren und verant- wortungsvollen Aufgaben des kriegerischen Berufes entfaltet sich sein männlich-edler Sinn zu vollster Wirksamkeit. Von seinen Untergebenen geliebt, von seinen Vorgesetzten hoch geschätzt, macht er vortreffliche Karriere und nähert sich mehr und mehr dem Ziel seiner sehnlichen Wünsche: zurückzukehren als Sieger in das ge- lobte Land seiner Kindheit, das mit seinen lachenden Gefilden, seiner feuchtwarmen Luft, seinem behaglichen, genußreichen Leben noch immer in dem rosigen Lichte seiner Jugendeindrücke ihm vor der Seele steht; zurückzukehren zu dem ihm Teuersten auf Erden, seinem einzigen Sohn Clive, den er aus Gesundheitsrücksichten, wie so viele seiner dortigen Landsleute, von sich hat entfernen müssen.

Im 18. Jahrhundert ist er von England fortgegangen, in den Dreißigern des 19. kehrt er dahin zurück, fast mit der Ge- fühlsfrische eines Jünglings und ohne jeden Zweifel, daß er das alte Leben da, wo er es leider hat verlassen müssen, wieder wird aufnehmen können. — Thackeray ist Meister in der Schilderung von Enttäuschungen. — Oberst Newcome hat die kindliche Vor- stellung, daß sein Vaterland und alles, was er Liebes darin hat, ihn mit offenen Armen empfangen wird als einen, der ihm ebenso sehr gefehlt hat, wie sein eigenes Leben außerhalb ja auch nur ein halbes gewesen ist. Er muß erfahren, daß sein Vaterland sich längst gewöhnt hat, ohne die Leute seiner verjährten Gattung auszukommen; daß er seinesgleichen darin nicht findet. Die ei- genen Stiefbrüder, die er zu allererst an sein Herz zu drücken eilt — der eine hat eine Lords-Tochter geheiratet und ist Ritter geworden — können ihre mokante Verwunderung über seine äußere Erscheinung kaum unterdrücken; das einzige Interesse, das sie an ihm nehmen, scheint durch sein Bank-Konto hervorgerufen zu sein; sein geschniegelter Neffe protegiert ihn, den seltsamen Wilden. Er

ist tief empört. Bei einem großen Diner, das seine Schwägerin
giebt, wird ihm die Ehre zu teil mit dem Schwarm der dii mino-
rum gentium zum Thee eingeladen zu werden: in seiner Staats-
kleidung, die vom feinsten Stoffe und nach dem elegantesten
Schnitte vor 18 Jahren in England hergestellt worden ist, erscheint
er den Gästen als ein walachischer Bojar. Er besucht mit seinem
Clive den „Harmonie-Keller" in der Voraussetzung, ein Lokal zu
betreten, in dem man, wie in alter Zeit, in fröhlicher Gesellschaft
ein gutes Lied hören und selbst zum besten geben kann; man be-
herrscht sich eine Zeit lang in Gegenwart des würdigen alten Herrn,
bis dann ein trunkener Gesell in den sonst üblichen obscönen Ton
verfällt; da schmettert Oberst Newcome mit wenigen fulminanten
Worten die Gesellschaft nieder und verläßt das Lokal.

Er hat es sich in Indien sehr schön gedacht, in seinem Vaterlande mit Leuten von Genie zu verkehren, die Gesellschaft von
Gelehrten, Schriftstellern und Künstlern aufzusuchen, wie es im
18. Jahrhundert unter seinen und selbst abligen Herren Sitte war;
und er kehrt zurück, ausgerüstet für die litterarischen Debatten mit
den durch Studium vertieften Anschauungen seiner Jugendzeit.
Doktor Johnson ist ihm noch immer das Muster eines Gelehrten
und Kritikers, sein „Leben" von Boswell begleitet ihn auf seinen
Reisen; Sir Roger de Coverley (aus Abbisons „Spectator"),
Don Quixote, Sir Charles Grandison, Richardsons selbstgefälliger,
steifer Tugendheld, sind ihm die „prächtigsten Menschen von der
Welt"; und hinsichtlich Fieldings unterschreibt er das Verdamm-
mungsurteil Johnsons. Sein „Joseph Andrews" ist „ein Buch,
das die Geschichte von einem Pack Diener erzählt, von einer
Bande Lakaien und Kammermädchen, die sich in Bierhäusern be-
trinken! .... Ich bin so wenig stolz, wie nur ein Mensch sein
kann: aber ein Rangunterschied muß gemacht werden; und da
mir und Clive das Los zugefallen ist, ein Gentleman zu sein,
will ich nicht in der Küche sitzen und in der Gesindehalle saufen.
Und was „Tom Jones" betrifft — jenen Burschen, der sich verkauft, Herr — bei Gott, mein Blut kocht, wenn ich an ihn nur

denke! Ich möchte nicht in demselben Zimmer sitzen mit solch einem Kerl, Herr. Wenn er zu jener Thür hereinträte, würde ich sagen: „„Wie kannst du es wagen, du feiler Strolch, mit deiner Gegenwart ein Zimmer zu besudeln, wo meine jungen Freunde und ich sich unterhalten?"" — So kommt er auch in seinem Verkehr mit Künstlern nicht über gewisse Standesvorurteile hinaus. Den jungen Maler Ridley, den Freund seines Sohnes, den er auf die edelmütigste Weise unterstützt, kann er sich nicht überwinden als seinesgleichen zu betrachten, da er der Sohn eines Dieners ist. — Die Klassiker hat er nicht ganz vernachlässigt; noch immer liest er Cäsar und Tacitus mit Uebersetzungen und zeigt eine Vorliebe für lateinische Citate aus seiner einstigen Schul-Grammatik, die freilich nicht mehr ganz korrekt zu Tage kommen. — Zu seiner großen Ueberraschung findet er, daß das litterarische Urteil in 30 Jahren sich wesentlich anders gestaltet hat. Popes Ruhm ist ganz darniedergesunken, er gilt für einen „unbedeutenden, phantasielosen" Dichter; Addison ist ein flacher Schwätzer; Johnson plaudert zwar gut, aber in schlechtem Englisch; der große Scott ist ein Dichter zweiter Ordnung geworden. Dagegen spricht man von Wordsworth — „jenem Wordsworth, über dessen Poesie sein sollende Naturlaute man im 18. Jahrhundert so viel gelacht hatte" — mit großer Hochachtung, und Keats und Tennyson sind die berühmtesten Dichter des Tages. Und für den Tom Jones des verhaßten Fielding hat man „eine schüchterne Vorliebe", man glaubt, „daß Sophia mit ihm glücklich und er doch noch ein ganz braver Kerl werden werde".

Der Sinn für Malerei, das Verständnis der Antike ist in Oberst Newcome nie geweckt worden, und er kann Clives Begeisterung dafür — trotz eifrigster geheimer Studien — nicht begreifen: die Bildwerke sind tot vor seinen Augen. „Und wenn er so bedachte, was für eitle egoistische Hoffnungen er sich hinsichtlich des Knaben zu machen pflegte, als er fort war in Indien — wie in seinen rosigen Zukunftsträumen Clive immer an seiner Seite sein; wie sie zusammen lesen, arbeiten, spielen,

denken und fröhlich sein wollten '— dann überkam ihn eine
widerwärtige, demütigende Empfindung vor der Wirklichkeit; und
er verglich sie traurig mit seinen früheren thörichten Vorstellungen."
Trotz aller dieser Enttäuschungen fühlt er aber doch, daß er
alle Ursache hat, auf seinen schönen, frischen Jungen mit dem
reinen Herzen und dem offenen Verstande stolz zu sein; und das
Glück, das er in dem Besitz eines solchen Sohnes empfindet,
wirft seine Strahlen auf seine ganze Umgebung in einer unbe-
rechnet liberalen Gastlichkeit, in tausend kleinen und großen Auf-
merksamkeiten an alle, die seinem Clive nahestehen, in Wohlthaten an Verwandte und Freunde. So schwindet der für einen
längeren Urlaub angesammelte Fonds zu seinem Bedauern viel
schneller dahin, als er angenommen; nach drei Jahren ist er gezwungen in seine indische Garnison zurückzukehren. Auf die Reise
nimmt er eine letzte schwere Enttäuschung mit. In der schönen
und klugen Ethel, der Tochter seines Stiefbruders Sir Bryan
Newcome, hat er ein Wesen gesehen, das von der Natur bestimmt scheint, seinen Clive zu beglücken. Als er seiner Schwägerin offen seinen Heiratsplan vorlegt, muß er erfahren, daß
über die Hand Ethels bereits verfügt ist und daß der Standes-
unterschied zwischen der Tochter eines Ritters und einem Künstler
— Clive ist seiner Neigung gemäß Maler geworden — zu groß
ist, um eine Familien-Verbindung zuzulassen. —
Das Bild des Obersten Newcome erinnert lebhaft an das
des Pfarrers von Wakefield: in beiden ist dieselbe kindliche Herzensreinheit, dieselbe Harmlosigkeit und Weltunkunde, und was
bei diesem tiefgewurzelte Christlichkeit ist, ist bei jenem flecken-
lose Noblesse. Nur ist das sittliche Niveau in der Zeichnung
Newcomes ein höheres: der Pfarrer ist nicht ohne eine gewisse,
wenn auch unschädliche Geriebenheit; er giebt z. B. armen
Verwandten einen Mantel auf die Reise, weil er weiß, daß sie
nicht wiederkommen werden, um ihn abzugeben; Oberst Newcome
würde ihnen Mantel und Geld ohne Hintergedanken schenken
und sie zu baldigem Wiederkommen einladen. (Ein anderer Zug

in dem Bilde des Obersten ist seine Ritterlichkeit, und speziell
seine Ehrfurcht vor dem weiblichen Geschlecht als solchem, der er
in den feinsten, anmutigsten altfränkischen Manieren — einem
Erbteil seines jugendlichen Verkehrs mit französischen Emigranten-
Familien — Ausdruck giebt.

Wenn wir diesen prächtigen Mann von den Frauen geliebt,
von den Männern verehrt sehen; wenn wir sehen, wie er keine
andere Aufgabe kennt, als seinem geliebten und seiner würdigen
Sohne den Lebensweg zu ebnen, und wie er überall, wo seine
Lichtgestalt erscheint, Segen, Freude und den Glauben an das
Gute verbreitet: dann steigt in uns die Hoffnung auf, daß der
Dichter hier seinen eintönigen Pessimismus zeitweilig abgelegt
hat; daß er hier einmal endlich uns einen vollen Triumph des
Guten vorführen wird. Leider ist diese durch drei Bände genährte
Hoffnung eine Illusion.

Thackeray hat in keinem seiner Romane deutlicher gemacht,
daß er an ein Zusammentreffen von Tugend und Glück in dieser
Welt nicht glaubt. Newcomes Jugendgeliebte, Madame de Florac, ist in ihrem langen Leben ganz Liebe, Pflichtgefühl und
Frömmigkeit gewesen — und steht im Alter unter ihren eigenen
Angehörigen allein. Und Thackeray glaubt es seinem Prinzip
schuldig hinzuzusetzen, er zweifle, ob sie in dem bloßen Bewußtsein
ihres reinen, von den edelsten Bestrebungen geleiteten Lebens, ob
diese Frau, die nie einem Menschen ein Leid zugefügt, aber im
Einzelnen, im Kleinen unendlich viel Gutes gethan hat, glücklicher sich gefühlt habe als Lady Kew, ein Scheusal von Weib,
das nur darum Tag um Tag die Gesellschaft der Menschen
aufstört und verpestet, weil sie sich fürchtet, mit ihrem von bösen
Leidenschaften unheilbar zerfressenen Inneren allein zu sein. Bis
zu solcher Entwertung aller sittlichen Qualitäten treibt Thackeray
die Treue, die er einem falschen Prinzip bewahrt. Die Person
des alten Newcome ist zu edel, zu tugendhaft, als daß er in
ruhigem Glücke sein Leben beschließen sollte. Die Spekulationen,
vermöge deren er sich ein großes Vermögen erworben hat, scheitern

zuletzt; viel zu ehrenhaft, durch einen Vergleich mit seinen Gläubigern diesen auch nur einen Pfifferling von dem Ihrigen zu entziehen, giebt er alles hin und läßt sich unter die armen Brüder
von Charter House — Grey Friars nennt es Thackeray — wo
er seine erste Erziehung genossen hat, aufnehmen. Das Ziel seines
Daseins, seinen Sohn Clive sorgenfrei und glücklich zu sehen —
das ist sein herbster Schmerz — hat er verfehlt. Sein Leben
endet in tiefster Depression.

Der junge Newcome ist wohl das schönste Kind der Thackerayschen Phantasie — ein Liebling der Götter und Menschen.
„Sein sonnenheller freundlicher Geist, unverdunkelt von irgend einer
der Sorgen, die ihn später umwölkten, wollte auf alle gleichmäßig
seine Strahlen werfen. Die Welt war ihm willkommen, der Tag
eine Freude, die ganze Natur ein frohes Fest; fast kein Wesen
ihm widerwärtig (denn die Anmaßung forderte nur sein Lachen
heraus, und die Heuchelei wird er nie im stande sein zu begreifen,
und sollte er hundert Jahre alt werden); die Nacht brachte ihm
einen langen Schlaf, und der Morgen ein frohes Erwachen.“
Das Unglück seines Lebens ist, daß er keinen Titel und einige
tausend Pfund jährlichen Einkommens weniger besitzt, als Lady
Kew für das Seelenheil ihrer Enkelin Ethel für erforderlich hält.
Aus diesem Unglück zum Teil folgt das andere, daß er sich unter
allen vor ihm liegenden Losen das denkbar schlechteste wählt in
Gestalt einer ungeliebten Frau, die in ihrer rotwangigen, lächelnden
Unbedeutendheit seiner unwürdig ist, und einer immer von ihm
mit Abneigung behandelten Schwiegermutter, deren Bosheit ihm
das Leben vergällt.

Die Qualität des Unglücks, welches diese beiden vortrefflichen
Menschen trifft, zeigt uns die Thackerayschen Tendenz in geradezu
abschreckender Gestalt. Es genügt ihm nicht, sie von der Höhe
des äußeren Glückes in die Armut hinabzustürzen, wo sie ihre
Zufriedenheit nur aus ihren inneren Hilfsquellen schöpfen können.
Worauf es ihm ankommt ist zu zeigen, wie ein vollkommen reiner,
edler und bei all seiner Güte energischer Mann trotz dieser Eigen-

schaften in einen Zustand unerträglicher und doch unentrinnbarer, jämmerlichster Misere versetzt werden kann. Um es mit Thackerays drastischem Bilde auszudrücken: der Oberst Newcome trägt zuletzt einen Schuh, aus dem zwei eiserne Nägel herausstecken, die ihm einen unablässigen nagenden Schmerz verursachen: er kann nicht sitzen, nicht liegen ohne Pein, Bewegung ist fast unmöglich, und selbst der Schlaf wird ihm durch das Stechen seiner Fußwunden genommen. Und er erreicht dieses hehre Ziel durch Uebertreibungen und Unwahrheiten.

Ehrenmann wie er ist, hat Oberst Newcome als Vorstand der Bundelcund Bank, die ohne seine Ahnung in den Händen eines indischen Betrügers ist, sein ganzes Vermögen hingegeben, um die Bank-Gläubiger zu befriedigen. Er thut noch mehr: er giebt auch seine Pension hin, so daß er ohne einen Pfennig in der Welt dasteht. So muß er von dem sehr geringen Einkommen seines Sohnes leben? Das wäre noch nicht das Schlimmste. Aber die Schwiegermutter, Mrs. Mackenzie, beglückt die Familie mit ihrer Rente — von 50 £ jährlich und lebt nun mit ihrer Tochter zusammen. Dieses pöbelhafte Weib gewährt dem alten Manne keinen ruhigen Augenblick; Schwindler, Betrüger sind die Ehrentitel, mit denen sie ihn gewohnheitsgemäß regaliert; jeder Bissen in seinem Munde wird ihm mit den unwürdigsten Schmähungen vergiftet. Ein solches Leben ist nicht zu ertragen. Er verläßt seinen Sohn und nimmt die Einladung seiner Schwägerin, einer viel besseren Frau, an. Aber auch diese hat einige hundert Pfund in seiner Bank verloren und kann es nicht unterlassen, ihn häufig daran zu erinnern. Oberst Newcome trifft Lord St., einen teuren Jugendfreund, der mit Freuden sich erbietet, die hundert Pfund, die der alte Mann zu seinem Leben gebraucht, ihm zu geben. Dieser aber lehnt das Anerbieten ab und läßt sich durch seine Vermittelung zum Entsetzen aller seiner Angehörigen und Freunde unter die armen Brüder von Grey Friars aufnehmen.

Nun ist der Dichter an seinem Ziele angelangt — Mr.

Pendennis-Thackeray feiert als ehemaliger Schüler von Charter-Honse das Stiftungsfest mit, erkennt den Unglücklichen schaudernd — und nun kann er in die pathetischen Worte ausbrechen, die den Triumph seiner pessimistischen Weltanschauung enthalten: „Wie konnte ich wagen, auf einem bevorzugten Platze zu sitzen, und er, er dort unter den Armen? O Verzeihung, du edle Seele! Ich bitte dich um Vergebung, daß ich einer Welt angehöre, die dich so behandelt hat — dich, der so hoch über mir steht; dich, den Edlen, den Milden, den Guten!" —

Auch wir müssen um Verzeihung bitten, wenn wir einer viel besseren Welt angehören, als des Dichters sittliche — Willkür zu malen beliebt, und in der ein so geartetes Elend unter so ge-arteten Umständen nicht hätte vorkommen können. Denn erstens: würden Gläubiger, die den begüterten Ständen angehören, einem so noblen Schuldner nicht auch noch die wenigen Pfund genommen haben, die zu seinem Lebensunterhalt gehören und die für sie unerheblich sind. Zweitens gab es eine solche Menge von Ver-ehrern und wohlhabenden Verpflichteten des Obersten, daß Mr. Pendennis mit Leichtigkeit die für den Unterhalt desselben er-forderliche Summe hätte zusammen und in einer anständigen Form an den Mann bringen können. Drittens: wenn die Gläubiger sämtlich Barbaren, die vielen Freunde sämtlich ohne Willen oder Geschick, ihm zu dienen, gewesen wären, so war immer noch sein Sohn Clive übrig, derjenige Clive, wie ihn Thackeray früher so vertrauenerweckend geschildert hat; dieser Clive hätte seinen guten alten Vater niemals unter fremde Leute oder gar unter die Bettler ziehen lassen; er hätte ihn, der ihm alles geopfert hatte, nicht jenem Scheusal von Weibe preisgegeben, sondern die letztere, wenn es nicht anders möglich gewesen wäre, mit Gewalt aus dem Hause entfernt. So muß nun der brave Clive, damit die Thackerayscheisere in all ihrer Gräßlichkeit fertig werden kann, plötzlich seinen Charakter ändern, alle männliche Kraft und Würde abwerfen, der Sklave seines einfältigen Weibes und jener Megäre von Schwiegermutter, und ein vollkommen pflichtvergessener Sohn

werden. Solche Abscheuligkeiten können wohl in der Phantasie
eines pessimistischen Dichters vorkommen, der der Sensation des
moralisch Ekelhaften nachjagt; in der wirklichen Welt hätten sie
unter diesen Umständen nicht vorkommen können. Es ist
alles unmöglich und unwahr, was Sie uns da vorgefabelt haben,
Herr Pessimist.

Ribeing[12]) erzählt eine hübsche Anekdote über den Tod des
Obersten Newcome. Während „Die Newcomes" erschienen, traf
der Dichter Powell den ihm befreundeten Verfasser auf der Straße.
Thackeray sah sehr ernst und betrübt aus und antwortete auf die
Frage seines Freundes: „Komm mit zu Evans, ich will dir alles
erzählen. Ich habe den Obersten getötet." Nachdem sie in
einem Winkel des Lokals Platz genommen, zog Thackeray das
frisch geschriebene Manuskript des letzten Kapitels hervor und las
die außerordentlich rührende Beschreibung von Newcomes Tode.
Als er an die Stelle kam, wo die Glocke zur Kapelle läutet, und
der Oberst beim letzten Glockenschlage mit dem Worte „Adsum",
das er als Schüler beim Namensaufruf so oft geantwortet, vor
den höchsten Lehrer tritt, brach er er in fassungsloses Weinen
aus. — Auch Kleist weinte, als er mit der Penthesilea sein
Jugend-Ideal begrub; und George Eliot, als sie mit dem Tode
Maggies ein Stück von ihrem Leben dahingab. Worüber weinte
Thackeray? — Daß ein herrlicher Mensch so zu Tode mißhandelt
werden konnte? — Wer hatte ihn mißhandelt? —

Ebenso traurig wie die beiden Newcomes endet der dritte
edle Charakter, oder genauer gesprochen, der wenigstens anfänglich
als ein edler beabsichtigt war: der Unterschied besteht nur darin,
daß jene unglücklich werden unverschuldet, nur darum weil sie
gute Menschen sind; Ethel Newcome dagegen durch ihre Schuld,
durch die Entartung ihres Wesens. Der Charakter Ethels bietet
wieder eine günstige Gelegenheit zu einer Untersuchung über den
ästhetischen Charakter von Thackerays Helden.

Beobachten wir sie bei ihrem ersten Auftreten in der „Welt":
„Nach ihrem ersten Erscheinen in der Welt war diese junge Dame,

wenn die Wahrheit gestanden werden soll, weder bei vielen Männern noch bei den meisten Frauen beliebt. Die harmlosen jugendlichen Tänzer, welche sich um sie drängten, durch ihre Schönheit angezogen, fürchteten sich einige Zeit später, sie zu engagieren. Der eine fühlte dunkel, daß sie ihn verachtete; der andere, daß seine einfältig lächelnden Gemeinplätze (das Ergötzen so vieler wohlerzogenen Jungfrauen!) nur Miß Newcomes Gelächter erregten. Der junge Lord Cröfus, den alle Jungfrauen und Matronen eifrigst bestrebt waren einzuheimsen, mußte zu seiner Bestürzung finden, daß er ihr ganz gleichgültig war, daß sie ihm an einem Abend zwei oder drei Körbe gab, und ebenso oft mit dem armen Tom Spring tanzte, der seines Vaters neunter Sohn und nur so lange zu Hause war, bis er ein Schiff fand und wieder zur See gehen konnte. Die jungen Mädchen waren erschreckt über ihren Sarkasmus. Sie schien zu wissen, was für Albernheiten sie ihren Tänzern zuflüsterten, wenn sie im Walzer eine Pause machten, und Fanny, welche mit ihren blauen Augen Lord Cröfus zu sich lockte, senkte sie schuldbewußt zur Erde, wenn Ethel die ihrigen auf sie richtete; und Cäcilia sang noch taktloser als gewöhnlich; und Clara, welche Fritzchen, Karlchen, Tömchen an sich fesselte durch den Zauber ihrer glänzenden Unterhaltungsgabe und ihre witzige Bosheit, wurde stumm und verlegen, wenn Ethel mit ihrem kalten Gesicht an ihr vorüberging; und die alte Lady Hootham, welche gerade die Vorzüge ihrer kleinen Minnie entwickelte jetzt vor dem jungen Jack Gorget, dem Garde-Offizier, bald darauf vor dem leidenschaftlichen und einfältigen Bob Bateson vom Coldstream-Regiment, schlich davon, wenn Ethel auf dem Felde erschien, deren Selbstgewißheit die Fische und die Angler hinwegzuschrecken schien. Kein Wunder, daß die andern Mayfair*)-Nymphen Angst hatten vor dieser strengen Diana, deren Blicke so kalt, deren Pfeile so scharf waren."

Wenn wir nun aus dieser eindrucksvollen, glänzenden Charakterschilderung — darum so eindrucksvoll und glänzend, weil sie sagt, was Ethel thut, und nicht wie sie ist — die Ansicht ge-

winnen, daß Thackeray hier einmal uns a superior woman, eine
wahrhafte Heldin vorführen will, ein Mädchen, das die Platt-
heiten und Schliche der „Welt" mit einem Blicke durchschaut und
verachtet: so wissen wir in der That nicht, wie wir die folgenden
Auslassungen, 3—400 Seiten später, die sich auch auf Ethel beziehen, damit in Einklang bringen sollen: „Nein, Miß Newcome" —
der Dichter redet seine Heldin an — „Ihre Stellung im Leben
ist keine würdige, wie sehr sie auch betonen mögen, daß Hunderte
von Weltleuten ebenso handeln. Weh! was für ein Geständnis ist
es, gleich bei dem ersten Schritt ins Leben, in dem rosigen Glanze
des Jugend-Morgens zu bekennen, daß der Zweck, mit dem ein
junges Mädchen sich auf den Lebensweg begiebt, und das Ziel
ihres Daseins ist, einen reichen Mann zu heiraten; daß sie mit
Schönheit begabt wurde, um sich Reichtum und einen Titel damit
kaufen zu können, daß, so wahr sie eine Seele zu retten hat, ihr
Geschäft hier auf Erden nur sein kann, alles daran zu setzen und
einen reichen Mann zu erobern. Das ist die Laufbahn, für welche
manch ein Weib erzogen und abgerichtet wird .... Ein Mädchen
der „Welt", bon Dieu! die Lehre, mit der sie ins Leben tritt, ist, daß
sie einen reichen Mann haben soll; der einzige Glaubens-Artikel in
ihrem Katechismus lautet: „Ich glaube an erstgeborne Söhne, an
ein Haus in der Stadt und an ein Haus auf dem Lande." Sie
sind feil, schon wenn sie frisch und blühend aus der Kinderstube in
die Welt treten. Sie sind geschult darin, ihre Augen zu bewachen,
daß sie nur auf den Prinzen und den Herzog Crösus und Dives
fallen. Durch langes, sorgsam fortschreitendes Einzwängen sind ihre
natürlichen Herzen zusammengepreßt, wie die Füße ihrer fashionablen kleinen Schwestern in China. Wie man ein Bettelkind,
mit erschrecklich frühreifer Kenntnis des Versatz-Geschäftes, befähigt
sieht, mit ihren elenden paar Pfennigen zu feilschen, und einen Handel am Höker-Stande herauszuschlagen, so kann man eine junge
Schönheit, die vor einem Jahre noch ein Schulkind war, so klug

---

*) Fashionables Westend-Viertel Londons.

und gerieben finden wie alte Börsen-Praktiker, so ökonomisch
mit ihrem Lächeln, so geschickt im Zurückhalten und Vorlegen
ihrer schönen Waren, so gewandt darin, einen Bieter gegen den
anderen auszuspielen, wie den pfiffigsten Kaufmann auf Vanity
Fair."

Man kann nicht sagen, daß Thackeray Ethel im Laufe eines
Bandes von einer hochherzigen Jungfrau zu einer feilen Kokette
hinabsinken läßt; er betont hier ja gerade, daß sie, wie die anderen Damen der guten englischen Gesellschaft, als vollendete
Kokette die Kinderstube verläßt. Und um dem Leser keinen Zweifel
zu lassen, füge ich eine andere Stelle hinzu, die nicht weit nach
der zuerst citierten folgt, und in welcher der Widerspruch in Ethels
Wesen geradezu schreiend hervortritt. Die Stelle ist zugleich
charakteristisch für dasjenige, was Thackeray unter den oberen
Zehntausend für möglich hält. — Ethel besucht mit ihrer Großmutter,
Lady Kew — es ist ihre erste Saison — die Gemälde-Ausstellung,
und sieht an die verkauften Bilder grüne Karten geheftet mit
dem Wörtchen „Verkauft" — sie findet das Schicksal von jungen
Mädchen, für welche bereits einer oder wenige Männer als Besitzer in Aussicht genommen sind, sehr ähnlich mit dem ausge-
stellter und verkaufter Gemälde: man darf sie bewundern, aber
erwerben nicht. Sie entwendet eine solche Karte und erscheint
damit beim Familien-Dinner. Daran knüpft sich nun das folgende
Gespräch mit ihrer Großmutter. „„Oh", rief Ethel leidenschaftlich
aus, „was für ein Leben wir führen müssen, und wie ihr eure Kinder
kauft und verkauft und um sie feilschet. Es ist nicht Clive, den
ich liebe, der arme Junge. Unsere Lebenspfade liegen getrennt.
Ich kann mich von meiner eigenen Familie nicht losreißen, und
ich weiß sehr wohl, wie ihr ihn darin aufnehmen würdet. Hätte
er Geld, so würde es anders sein. Ihr würdet ihn empfangen,
willkommen heißen und ihm eure Hände entgegenstrecken; aber er
ist nur ein armer Maler, und wir sind Bankiers in der City,
gewiß; und er verkehrt unter uns nur geduldet, wie jene Konzert-
sänger, welche Mama so höflich behandelt, und die dann hinunter-

gehen, um ihr Abendessen allein zu verzehren. Warum sollten sie
nicht ebenso gut sein als wir?"

„Monsieur de C. —, meine Liebe, ist von edler Abkunft", warf
Lady Kew ein, „wenn er das Singen aufgegeben und ein Vermögen
gemacht hat, kann er zweifellos wieder in die große Welt eintreten."

„Ein Vermögen gemacht, ja" fuhr Ethel fort, „das ist der
ewige Ruf. Niemals, solange die Welt steht, gab es Menschen
so schamlos schmutzig. Wir erkennen es an und sind stolz darauf.
Wir tauschen Rang gegen Geld und Geld gegen Rang ein, Tag
für Tag. Warum hast du meinen Vater mit meiner Mutter verheiratet? Etwa um seines Geistes willen?*) Du weißt, er hätte ein Engel
sein können, und du würdest ihn verachtet haben. Deine Tochter
wurde mit Papas Gelde gekauft, so sicher, wie jemals
eine Newcome es wurde. Wird nicht einmal ein Tag kommen,
wo diese Mammon-Anbetung unter uns aufhören wird?"

„Nicht in meinen oder deinen Tagen, Ethel," sagte die
Großmutter nicht unfreundlich; vielleicht dachte sie einer längst
vergangenen Zeit, ehe sie selbst verkauft wurde.

„Wir werden verkauft," fuhr das junge Mädchen fort, „wir
werden so viel verkauft wie die Türkischen Weiber; der einzige
Unterschied ist nur, daß unsere Herren nur eine Tscherkessin auf
einmal haben dürfen. Nein, es giebt keine Freiheit für uns.
Ich trage meinen grünen Zettel, und warte, bis mein Besitzer
kommt. Aber jeden Tag, wenn ich an unsere Sklaverei denke,
empört sich mein Herz mehr dagegen. Das arme Ding, das mein
Bruder heiraten soll, warum empörte sie sich nicht und floh? Ich
thäte es, wenn ich einen Mann hinreichend liebte, mehr liebte
als die Welt, als Reichtum, als Rang, als schöne Häuser und
Titel — und ich fühle, ich liebe diese am meisten — ich gäbe
alles auf und folgte ihm."' —

---

*) Der Vater ist zwar ein guter und ehrenwerter Mann, aber
ein wenig beschränkt. In kaufmännischer Beziehung steht er unter
der Kontrolle seines Sohnes Barnes; in seiner Häuslichkeit unter
der Herrschaft Ethels.

„Ich fühle, ich liebe diese am meisten!" — ich werde denjenigen Mann wählen, der mir den größten Reichtum, den höchsten Rang, die schönsten Häuser und Titel zuführt; ich werde
ihm, wenn auch nicht mein Herz, so doch meinen Leib, meine
Erziehung und meine gesellschaftlichen Talente verkaufen — aber
wenn meine Eltern und Großeltern und die meisten Menschen,
die ich um mich sehe, dieselben Anschauungen haben, so faßt mich
die tiefste Empörung darüber. — Ethel Newcome handelt nach
ihren Ansichten: Lady Kew ist reich, und verspricht ihrer Enkelin
ihr ganzes Vermögen, wenn sie zu ihr käme und ihr die Sorge
für ihre Zukunft d. h. für ihre Verheiratung überließe. Es wäre
Wahnwitz für eine junge Dame, die über den Handel mit Herzen
und Körpern im höchsten Grade empört ist, 60,000 Pfund
in den Wind zu schlagen; sie verkauft ihre sittliche Selbstbestim-
mung an dieses wahrhaft scheußliche alte Weib, das sein Eigen-
tums-Recht nur an einen anderen selbstgewählten Besitzer abtreten wird. Nun reist die Alte mit ihrem Angebot in der Welt
herum, spürt den jungen Marquis Farintosh auf, hetzt ihn durch
alle drei Königreiche und halb Europa, bis er, müde von der
Jagd, sich endlich ergiebt. Für 60,000 Pfund läßt eine junge
Dame von Ethels Anschauungen das alles aus sich machen,
wird sie zum Spott der männlichen Gesellschaft. Und wer
ist der Marquis Farintosh, um dessentwillen dieser sittliche
Ruin angerichtet wird? — Ein Mensch, für den Ethel innerlich
die tiefste Verachtung fühlt, ein Geck und ein Zärtling, die Zielscheibe aller jungen Männer von Mutterwitz und gesundem
Menschenverstande, wie früher die Zielscheibe seiner Mitschüler —
das einzig Wesenhafte an ihm ist sein erträgliches Aussehen,
sein Marquis-Titel und sein Reichtum. Für diese beiden letzteren
Eigenschaften opfert Ethel ihr Lebensglück und ihre Frauenehre.
Neben diesem ihren wirklichen, durch die That bewährten
Charakter, spielt sie nun jenen anderen, anfänglich vom
Dichter ihr zugeteilten, weiter. — Den Oberst Newcome, in
dessen sittlicher Komposition kein Atom von Falschheit oder Ge-

meinheit ist, zieht ihr freies, edles Wesen an; er liebt sie wie
seinen Clive und wünscht nichts sehnlicher als ihre beiderseitige
Vereinigung. Sie selbst liebt Clive — wenn sie oben etwas
anderes sagt, so ist das eine lügenhafte Entschuldigung vor sich
selbst — und sie zieht ihn immer wieder zu sich heran, und zeigt
ihm ihre Liebe; sie weint, nicht die Seine werden zu können,
und giebt als Grund ihrer Weigerung die Abneigung ihrer Eltern an und ihre Pflicht, für ihre jüngeren Geschwister zu sorgen
vermittelst der von ihrer Großmutter zu erwartenden Erbschaft
— lauter Unwahrheiten; der eigentliche Grund liegt in ihr, die
wohl weiß, daß sie ihre schwachen Eltern leicht besiegen könnte,
wenn sie wollte, aber nicht will, weil das Leben an Clives
Seite — glücklich und durchaus fashionable*), gewiß, gewiß —
aber nicht so glänzend sein könnte, als wenn zu den 60,000
Pfund ihrer Großmutter noch ein schwerwiegender, in Gold ge-
packter Titel käme. Sie paktiert mit ihrer Habsucht, und fragt
sich und sagt ihm, unter welchen Umständen sie ihm wohl die
Hand reichen könnte: er müßte Diplomat oder wenigstens Mili-
tär werden; sich mit einem bloßen Maler zu verbinden, duldet
die Ehre einer kürzlich geadelten Bankiers-Familie nicht. Aber sie
zeigt ihm ihre Liebe nur unter vier Augen; sobald sie Schaden
haben könnte von ihrer Neigung, in Gegenwart betitelter Bewerber, ist er ihr armer, vernachlässigter Vetter. Und Clive verehrt
sie dennoch, als wäre sie die alte kleine Ethel, wie sie Thackeray
als Kind schildert, und nicht eine mehr als ausgewachsene Kokette. Und sie ist auch die Alte, wenn sie mit Oberst Newcome
zusammen ist; — „Weltlichkeit, Herzlosigkeit, eifriges Planen,
kaltes Kokettieren, Marquis-Jagen und dergleichen verschwanden
eine Zeit lang und waren nicht vorhanden, wenn sie an des
Ehrenmannes Seite saß", man merkt nichts von der instinktiven
Entfremdung, die zwischen zwei Naturen naturgemäß eintreten

---

*) Der alte Newcome verfügt über 60,000 Pfund, die er bereit
ist, vollständig für das Glück seines Sohnes hinzugeben.

muß, von denen die eine das Geld um des Geldes willen und
um jeden Preis erjagt, und die andere den Mammon nur dann
für wertvoll hält, wenn „man diejenigen, welche man liebt, damit
glücklich machen kann" — die also ungefähr so verschieden sind
wie Tag und Nacht; das beschämende Bewußtsein, daß ihr Onkel
sie verachten würde, wenn er ihr ins Herz sehen könnte, hält sie
nicht von ihm fern. —

Kurz — wir haben in dem einen Bilde zwei wesentlich verschiedene, unvereinbare Naturen: Ethel, die hochherzige, und Ethel
die materialistische, die allgemeine, die Kokette. Und das Ergöß-
lichste ist, daß diese beiden ganz verschiedenen Personen in dem
Salon ihrer Großmutter zusammentreffen, wo die eine Ethel ent-
rüstet ausruft: „Der Handel, den ihr mit euren Töchtern treibt,
ist abscheulich" — und die andere erwidert: „Nun, ich finde es
ganz vernünftig, daß ein Mädchen denjenigen Freier erhört, welcher
den höchsten Titel und das meiste Geld hat." — Ein eklatanteres
Beispiel widerspruchsvoller Charakteristik ist wohl nie dagewesen
als in der Darstellung dieser unter jeder Konjunktur der Wirklichkeit unmöglichen Geistes-Verfassung. Das Einzige, was
Thackeray darstellen konnte, war die Depravierung eines ursprünglich edlen Frauen-Charakters. Das hat er nicht gethan:
Ethel ist ein unbeschreiblich reizendes Geschöpf bis zu dem Augenblick, wo sie zum ersten Male ihren Fuß auf das Parket eines
Ballsaales setzt; von diesem Augenblicke an ist sie — ohne jeden
inneren Kampf, mit vollem Bewußtsein ihrer niederen Gesinnung —
eine Kokette. Das ist in Wirklichkeit ebenfalls unmöglich.

Wie kam ein Dichter wie Thackeray zu einer so unglaub-
lichen Verletzung der Naturwahrheit? — Durch seinen Pessimismus, durch seine Vorstellung von dem, was man im Leben und
in der Poesie Helden nennt. — Was ihr thörichten Menschen-
kinder eure Helden nennt, sind eure eigenen Hirngespinste, denen
keine körperhafte Erscheinung in der Wirklichkeit entspricht: der
Kammerdiener hat recht, für den es keine Helden giebt. Es giebt
wohl Menschen, die vermöge außerordentlicher Anlagen ihrem

Egoismus eine von wenigen erreichte Befriedigung verschaffen können; aber keine Helden. Vollkommen lächerlich sind nun gar eure Helden-Phantome in der Poesie, jene Muster von Kraft und Güte — solche sogenannten Helden sollt ihr bei mir nicht finden. Menschen, die aus Schwäche gut sind — mit Vergnügen; wo Kraft vorhanden ist, bethätigt sie sich nur in der Befriedigung des Egoismus, oder, was dasselbe sagen will, der materiellen Bedürfnisse. Wenn bei der Bethätigung dieser Kraft ein Vorteil für andere Menschen, vielleicht für ein ganzes Volk abfällt, so ist das ein zufälliges Nebenbei, ein Accidens: das eigentliche Ziel ihres Strebens ist einzig und allein die Befriedigung ihrer Gelüste und Leidenschaften. — Wenn du, verehrter Handwerks-genoß, dir eine Heldin aus den höheren Ständen wählst, schmückst du sie mit allen Vorzügen des Herzens und des Geistes, wie des Körpers, giebst ihr einen Mustermenschen zum Verehrer, der leider nur nicht den von ihren Eltern verlangten Stand und Reichtum besitzt; lässest ihre tugendhaften Bedenken bestürmen, vergewaltigen, bis sie an der Hand des ihr aufgedrungenen Gatten tief unglücklich wird, wenn sie nicht vorher mit jenem anderen davonläuft oder sich das Leben nimmt. — Ich sage dir, du irrst: mag ein Mädchen noch so geistreich, tugendhaft und verliebt sein; so wird ihr Geist, ihre Tugend, ihre Liebe sie nicht hindern, sich unter verschiedenen Lebenslosen immer das materiell glänzendste zu wählen. Ich zeige dir die Wahrheit in meiner Ethel Newcome. —

Thackeray ist, wie sein Liebling Fielding, ein Cyniker in der Poesie. Die alte ästhetische Vorschrift, die von Homer bis Göthe herrschend gewesen ist, daß der Held bei allen seinen Fehlern durch eine gewisse sittliche Größe imponieren und nie zur Niedertracht hinabsinken, z. B. nicht morden, stehlen oder kuppeln solle, gilt ihm für doktrinären Humbug. Tom Jones ist ihm der Typus eines Helden, Tom Jones, der Dinge verübt, die ihn in der Wirklich-keit, wie Oberst Newcome ganz richtig bemerkt, aus jeder anstän-digen Gesellschaft ausschließen würden, und dessen Verbindung mit einem so edlen Mädchen wie Sophy man nur bedauern kann; da sein skrupelloser Leichtsinn ihr Lebensglück mit höchster Wahrscheinlichkeit zerstören wird. Mag man Fielding als Epiker so hoch stellen, wie man will — und wer wollte leugnen, daß er zu den besten der Welt-Litteratur zählt — sein „Tom Jones" kann von keinem besonnenen Aesthetiker als ein klassisches Kunstwerk betrachtet werden, weil er einen Fehler enthält, den schon Aristoteles als die schlimmste Sünde gegen den heiligen Geist der Poesie bezeichnet: es ist eine schlechte Geschichte mit gutem Ende.

Ethel Newcome ist wie Tom Jones die beabsichtigte Karikatur einer Heldin, und als solche häßlich und abstoßend; und was nun Thackeray uns glauben machen will, und was doch thatsächlich undenkbar ist, ist, daß dieses häßliche Geschöpf von allen Menschen in derselben Weise geliebt und geehrt wird wie eine Heldin, die des Namens würdig wäre. Das muß Thackeray thun, wenn der Leser sie überhaupt als Heldin betrachten soll: denn wenn ihr überall die Behandlung zu teil würde, die ihr schmachvolles Verhalten verdiente, dann würde sie nicht mehr als Heldin erscheinen, sondern als das, was sie wirklich ist — das böse Prinzip der Geschichte in Gestalt einer gewissenlosen Kokette.

Daß dieselbe widerspruchsvolle Tendenz Thackerays, etwas Schlechtes als garnicht so schlimm darzustellen, die seltsamsten Komplikationen hervorrufen muß, ist selbstverständlich. Ethel legt einmal an Madame de Florac ein vollständiges Sündenbekenntnis ab: „Die Großmutter hat ein Vermögen, welches sie mir versprochen hat; seitdem hat man (!) darauf bestanden, daß ich bei ihr leben sollte. Sie ist sehr klug, wissen Sie; sie ist auch gut auf ihre Art" — eine alte Hexe, die ihre kranke und ebenfalls alte Tochter gewohnheitsmäßig mißhandelt — „aber sie kann nicht außerhalb der Gesellschaft leben. Und ich, die ich so thue, als hätte ich einen Widerwillen davor, ich liebe sie auch; und ich, die ich die Schmeichler verspotte und verhöhne — oh, ich liebe Bewunderung. Es ist mir eine Genugthuung, wenn die Mädchen mich hassen, und junge Männer sie um meinetwillen

fitzen lassen. Obgleich ich viele von diesen verachte, kann ich nicht
anders, als sie an mich locken. Einige von ihnen sind unglücklich geworden um meinetwillen, und ich freue mich darüber; und
sind sie gleichgültig, so ärgert es mich, und ich lasse nicht eher
nach, als bis sie zu mir zurückkehren. Ich liebe schöne Kleider;
ich liebe kostbare Kleinodien; ich liebe einen großen Namen und
ein schönes Haus — oh, ich verachte mich selbst, wenn ich daran
denke! Wenn ich im Bette liege und mir sage, ich bin herzlos
gewesen und eine Kokette, weine ich vor Scham; und dann
empöre ich mich dagegen und sage: Warum nicht? — und heute
Abend — ja, heute Abend — nachdem ich von Ihnen gegangen
bin, werde ich wieder sündigen, ich weiß es!" Und was erwidert
Madame de Florac, dieses Muster einer wahrhaft abligen Frauen-
seele — was muß sie antworten, damit wir dem Autor nicht
hinter die Schliche kommen, damit wir in der Täuschung befangen
bleiben, als ob zwischen zwei so entgegengesetzten Naturen ein
inneres Band existieren könnte? — „Ich werde für dich beten,
mein Kind." . . . . „Madame Florac küßt Ethel. Tableau." fügt
der Autor mit unbeabsichtigter Selbstironie hinzu. — Die liebe,
liebe Ethel! Das gute Kind! Die treue Seele! denkt Madame de
Florac gewiß, als Ethel von ihr geht, um weiter zu freveln.

     Und dann wieder ein anderes Bild — der niedergeschmetterte
Clive, den die Sirene ganz umstrickt hat, wendet sich an seinen
Freund Arthur Pendennis, d. h. Thackeray, um Trost, und er
tröstet ihn: er meint, diese Enttäuschungen in der Liebe werden
nicht eher aufhören, als bis eine Liste angelegt werden wird, wo
der Vermögensumfang jedes jungen Mannes der „Welt" in authentischen Zahlen der Reihe nach verzeichnet steht, damit jeder
weiß, wieviel reichere Heirats-Kandidaten er vor sich hat, und
welche Ansprüche er demgemäß machen kann: denn das Glück in
der Liebe entscheidet doch einzig und allein das Geld. „Du
schaust verwundert drein, armer Junge? Du hältst es für frevel-
haft, daß ich so brutal vom Kauf und Verkauf spreche und sage,
daß dein Herzliebchen in diesem Augenblick auf dem Mayfair-

Markte auf und ab geführt wird, um von dem Meistbietenden mitgenommen zu werden. Kannst du so viel Geld aufzählen wie Sultan Farintosh? Kannst du auch nur mit Sir John Fobsby mitbieten? Was ich sage, ist schlimm und weltlich, ja? So ist's: aber es ist wahr. . . . . Weißt du nicht, daß die Tscherkessen-Mädchen stolz darauf sind, so vorgeführt zu werden, und daß ihr Rang bestimmt wird von dem Preise, den sie bringen? Und du gehst hin und kaufst dir neue Kleider und ein Pferd für 50 Pfund, und steckst für einen Groschen eine Rose in dein Knopfloch, und reitest unter ihrem Fenster vorüber, und denkst, den Preis zu gewinnen. O, du Dummkopf! Ein Groschen-Rosenknöspchen! — Steck' dir Geld in die Börse! — Eine 50 Pfund-Mähre, wo jeder Fleischer eine ebenso gute reitet! — Steck' dir Geld in die Börse. — Ein tapferes junges Herz, ganz Mut und Liebe und Ehrgefühl! — Steck' dir Geld in die Börse — andere Werte gelten auf dem Markte nicht."

Diese Darstellung eines heiligen Instituts, das eigentliche Fundament menschlicher Gesittung und Entwickelung, ist zwar nichts weniger als tröstlich — trostlos muß sie sein für jeden Leser, der darin die pessimistische Karikatur nicht herausfinden kann — aber sie ist wenigstens mit Bezug auf die Anschauungen der „edeln, hochherzigen" Ethel vollkommen richtig. Und als nun diese Gesinnung zu einem unzweideutigen Ausdruck gelangt in ihrer Verlobung mit dem Marquis von Farintosh, hinsichtlich dessen das Urteil der Leute nur in soweit schwankt, als die einen ihn für mehr lächerlich, die anderen für mehr verächtlich halten, und als auch der mildeste Beurteiler, ihr bester Freund, der Oberst Newcome, sein Verdammungsurteil nicht mehr zurückhalten kann — da — — ja, sollte man es für möglich halten? — „urteilt er falsch" — „wie wir, die wir sie besser kennen, glauben müssen." — Die meisten der Leser werden sich wahrscheinlich verbitten, in dieses „wir" mit eingeschlossen zu werden. — „Wer brachte sie auf den Weg, den sie wandelte? Ihrer Eltern Hände führten sie, und ihrer Eltern Stimmen be-

fahlen ihr, die vor ihr liegende Verſuchung anzunehmen." —
Ihre ſchwachen Eltern? — Du lieber Himmel, hat Thackeray
ganz vergeſſen, daß dieſe femme supérieure von allem Anfang
an den ganzen Heiratströdel, den Jungfrauenſchacher durchſchaute
und billigte? Daß ſie erklärte, keine Macht der Welt würde ſie
zwingen können, den Wünſchen ihrer Angehörigen nachzugeben,
wenn dieſe nicht ihre eigenen wären? — „Was wußte ſie von
dem Charakter des Mannes, der zu ihrem Gemahl auserſehen
wurde?" — Nun muß ſie auch noch einfältig werden, um nicht
gar zu ſchlecht zu ſcheinen. — Es iſt hier wieder die andere
Ethel, keine Frage: nicht die in den letzten Bänden geſchilderte, die
allgemeine, die dem Meiſtbietenden ſich ergiebt, alſo der ganzen
Welt gehört, ſondern die urſprünglich beabſichtigte Lichtgeſtalt, die
aber nicht Lichtgeſtalt bleiben durfte, weil ſie Heldin war, und weil
die Helden keineswegs ſo gut und ſo tüchtig ſind, wie die dummen
Menſchen glauben, und ſo zu einer Ausgeburt der Finſternis
wurde. Thackeray hat hier den furchtbaren Pinſelſtrich, der all
die glänzenden Farben des Anfangsbildes mit Schwarz bedeckt
hat, gänzlich vergeſſen und verlangt vom Leſer, daß er dasſelbe
thue. Der Leſer aber läßt mit ſich nicht umſpringen, wie die
Laune oder die Verlegenheit des Dichters es gerne möchte: er
beurteilt die Menſchen einfach nach ihren Thaten. Er weiß,
daß Ethel den Titel und das Geld des Marquis unbedingt, mit
energiſchem Augenverſchluß gegen alle abſtoßenden, widrigen
Seiten dieſer Partie geheiratet haben würde, wenn der Ehebruchs-
Eclat in ihres Bruders Hauſe ihr nicht einen Strich durch
die Rechnung gemacht hätte. Sie löſt das Verhältnis, weil ſie
die für ſie ſelbſt verhängnisvollen Folgen einer Ehe, gegen die
ſich die ganze Familie des Mannes empört, vorausſieht. Und
wäre der Leſer ſo peſſimiſtiſch wie Thackeray, ſo könnte er in be-
treff ihrer ſpäteren Beſſerung der Anſicht ſein, daß nur die Not
dieſe Tugend erweckt habe: ſie hat um Geld und Titel geſpielt
und ihre weibliche Ehre eingeſetzt; die Würfel ſind gegen ſie gefallen; ſie hat Geld und Titel nicht gewonnen und ihre Ehre

verloren — welcher edle Mann könnte einer solchen Frau die Hand reichen! —

Aber man höre den Dichter, der sich — ein an sich widersinniger, hier aber prägnanter Ausdruck — tief gekränkt fühlt, als seine Heldin nun absolut mannlos dasteht und selbst der gute Clive, ihr Spielball, es für schmählich halten würde, ihr einen Gedanken zu widmen: „Edles, unglückliches junges Geschöpf!" ruft er aus, „bist du die erste unter deinen Schwestern, die mit ihrer Schönheit Handel treiben, deine ehrlichen natürlichen (!) Neigungen erdrücken und töten, deine Aufrichtigkeit und dein Leben um Rang und Titel verkaufen mußte? Aber der Richter, welcher nicht bloß die äußere Handlung, sondern ihre Ursachen sieht, und nicht die Sünde allein, sondern die Versuchungen, die Kämpfe, die Unwissenheit irrender Geschöpfe betrachtet, das wissen wir, folgt einem anderen Gesetzbuche als wir — als wir, die wir über die Gefallenen herfallen, und vor den Glücklichen kriechen, die wir unsere Preise und unsere Strafen so voreilig austeilen, die wir jetzt so hart treffen, und dann wieder so schamlos schonen." — Der Leser lacht über diese Apostrophe und bedauert, daß ein so großer Dichter wie Thackeray durch seinen Pessimismus bis zu dieser Verwirrung aller sittlichen Begriffe, alles gesunden Denkens gebracht werden konnte.

Und nun weiß Thackeray, daß es hochgesinnte oder wenigstens reine Frauen giebt; in diesem Romane selbst schildert er zwei derartige: Madame de Florac und seine Gattin Laura — und mit welcher sentimentalen Verzückung! — Es wäre wirklich interessant, eine der an sie gerichteten verhimmelnden Tiraden neben jene allegorische Darstellung des weiblichen Pferde-Marktes zu setzen. — Weshalb macht er eine solche, ihn so begeisternde Frau nicht zur Heldin? — Ist es die Sensation, die er anders besser erregen kann? — — — Wenn es nicht die Sensation sein sollte, dann ist es zum mindesten seine pessimistische, cynische Schrulle.

Daß es neben diesem großen Schiffbruch in der Zeichnung

der Helbin an kleinen Havarien nicht fehlt, ist hier, wie in allen Dichtungen Thackerays, selbstverständlich. Da werden partielle Beobachtungen als allgemeine Wahrheiten hingestellt; so z. B. trägt eine Auslassung über Verwandten-Liebe alle Anzeichen jugendlicher Unreife: „Niemand ist so bereit, einem Menschen einen bösen Namen anzuhängen als seine eigenen Verwandten; und wenn sie ihm einmal dieses Geschenk gemacht haben, sind sie immer äußerst abgeneigt, es zurückzunehmen. Wenn sie ihm in den Tagen der Not sonst nichts geben, so kann er wenigstens ihres Mitleids sicher sein, und daß er seinen kleinen Vettern als warnendes Beispiel vorgehalten wird. Wenn er sein Geld verliert, nennen sie ihn einen armen Kerl, und entwickeln aus ihm moralische Lehren. Fällt er unter die Räuber, so wenden die respektabeln Pharisäer seines Stammes ihr Antlitz von ihm und lassen ihn pfenniglos und blutend liegen. Sie klopfen ihm freundlich genug auf den Rücken, wenn er nach dem Schiffbruch mit Geld in der Tasche zurückkehrt." Das ist so ungegorenes Zeug, wie es etwa das Hirn eines achtzehnjährigen Dichters, der mitten in dem Kampfe zwischen Ideal und Wirklichkeit steht, emporsprudelt. Natürlich verhindert ihn diese allgemeine Anschauung nicht, im besonderen erhebende Muster verwandtschaftlicher Liebe in diesem Romane aufzustellen.

An die harmlose Erscheinung, daß eine gute Frau nicht bloß zum ersten Male, sondern auch zum zweiten, dritten, ja, vielleicht zum zehnten Male über denselben Scherz ihres Gatten lacht, knüpft er die grausame Verallgemeinerung: „Schmeichelei ist ihre wahre Natur — streicheln, schmeicheln, einen auf die freundlichste Art betrügen, das hält jede Frau für ihre Aufgabe." — Daneben gerät er dann an anderen Stellen außer sich über die Treue und Aufopferung, deren eine Frauennatur fähig ist.

Marquis Farintosh wird von seinen Altersgenossen so viel gehöhnt, daß er seinen Verkehr sehr behutsam auswählen muß, um sich nicht fortgesetzt zu ärgern. Das ist seine gewohnheitsmäßige Stellung in diesem Roman. Wenn aber den Dichter

seine pessimistische Laune ergreift, ändert sich das Verhältnis un-
plötzlich: dann ist ihm von Jugend auf von seinen Lehrern und
deren Frauen geschmeichelt worden, und nicht bloß junge, sondern
alte respektable und selbst hochgestellte Herren kriechen vor ihm
in den Clubs und „bewundern die Weisheit der Nation, welche
ihn zum Gesetzgeber über sie setzte." So kommt denn der Ein-
faltspinsel — trotz des fortgesetzten Hohnes, den er über sich
ergehen lassen muß — zu dem Glauben, daß er eine Art von
Potentat und der erste Mann im britischen Königreiche sei. —
Wie sich's eben trifft!

Wenn es offenbar Thackerays Hauptaufgabe ist, uns zu zeigen,
daß Tugend der sicherste Weg zum materiellen Ruin des Menschen,
und die Güte nur dazu da ist, um von der Ueberzahl der Ego-
isten und Gewissenlosen als Stufe zum Gipfel ihres tierischen
Wohlbefindens mißbraucht zu werden: so ist es absolut lächerlich,
wenn wir Leser uns zu Zeiten von demselben Manne wegen
unserer sentimental-pessimistischen Lebensanschauungen gescholten
hören. — „Manche Leute sagen, die Welt ist herzlos: derjenige,
welcher das sagt, ist entweder ein Schwätzer von Gemeinplätzen
(die wahrscheinlichste und menschenfreundlichste Voraussetzung) oder
ist selbst herzlos" — das ist doch wohl köstlich! — „oder er hat
das seltene Unglück gehabt, daß er keine Freunde hat erwerben
können." — Wie sich's eben trifft!

Was einem gebildeten Manne, der in sich gelebt und gearbeitet hat, den Umgang mit Ungebildeten vorzugsweise ungenießbar macht, ist die Erscheinung, daß sie jeden Augenblick, wie die
Laune, oder irgend ein persönlicher oder materieller Einfluß sie
treibt, über denselben Gegenstand ihre Meinung wechseln können.
Thackeray hat das mit Vorliebe dargestellt, z. B. wie ein Mensch,
der der Masse ein sehr bedenkliches Subjekt erschien, nachdem er
Glück gehabt, etwa eine Erbschaft gemacht, derselben Masse plötzlich
ein ganz prächtiger Kerl ist. — Von dem Dichter verlangen wir —
ohne hier auf die Fragen des Optimismus, des Idealismus oder
Materialismus näher einzugehen — jedenfalls eine einheit-

liche Lebensanschauung. Die sittliche Wirkung ist nicht die
alleinige und nicht einmal die vornehmste Aufgabe der Poesie,
nichtsdestoweniger aber ein unerläßliches Attribut derselben: eine
Poesie, die nicht auf diesem oder jenem Wege sittlich erhebend
wirkt, ist keine. Der Tod solcher Wirkung ist aber solch ein fort-
währender Ansichts-Wechsel auf sittlichem Gebiet. Thackeray stellt
wiederholt — selbst in diesem Roman — mit gerechter Entrüstung die französische Ehe als Geld- und Notariats-Geschäft
hin und kennt sehr genau die verderblichen Folgen, die eine solche
Erniedrigung eines so unberechenbar wertvollen Instituts für die
Gesellschaft, den Staat haben muß; er stellt die französische Ehe
als etwas Abnormes, sonst nicht Vorhandenes hin. Das hindert
ihn nicht, die englische fashionable Ehe ganz in derselben und
hier zweifellos übertriebenen Weise zu schildern, während doch
selbst dem Ausländer Beispiele von ganz entgegengesetzter Richtung
aus sehr hohen Kreisen bekannt sind. Ist er vom bösen Geiste
des Pessimismus besessen, dann kommt es ihm garnicht darauf
an, die Ehe als solche ein bloßes Geldgeschäft zu nennen. Und
das hindert ihn wiederum nicht, zu anderen Zeiten von dem Glück
reiner Ehen zu schwärmen. — Das ist eine höchst fatale, abstoßende
Seite der Thackerayschen Dichtungen, über welche uns die vollendetste Charakteristik nicht hinweghelfen kann.

Im ganzen muß man die Charakterzeichnung in den „Newcomes" eine ausgezeichnete nennen; man findet in dem Roman
eine reichere Auswahl von scharf getroffenen Portraits und Typen
der besseren Gesellschafts-Kreise als in „Vanity Fair". „Die
Newcomes" ist so recht eigentlich der Roman der oberen Zehntausend, in deren Bereich er sich ausschließlich abspielt, des Ge-
bietes, auf dem Thackeray am meisten zu Hause ist. Durch diese
Gebietsbeschränkung zum Teil scheint die Dichtung an Lebenswahrheit gewonnen zu haben, vor allem aber dadurch, daß die
Bösewichter nicht in so überwältigenden Kolonnen vorrücken, daß
jeder Widerstand der Guten vergeblich ist. Wir haben gesehen,
daß Thackeray auch in diesem Romane seiner pessimistischen Grund-

anschauung treu geblieben ist, und daß er vor seinen beliebten
Uebertreibungen nach dieser Seite hin auch hier nicht zurück-
schreckt. Wenn wir aber „Die Newcomes" mit seinen frühesten
Schöpfungen und speziell „Vanity Fair" vergleichen, so fühlen
wir doch durch, daß die Stimmung des Dichters eine mildere
geworden ist. Daß sittliche Größe und Herzensreinheit in
dem eklen Treiben dieser Welt niemals den Sieg erringen
können, das steht zwar hier, wie überall, für Thackeray fest.
Aber er scheint in den „Newcomes" die — wenn auch sehr beschränkte — Macht des Guten doch anzuerkennen, des Guten
auch, das in größerer oder geringerer Entfernung von der Grenze
des Schlechten sich findet, und das im Leben am stärksten vertreten ist. Wenn wir die Gebrüder Newcome, die trotz einiger
nur vom kaufmännischen Gesichtspunkte zu würdigenden Eigenschaften ehrenwerte Männer und liebevolle Familienväter sind,
Lady Anne Newcome, die personifizierte gutmütige Schwäche, die
ewig heitere und gedankenlose kleine Rosey, die liebenswürdigen
Schwerenöter Comte de Florac und Frederick Bayham, den leidenschaftlichen, aber gutherzigen Lord Highgate, die im Grunde ihres
Herzens braven Lebemänner aus militärischen Kreisen, die Thackeray früher viel schwärzer malte, den wahrhaft nobel gesinnten Lord
Kew, der in jungen Jahren ein arger Wüstling gewesen ist, den
prächtigen alten Humoristen Binnie, den Schotten, und sein weib-
liches Pendant, Miß Honeyman, und andere nebensächlichere Gestalten an unserem Geiste vorüberziehen lassen, so erblicken wir
eine ganze Stufenleiter von mehr oder weniger wertvollen Menschen,
mit denen es sich in jedem Falle gut leben läßt. Und selbst
Leute, die schon auf der anderen Seite der Grenze wohnen, sind
nicht gar so schlimm: Pastor Honeyman hat wenigstens die
Gutmütigkeit des Leichtsinns, und wenn er ein vollendeter Heuch-
ler ist, so fehlen ihm doch vollständig Tartuffes Klauen und Zähne.
Der Wechselreiter und Weinhändler Sherrick ist immerhin mit
einer Fähigkeit zum Mitleide begabt, die der sehr „respektable"
Bankier Sir Barnes Newcome jun. nicht besitzt. Es ist nun

auch merkwürdig, daß jene bekannte Sorte von Respektabilitäten, die Thackeray in seinen früheren Dichtungen so gern mit einem Glorienschein allgemeinster Hochachtung umgeben malt, hier ganz bedeutend in den Augen der Welt gesunken sind. Sir Barnes Newcomes Geist und Gemüt und alles, was man zu der Innerlichkeit, zu der Seele eines Menschen rechnen kann, besteht in weiter nichts als einem bedeutenden Zahlen-Gedächtnis: er hat das Verlust- und Gewinn-Konto, die jeweiligen Vermögens-Verhältnisse nicht bloß seiner Klienten, sondern aller Menschen, mit denen er in Berührung kommt, im Kopfe und tritt jedem gegenüber gewissermaßen als sein pekuniäres Gewissen: die Art seines Grußes, sein Gesichtsausdruck, seine ganze Haltung zeigen jedem mit der Genauigkeit einer Dezimal-Wage sein augenblickliches pekuniäres Gewicht. Menschen gern zu haben, die wenig, oder zu hassen, die viel Geld in ihrem Besitze haben, kommt ihm gleich absurd vor. Sein Vetter Clive, der eine nur in den seltensten Fällen lukrative Kunst zur Lebensaufgabe wählt, ist ihm ein einfacher Kretin und — der gescheiteste, liebenswürdigste Mensch, sobald er durch die günstigen Spekulationen seines Vaters die Aussicht auf 60,000 Pfund erhält. Durch dieselbe Vermögens-Aenderung wird ihm Oberst Newcome, dessen verrückten Edelmut er immer und überall verhöhnt hat, zum ehrwürdigsten Greise, dem er nicht müde wird, seine tiefste Hochachtung zu bezeigen. Die Verachtung seiner ihm überlegenen Schwester Ethel — es ist ja eben der seltsame Widerspruch in ihrem Gemälde, daß sie so gleichgesinnte Naturen dennoch verachten soll — hat er mit dem ausbündigsten Haß vergolten; sobald sie die 60,000 Pfund — immer 60,000 Pfund! das scheint wohl das Minimum des Geldbetrages zu sein, das für einen Barnes Newcome die Zurechnungsfähigkeit und Achtbarkeit eines Menschen begründet — sobald sie dies Vermögen ihrer Großmutter wirklich in Händen hat, wird er der liebevollste, zärtlichste Bruder von der Welt. Mit Jack Belsize, dem früheren Geliebten seiner Frau — einer armen, ihm verkauften Lordstochter — versöhnt er

sich sofort, als dieser unerwartet Lord Highgate wird, und leistet
so selbst einem Verhältnisse Vorschub, das zu sehr traurigem Ende
kommt. Es ist nun, wie gesagt, merkwürdig, daß Thackeray
dieses ganz vorzügliche, typische Bild des Gesinnungs-Materialisten
zeichnet und es dieses Mal n i ch t von der gesamten Menschheit
anbeten läßt. Sir Barnes Newcome ist Ritter, hat die Tochter
einer alten Adels-Familie geheiratet, sitzt im Parlament und auf
einer ganz gewaltigen Summe Geldes: nichtsdestoweniger wird
er von allen Menschen, die ihn kennen, entweder innerlich gehaßt
oder offenkundig verachtet.

Auch Laby Kew, die zweite Personifikation zielbewußter
Schlechtigkeit, wird von niemandem verehrt, und die äußere Anerkennung, die ihr zu teil wird, ist das einfache Resultat der
Furcht, die sie einflößt. Ihr Leichengefolge besteht fast ausschließlich aus leeren Kutschen, und wenn die „Times" ihr auch den
unerläßlichen bezahlten Nachruf widmet, in dem einige unbesessene
Tugenden allerdings verzeichnet stehen, so lebt doch in den Herzen
aller derer, die sie gekannt, der wahrheitsgetreue Nekrolog,
den der Dichter ihr schreibt: „Hier ruht jemand aus von einem
langen Feste ohne Liebe; von einer Kindheit ohne zarte mütterliche Sorge; einer Ehe ohne Neigung, von einem Alter ohne
seine kostbaren Schmerzen und Freuden; von achtzigjähriger einsamer Eitelkeit."

Im einzelnen ist der Roman reich an charakteristischen Schlag-
lichtern. Die Erhebung des Protzentums über die gebildeteren
und moralisch höher stehenden Stände, wie sie sich im modernen
England herausgearbeitet hat, wird köstlich gekennzeichnet in der
ersten Begegnung des Obersten Newcome mit seiner reichen
Schwägerin: „Sie musterte ihn mit gnädigen Blicken von oben
bis unten und streckte ihm mit unendlicher Grazie eine ihrer
feisten Hände in einem der schmutzigen Handschuhe entgegen." —
„Könntest du dir vorstellen, lieber Leser", bemerkt dazu Thackeray,
„wie so eine Drittehalb-Groschen-Baronin zu König Franzens
Zeit den Ritter Bayard patronisierte?" — Laby Kew ist krank

gewesen, kommt aber wieder auf die Beine und in die Welt
zurück und „trabt nun wieder umher auf ihrer grimmen Jagd
nach dem Vergnügen." —

„Die Newcomes" gehören zu den wenigen Dichtungen Thackerays, die man nicht gezwungen ist, zeitweise aus der Hand zu legen,
aus natürlichem Abscheu vor der widerwärtigen Gesellschaft, in
welche uns der Dichter mit so großer Vorliebe hineinversetzt.
Im Gegenteil, man liest das Buch mit Freuden und ohne Pause.
Wenn wir uns am Schlusse nach dem Inhalte fragen, so finden
wir, daß es im Grunde eine fortlaufende Reihe von Dinners,
Bällen und Vergnügungs-Touren ist, und wundern uns, wie
diese ewigen Feste uns haben interessieren können.   Freilich können
wir uns nicht verhehlen, daß diese Feste dazu dienen, eine Reihe
von persönlichen Verhältnissen vor unseren Augen allmählich sich
entwickeln zu lassen; daß sie gewürzt werden durch eine Reihe
von aufregenden Zwischenfällen; daß wir nicht immer nach Bel-
gravia oder Mayfair, sondern auch in Clubs und auf Land-
sitze, nach Brighton, nach Paris, an den Rhein, nach Baden-
Baden und Rom eingeladen werden, und so ein Dasein durch-
-leben von der Abwechselung und Vielseitigkeit, wie sie nur die
wenigen Auserwählten im Leben beanspruchen können.   Die beste
englische Gesellschaft wird in all ihren Bestandteilen, mit all
ihren Beziehungen in Metropole, Provinz und Ausland mit einer
Ausführlichkeit und Schärfe geschildert, wie sie mir in keinem
ähnlichen Werke begegnet ist.   Für die englische Gesellschaft aus
der Mitte unseres Jahrhunderts wird die Dichtung von dauern-
dem kulturhistorischen Werte bleiben; das Porträt dieser Gesellschaft wird dadurch so besonders scharf, daß Figuren aus einer
älteren Zeit, die Thackeray nächst dieser am besten kennt —
Oberst Newcome, Mr. Binnie, Madame de Florac — in sie
hinein und mit ihr in Konflikt gesetzt sind.   Dieses kulturhisto-
rische Interesse allein würde freilich den Wert der Dichtung
nicht erhöhen: wenn nicht gleichzeitig die lästige Tendenz,
die falsche, einseitige Tendenz Thackerays hier auf einzelne Per-

fenen beschränkt wäre; und wenn nicht eine schier unerschöpfliche
Fülle von lebensfrischen, vorzüglich gezeichneten Figuren jeden Augenblick unser Interesse wach erhielte. So gehören „Die Newcomes"
in der That zu den hervorragendsten Leistungen der englischen Epik,
und ich meinesteils würde mich keinen Augenblick bedenken, den
Roman hinsichtlich seiner inneren Vorzüge und seiner kulturhistorischen Bedeutung für unser Jahrhundert als ebenbürtig neben
die „Geschichte eines Findlings" von Fielding zu stellen, dem
hier sein inniger Verehrer und Schüler am nächsten gekommen ist.

Kompositionsfehler, wie wir sie in „Vanity Fair" verzeichnet
haben, fehlen auch hier nicht. Das souveräne Belieben des Erzählers ist öfters in störender Weise maßgebend. So fällt es ihm
plötzlich (Tauchnitz Ed. I, 82) ein, von Pastor Honeyman etwas
zu erzählen, was erst zwanzig Jahre später geschieht; er unterbricht sich und nimmt mit den Worten: „Aber ich greife den Er-
eignissen vor", den Faden der Erzählung wieder auf. Solche
Art des Erzählens mag an Familienabenden oder am Biertische
gestattet sein. — Ferner ist eine Art von Spannung, die den
Leser ermüdet und aufbringt, wie bei allen seinen englischen Be-
rufsgenossen, auch bei Thackeray zu finden: (II, 115) Ethel sieht
Clive, der ein schöner junger Mann geworden ist, wieder. „Ihre
Augen erglänzen vor Ueberraschung und Freude, wie sie ihn betrachtet." Hier ist die passende Stelle, wo die Persönlichkeit Clives,
wie sie sich in den Augen Ethels malt, beschrieben werden muß.
Aber das ist Thackeray nicht genug; er geht dazu über, seine
Manieren, seinen Charakter zu schildern und charakteristische Vorgänge aus seinem Leben zu erzählen, und fährt dann schließlich
mit unvergleichlicher Naivität fort: „Die ganze Zeit, während ich
die Charakter-Skizze gezeichnet habe, steht Ethel da und blickt
Clive an; und der errötende Jüngling schlägt die Augen vor
ihr nieder." — Man denke sich diese lächerliche Scene in der
Wirklichkeit!

Schlimmer aber als diese einzelnen kompositionellen Unge-

zogenheiten sind die durchgehenden Flüchtigkeiten, die man bei
einer solchen Arbeit doch nicht erwarten sollte. Man sollte meinen,
ehe ein Dichter an eine derartig große Aufgabe herantritt, müßte
er mit sich einig sein, welche Form er wählen will: ob er einen
Objektiv-Roman oder einen Ich-Roman schreiben will. Daß
Thackeray die letztere Form ursprünglich vorgeschwebt hat, geht
daraus hervor, daß in der That sehr oft in der ersten Person
erzählt wird. Nun legt der Ich-Roman, so sehr er im übrigen
im stande ist, die poetische Wirkung zu erhöhen, der expansiven
Phantasie des Dichters einen bedeutenden Zwang auf: der Ich-
Erzähler — gewöhnlich der Held des Romans selbst — kann
uns nur solche Begebnisse berichten, bei denen er thätig oder
wenigstens zugegen gewesen ist; berichtet er von anderen, so muß
er uns erklären, wie er zu deren Kenntnis gelangt ist. In diesem
Falle ist nun das erzählende Ich nicht der Held der Handlung,
sondern ein verhältnismäßig fernstehender Zuschauer derselben —
Mr. Pendennis ist nur mit Clive Newcome näher bekannt; mit
den übrigen Kreisen, von denen er berichtet — und sie sind sehr
ausgedehnt — ist er nur in der Lage, einige Male jährlich in
Gesellschaften zusammenzutreffen, und um hinter all die Dinge zu
kommen, von denen er berichtet, müßte er in Wirklichkeit ein
Heer von Spähern im Solde haben. Eine Form, die bei Novellen, wie Paul Heyse in vielen Fällen zeigt, verhältnismäßig
leicht zu handhaben ist, stößt auf absolut unüberwindliche Schwierigkeiten, sobald es sich um einen vierbändigen Roman handelt, der
die ganze fashionable Gesellschaft Englands zum Gegenstande hat
und in halb Europa spielt. Das mußte sich Thackeray vor
Beginn seiner Arbeit selbst sagen und die Ich-Form fallen lassen.
Das wollte er nicht: er wollte noch etwas mehr von seinem
Pendennis d. h. seinem Ich und seiner Laura erzählen; die for-
mellen Schwierigkeiten, die daraus resultierten, zu heben, hat er
in den meisten Fällen garnicht versucht, weil er es nicht konnte.
Berichtet er von Dingen, die er garnicht mitangesehen oder in
Erfahrung gebracht haben konnte, so braucht er einfach die dritte

Person. Verwirrend, wie dieser ewige Wechsel in der Person des Erzählers auf jeden unkundigen Leser wirken muß, wäre er noch erträglich, wenn wenigstens immer große Partien, sagen wir Kapitel, in derselben Form gehalten wären. Thackerays Nachlässigkeit geht aber so weit, daß er innerhalb weniger Zeilen vom Ich zum Er übergeht, und nicht bloß an einzelnen Stellen, sondern sehr häufig. Z. B. (I 252) heißt es: „Warrington sah Bayham und Pendennis (den Ich-Erzähler des Romans) mit ängstlichen Blicken an. Wir (d. h. ich, Pendennis, und die übrigen Anwesenden) sahen, daß Gefahr im Anzuge war." Also Pendennis ist selbst zugegen bei der betreffenden Szene, und braucht mit Bezug auf sich dennoch die dritte Person, um sofort zur ersten überzugehen. — Ebenso I 84. 238; weiter habe ich die Stellen nicht mehr notiert. Wie ist so etwas möglich? — Hatte er den ersten Satz an einem, den zweiten am nächsten Tage geschrieben; und wußte er nicht mehr, was er im ersten gesagt hatte, als er den zweiten schrieb? Jedenfalls ist nicht daran zu denken, daß er den Roman einer gründlichen Feile oder auch nur einer schließlichen Durchsicht unterworfen habe. — Wenn er dann an anderen Stellen erklärt, auf welche Weise er von gewissen Vorgängen Kunde erhalten habe, so ist das nur geeignet, den groben Fehler der ganzen Anlage in das hellste, ungünstigste Licht zu stellen.

Auch andere Kennzeichen flüchtiger Arbeit finden sich — abgesehen von der Wiederholung derselben Gedanken in fast derselben Form, wie sie in den meisten Romanen Thackerays vorkommen —: so holt sich die alte Mrs. Newcome die Wunde, an der sie stirbt, I 59 an einer Steinstufe, I 86 an einem Leuchterrande. Die Mutter des Marquis Farintosh tritt wieder handelnd auf, nachdem die Trauerzeit um ihren Tod abgelaufen ist.

# Fünftes Kapitel.

## „Henry Esmond."

Der Roman, wie sein Ahne, das heroische Epos hat von allem Anfange die Bestimmung gehabt, die breite Flut des gegenwärtigen, den Verfasser umgebenden Lebens wiederzuspiegeln. Und wenn die Ilias Jahrhunderte nach dem trojanischen Kriege entstanden sein sollte, so ist sie doch sicher zu einer Zeit entstanden, wo die Lebensformen noch keine durchgreifende Veränderung gegenüber denen jener älteren Zeit erfahren hatten. Wäre zu den Zeiten des peloponnesischen Krieges noch keine Ilias vorhanden gewesen, so glaube ich nicht, daß es irgend einem Dichter jener Zeit eingefallen wäre, eine zu schreiben, aus dem naheliegenden Grunde, weil er ein Leben nicht in seinen tausend Einzelheiten schildern konnte, das er eben nicht kannte*). Es war ein Mißverständnis, eine Eigenschaft des mittelalterlichen romantischen Epos, die eigentümliche Art, den unablässigen Wechsel, das Abenteuerliche der Vorgänge, nicht einzig und allein als eine Art-Eigenschaft dieses Epos, sondern als eine Gattungs-Eigenschaft des Epos

---

*) Wählte ein älterer Epen-Dichter längst vergangene Begebenheiten zur Darstellung, so dachte er nicht daran, längst vergangene Zeiten wiederzuspiegeln und machte z. B. Alexander den Großen zum mittelalterlichen Helden, indem er so unbewußt aber nachdrücklich den Widersinn eines solchen Verfahrens betonte.

als solchen aufzufassen, die mithin auch im Roman zur Geltung
gebracht werden müßte. Das Leben im Mittelalter — wenn man
überhaupt lebte und sich nicht in seine vier Pfähle einschloß — war
wechselvoll und abenteuerlich genug, da ihm die Schranken und
Stützen fest gegründeter sittlicher und sozialer Formen, die Kennzeichen jeder Kulturblüte, fehlten. Es war noch so, als einer der
besten Romane und wertvollsten Litteratur-Denkmäler unseres
Volkes geschrieben wurde: „Der Simplicissimus". Nach diesem
treuen Lebensbilde können wir uns eine dunkle Vorstellung machen,
wie es nun wohl erst vor vierhundert Jahren, „in der kaiserlosen,
der schrecklichen Zeit", in Europa ausgesehen haben mag. Wenn
man aber im 18. Jahrhundert, wo man, abgesehen vom Militär-
stande und einzelnen Individuen, sehr einförmig dahinlebte,
das Leben als eine ununterbrochene Kette von Abenteuern darzustellen versuchte, so konnte eine Erkenntnis von der Unwirklichkeit,
der phantastischen Haltlosigkeit solcher Gebilde nicht ausbleiben:
und so griff man denn mit einer bedauerlichen Rücksicht auf die
Sensations-Bedürfnisse des Lesepöbels auf Zeiten zurück, in denen
das Romantische heimisch war, und konnte zugleich auf die be-
quemste Weise seiner Phantasie die Zügel schießen lassen d. h.
man brauchte nur ein äußerst geringes Quantum dichterischer
Phantasie. Die höchste dichterische Phantasie ist eben diejenige,
welche in den allbekannten, alltäglichen Dingen einer bestimmten
Wirklichkeit den poetischen Kern zu erkennen und zu gestalten
vermag; die ihre poetischen Gebilde in den Schranken dieser
Wirklichkeit, und ihnen zum Trotz aufzubauen versteht. Was
ist das für eine Art von Menschenschöpfung, bei der weder
der Dichter selbst noch irgend einer seiner Leser sich die Frage
beantworten kann: konnte ein Mensch mit solchen Anschauungen, ein solcher Charakter, wie du ihn hier schilderst, aus
dem Boden jener weit entlegenen Wirklichkeit emporwachsen?
bei der niemand diese Frage beantworten kann, weil niemand
jenen Boden hinreichend kennt? Und die Menschen schweben
doch nicht, verschwimmende Luftgestalten, zwischen Himmel und

Erde: jeder steht zu einer bestimmten Zeit auf einem bestimmten Fleck Erde, jeder ist ein historisches und ein geographisches Produkt.

Die epische Revolution im England des 18. Jahrhunderts ging aus der Erkenntnis dieser Wahrheit hervor und bestand darin, daß die Richardson, Fielding, Smollet und Goldsmith mit vollen Händen aus dem frisch sprudelnden Quell des umgebenden Lebens schöpften. Der historische Roman — wenn er überhaupt auf diesen Titel Anspruch machen und nicht eine moderne Geschichte im antiken Gewande sein soll — hat nur für solche Zeiten Berechtigung, die annähernd mit der Deutlichkeit der Gegenwart vor uns liegen, d. h. auf eine verhältnismäßig junge Vergangenheit, die sich in unserem Falle vielleicht bis in die erste Hälfte des vorigen Jahrhunderts erstrecken mag. Zu der Schöpfung eines historischen Romans gehört eine durchdringende, klare Anschauung des großen und des kleinen Lebens der zu schildernden Zeit. Und diesen Anspruch werden auch für das achtzehnte Jahrhundert nur sehr, sehr wenige Dichter befähigt sein zu erfüllen. Man bedenke nur, daß die Menschen des 18. Jahrhunderts leben sollen, wie man damals in Wirklichkeit lebte — also auch denken und sprechen, inhaltlich und formell sprechen sollen, wie man damals sprach. Dazu reicht es nicht aus, daß man einige Romane und Memoiren jener Zeit liest und so eine ungefähre Vorstellung von ihrem Geistesleben erhält: mit solchen stümperhaften Vorkenntnissen pflegen ja die vielen sogenannten historischen Romane über jene Zeit „gemacht" zu werden. Man muß es anfangen wie Thackeray, der schon als Knabe die bekannten Romane und die weniger bekannte dramatische Litteratur jener Zeit verschlang, der als Jüngling vor ihrer Lyrik und Epik nicht zurückschreckte, dem Leben seiner Lieblingsschriftsteller nachging, als Mann die Journal-Litteratur bewältigte und umfassende historische Studien unternahm und schließlich aus dieser Neigung sein Steckenpferd machte und alles, was ihm nur von irgend einem litterarischen Gebiete in die Hände fiel, in

seiner Bibliothek aufstapelte*) und mit dem größten Interesse
durchlas. Es ist nicht jedermanns Sache, einen „Essay zur
Verteidigung des weiblichen Geschlechts" aus dem Jahre 1697
oder „Die Geißel der Dämonen und den Prügel der Dämonen"
aus dem Jahre 1727 zu studieren; aber wo das historische
Interesse an einer bestimmten Epoche ein so eifriges, ja, leidenschaftliches ist, wie das Interesse Thackerays an dem England
des 18. Jahrhunderts, da ist schließlich kein Buch wertlos, da
dient jedes dazu, das reiche Bild, das man im Geiste trägt,
immer leuchtender und abgerundeter zu gestalten.

Man muß es so anfangen, wie Thackeray, dessen Geist voll-
gesogen war, wie ein Schwamm, von all dem tausendfältigen
Detail aller Gebiete des Lebens und Wissens jener Zeit; der
im stande gewesen wäre, mit jedem Hofmanne, jedem Schöngeist
des 18. Jahrhunderts über seine Interessen und in seiner Sprache
zu reden, wie ein Mitlebender — wenn man einen historischen
Roman schreiben will, der des Namens würdig ist.

Soviel über die erforderliche wissenschaftliche Befähigung
des Produzenten, die gewiß von sehr wenigen erreicht wird, aber
doch erreicht werden kann. Ein poetisches Kunstwerk ist aber
dazu da, gelesen, genossen zu werden: und die rezeptive Befähigung des Lesers oder Kritikers diesen historischen Romanen
gegenüber ist fast immer eine sehr schwächliche. Wenn der Leser
von der Litteratur und der Geschichte einer bestimmten Epoche
eine den Anforderungen höherer Bildung genügende Kenntnis
hat — d. h. die nämliche und in vielen Fällen selbst bessere
Kenntnis, als sie für die Herstellung sogenannter historischer
Romane ausreichend gefunden zu werden pflegt — so kann er
wohl sagen: diese Kapitel lesen sich so als wenn Fielding sie geschrieben hätte; jene satirische Auseinandersetzung könnte von

---

*) Als Thackerays Bibliothek nach seinem Tode versteigert wurde,
fand man darin einen ungeahnten Reichtum von litterarischen Rari-
täten, die zum Teil das Britische Museum bereicherten und unge-
heure Preise erzielten.

Swift herrühren, und die beiden Artikel, die Thackeray à la „Spectator" verfaßt hat, könnten sehr wohl dem „Spectator" einverleibt werden, ohne daß ein Kenner einen Unterschied merkte. Er kann finden, daß das Leben, Denken, Sprechen der Menschen dasselbe ist, wie er es in den großen Epikern jener Zeit dargestellt gesehen hat; daß einzelne Details dieses Lebens — wie z. B. die bedientenhafte Stellung der Landgeistlichen den abligen Gutsherren gegenüber, die ablige Erziehung, das Ver- hältnis und der Ton zwischen den beiden Geschlechtern — korrekt wiedergegeben sind. Er wird diese und jene historische Persönlich- keit hinsichtlich der Zeichnung ihres Charakters beurteilen können. Viele, vielleicht die meisten Punkte wird er auf Treu und Glau- ben hinnehmen müssen, weil ihm das Wissens-Material zu ihrer Beurteilung fehlt — aber er wird das in diesem Falle ohne Bedenken thun, wenn er erfährt, daß Thackeray den größeren Teil seines Lebens der Erwerbung dieser Spezial-Kenntnisse ge- opfert hat, und wenn er von kundigen Beurteilern die Wahrheit alles Dargestellten bestätigt sieht. Ein solcher ist der Verfasser von „Thackerayana", der einen Teil der seltenen Werke aus des Dichters Bibliothek aus den verschiedensten Händen zusammengeholt und den Quellen der Thackerayschen Kenntnisse in den Büchern und den Journalen*) jener Zeit nachgespürt hat. Einem solchen Manne müssen wir glauben, wenn er in „Henry Esmond" bis auf den Stil herab, in dem er verfaßt ist, ein getreues Abbild jener Zeit und einen unübertroffen vorzüglichen historischen Roman findet. So lassen wir denn die Stutzer, die Libertins und die Haudegen, die Jesuiten und Jacobiten, Whigs und Tories, die koketten, frivolen Hof- und die weniger lebensgewandten Landedeldamen an uns vorüberziehen und vertiefen uns in aller Ruhe, mit vollstem Genusse in das interessante Bild. Wir glauben, daß Mr. Abbison

---

*) Das wertvolle Werk enthält eine Reihe von Auszügen aus dem „Tatler", „Guardian", „The Humourist", „The World", „The Conuoisseur", „The Rambler", „The Mirror", zu benen Thackeray seine Federzeichnungen gemacht hat.

so ausgesehen und so gesprochen habe; und daß er so beschränkte
Ansichten über die Poesie gehabt hat, wie er sie in der Unterhaltung mit Esmond ausspricht, wissen wir; wir glauben, daß Dick
Steele eine treuherzige, dem Wein- und Biergenuß mehr als hinreichend ergebene Seele, und daß seine vulgäre Frau genau die Xan-
thippe gewesen sei, wie Thackeray sie schildert. Wir glauben, daß
die Kämpfe des spanischen Erbfolge-Krieges so, wie sie die knappe
energische Darstellung des Dichters uns vorführt, in Wirklichkeit
statt gefunden haben; und wenn wir das Bild des Menschen,
nicht des Feldherrn Marlborough etwas zu düster gemalt finden,
so unterläßt der Dichter nicht, uns zu sagen, daß er so in den
Augen der Tories und Jacobiten, zu denen Henry Esmond gehörte, dastand. Und was uns an dem Bilde besonders erfreut,
ist seine Unparteilichkeit und Wahrhaftigkeit: die unterliegenden
Whigs sind darin nicht besser gezeichnet, und die siegreichen Tories
nicht höher gehoben, als sie in Wirklichkeit waren — die Kampfmittel, die man gebrauchte, waren auf beiden Seiten gleich verwerflich, der moralische Standpunkt gleich niedrig; die Soldaten
besitzen bei ihrer Roheit und der Neigung zum ausschweifenden
Leben auch die besseren Eigenschaften ihres Standes: Mut, Aufrichtigkeit und Gesinnungs-Noblesse; vortrefflich ist das Bild des
Generals Webbe, der Paris und Hektor in einer Person ist. Und
wenn die Anschläge der Jesuiten gegen die bestehende Regierung
in ihrer ganzen Feigheit und Verworfenheit aufgedeckt werden,
so werden die protestantischen Pfarrer mit ihrer geringen Bildung
und sklavischen Kriecherei eben auch nicht als Engel hingestellt.
Und wenn der Adel einerseits solche Wüstlinge und Raufbolde
wie Mohun erzeigt, so stehen ihm doch der edle Esmond und
die stattliche Figur des Herzog von Hamilton gegenüber. Und
von der herrschenden Frivolität und Leichtfertigkeit der obersten
Frauenkreise hebt sich das reine, echt weibliche Bild der Viscoun-
teß von Esmond um so leuchtender ab. — Kurz: wir haben
hier ein Gemälde, in dem Licht und Schatten dem wirklichen
Leben entsprechend verteilt sind.

Die Handlung des Romans ist eine durchweg lebendige, spannende; und überall, wo der Fluß derselben sich in eine Fläche episch verbreitert, hört unser Interesse nicht auf; denn die Schilderung des Zuständlichen enthält eine große Masse des kultur- und litterarhistorisch Neuen. Und da die betreffenden Zustände nicht gar so weit hinter unserer Zeit zurückliegen, so bedarf es auch nicht jenes lästigen wissenschaftlichen Kommentars, den wir in so vielen historischen Romanen in den Kauf nehmen müssen.

Das Einzige, was wir an der Handlung nicht schön finden können, ist der Schluß: die Heirat zwischen Esmond und seiner mütterlichen Freundin, Lady Castlewood. Daß ein jüngerer Mann eine bedeutend ältere Frau heiratet, ist öfters — z. B. in des Dichters Familie selbst — vorgekommen; aber gerade von dem Helden einer Dichtung wünschen wir solche Abnormitäten fern gehalten zu sehen; es ist für unser Gefühl beleidigend, daß er sein Glück auf solchem unnatürlichen Wege sucht. Und unnatürlich ist es doch, wenn Esmond sich von Lady Castlewood erziehen und auf die Universität schicken läßt; wenn er deren Tochter Jahre hindurch hoffnungslos den Hof macht und in seiner Werbung von Lady Castlewood aufs großmütigste unterstützt wird, und dann schließlich diejenige Frau, die er Jahrzehnte hindurch wie eine Mutter verehrt hat — das Verhältnis zwischen beiden ist mit einer ausgesuchten Zartheit gezeichnet — zu seiner Gattin macht. Er unterscheidet sich so von Oedipus sehr nachteilig, indem er wissentlich thut, wozu ihn keine Regung seines Inneren treiben durfte. Wir wissen wohl, daß in solchen Verhältnissen zwischen jüngeren Männern und älteren Frauen nicht bloß kindliche oder mütterliche, sondern auch Gefühle anderer Natur die bewegenden sind: wir möchten sie als verehrungsvolle und hingebende Freundschaft bezeichnen. Aber gerade diese Art der Empfindungen widerstreben ihrem Wesen nach dem ehelichen Verhältnis.

Ein solches unnatürliches Resultat kann auch nur durch un-

natürliche Mittel erreicht werden. Wenn es nun wirklich wahr
wäre, was der Dichter uns glauben machen will, daß das Mitleid
mit dem unglücklichen Jungen, die Freude an seinem edlen Herzen
und seiner Klugheit, sich dem Jünglinge gegenüber in ein viel
stärkeres Gefühl verwandelt haben sollte — was würde eine
Dame von dem sittlichen Feingefühl der Lady Castlewood thun,
nachdem sie diese Empfindung anderthalb Jahrzehnt in sich verborgen hat? Wird sie dieselbe noch, nachdem sie die Vierziger
überschritten hat, aller Welt offenbaren? — Wer glaubt das? —
Und um nun dem Leser die Möglichkeit dieses Vorganges begreiflich zu machen, darf Lady Castlewood auch körperlich nicht in
den Zustand einer Matrone treten: sie entwickelt nicht bloß eine
ewige Jugend, sondern sie verjüngt sich. Lady Castlewood hat
in der Blüte ihrer Weiblichkeit die Pocken gehabt und einen Teil
ihrer großen Schönheit eingebüßt. Sie hat durch dieses Miß-
geschick die Liebe und Treue ihres Gemahls verloren. Mit den
Jahren aber wird sie immer hübscher und jugendlicher; die Leute
bei Hofe sind zweifelhaft, ob sie der 26jährigen Beatrix oder
ihrer 43jährigen Mutter den Vorzug geben sollen; und die in
dem damaligen Hofleben für ihre Jahre recht alt gewordene
Beatrix nennt ihre Mutter und Esmond „die jungen Leute". —
Solche Thorheiten, um solchen thörichten Schluß zu erreichen!

Unter den Charakteren müssen wir auf Henry Esmond vor
allem aufmerksam machen, den wir als einen epischen Musterhelden
bezeichnen möchten. Ein Bastard, wie man fälschlich glaubt, vom
Unglück in eine harte Schule genommen, lernt er schon als Knabe
seine Leidenschaften beherrschen und sammelt eine Gemütskraft,
die ihn und alle um ihn das ganze Leben hindurch erwärmt;
während doch eine lange Zeit einsamen kindlichen Leidens seinem
Wesen die durchschlagende Energie vorenthalten hat, wie sie der
dramatische Held haben muß. Er herrscht nicht über die Verhältnisse, er wird von ihnen gelenkt. Da wir ihm seine Liebe zu
Beatrix verzeihen, seinen letzten faux pas auf die Rechnung
seines Schöpfers setzen müssen, so ist er eines von den seltensten

poetischen Gebilden, ein vollkommen guter Mensch, der weder
langweilig noch unwahr ist.

Die Kokette Beatrix ist äußerlich das reine Abbild von Ethel
Newcome bis auf den Mund, der etwas zu groß, und das Kinn,
das etwas zu voll ist, und den absolut unwiderstehlichen Zauber,
den sie auf alle Männer ohne Ausnahme ausübt; auch sie bereitet
einem Vetter ohne Rang und Namen, der viel zu gut für sie ist,
barbarische Leiden. In einem aber ist sie eine zehnmal bessere
Schöpfung als Ethel, darin daß sie Kokette von Hause aus, und
nichts als Kokette ist. Die widerwärtige, weil unnatürliche Mischung
in Ethels Wesen, die heute in Edelmut schwelgt und morgen
Thaten des rohesten Gesinnungs-Materialismus begeht, finden
wir in ihr glücklicherweise nicht wieder. Sie besitzt auch nicht
die Phantasie und das Gemüt Ethels, die sehr wohl die Empfindungen anderer Menschen sich vorstellen und nachempfinden kann,
aber dennoch nicht umhin kann, von der Höhe ihrer krämerischen
Lebensauffassung mit vollstem Bewußtsein die fürchterlichsten
Herzenswunden zu schlagen. Beatrix lacht die Menschen, die sich
um ihretwillen grämen, aus: sie kann die Thoren und ihre thörichte Sentimentalität nicht begreifen. Und ihre impulsive Gutmütigkeit, die mitunter den Schein erweckt, als bereute sie und
wollte ihre Fehler gutmachen, ist ein vollkommen natürlicher
Ausfluß ihrer Natur: sie will eben jedem gefallen; ist der Herzog X. nicht zugegen, so kommt der Graf Y. an die Reihe; fehlen
beide, so greift sie notgedrungen zum Baronet Z. hinab; und ist
leider niemand da', dem gegenüber ihre Gefallsucht einen ver-
nünftigen Zweck haben kann, so muß der Vetter, die Mutter, der
Bruder, die Kammerzofe herhalten. Schon als kleines Mädchen
ist sie darauf ausgegangen, den Zauber ihres kleinen Persönchens,
die Macht ihrer Augen wirken zu lassen; ihr guter Vater ist ihr
unterthäniger Diener gewesen, bei dem sie Schutz fand, wenn die
ernste und sehr verständige Mama einmal rücksichtslos war und
ihr eine verdiente Strafe diktierte. Schon mit vierzehn Jahren
hat sie bestimmte Vorstellungen von Standes-Unterschieden gehabt,

und hat dem Sohne des Herzogs Marlborough einen Kuß geschenkt, den sie einem geringeren schwerlich bewilligt haben würde.
So macht sich denn die spätere bewußte Verwertung ihrer Reize
ganz natürlich, und sie wäre als Charakter untadelhaft, wenn
sein Schöpfer sich nicht wieder hätte zu jenen Uebertreibungen
hinreißen lassen, die überall hervortreten, wo der Dichter sich auf
das von ihm so bevorzugte Gebiet menschlicher Schlechtigkeit und
Gemeinheit begiebt. Es ist doch noch ein beträchtlicher Weg hinab
von dem Standpunkt einer Kokette, die mit Bewußtsein dem Range
und dem Gelde nachjagt, bis zu jenem, wo man solche Lebens-Prin-
zipien als richtig preist und andere Anschauungen als dumm verlacht. Koketten pflegen die bewußten Strebungen ihres Inneren
nicht dem Tageslichte auszusetzen, aus dem einfachen Grunde, weil
sie wissen, daß sie damit Mißfallen erregen und der Erfolge, nach
denen sie hungern, durch die Bloßstellung ihrer gemeinen Gesinnung
verlustig gehen würden. Wie sollte wohl ein Mädchen, das, kokett
wie sie sein mag, in ihrem Lebenskreise das Dekorum zu respek-
tieren gelernt hat, sich in Gegenwart ihrer edlen Mutter und ihres
hochgebildeten und hochgesinnten Vetters zu folgender Expektoration
hinreißen lassen: „Mein Gesicht ist nun einmal mein Vermögen.
Wer will kommen und kaufen, kaufen, kaufen! Ich kann keine
harten Arbeiten verrichten; auch nicht spinnen; dagegen aber kenne
ich nicht weniger als 23 Kartenspiele. Ich kann den neuesten Tanz
tanzen, ich kann auf der Jagd einen Hirsch verfolgen, und glaube,
daß ich auch Vögel im Fluge schießen könnte. Ich habe eine so
böse Zunge, wie nur irgend ein Frauenzimmer von meinem Alter
sie haben kann; auch weiß ich so viele Geschichten, daß ich einen
mürrischen, langweiligen Gatten wenigstens tausend und eine Nacht
amüsieren könnte. Ich habe einen hübschen Geschmack für Kleider,
für Diamanten, für Tand und für altes Porzellan. Ich liebe
Zuckermandeln und Mechelner Spitzen, die Oper, und alles, was
nutzlos und kostspielig ist. Ich habe einen Affen und einen
kleinen schwarzen Burschen und einen Papagei und ein Bologne-
ser Hündchen und einen Mann — muß ich erst noch bekommen." —

Oder: „Ein Pfaffe und ein Frauenzimmer gleichen einander wie zwei Eier. Wir kabalieren immer und ewig; wir sind nicht ver= antwortlich für die Lügen, welche wir aussprechen; immer und ewig liebkosen oder schmeicheln oder drohen wir; und immer und ewig stiften wir Unheil, Obrist Esmond — merken Sie sich das; ich kenne die Welt und muß dieselbe kennen, da ich mein Glück darin zu machen habe." — So läßt Thackeray in seinem pessi= mistischen Drange die Personen aus ihren Rollen fallen; so legt er seinen eigenen Cynismus in den Mund junger Mädchen, aus guter Familie und unter braven Menschen aufgewachsen, die ähn= liche klare Gedanken über ihren sittlichen Unwert kaum in sich erzeugen, geschweige denn aussprechen konnten.

Viel interessanter und anziehender als diese im Grunde vul= gäre Kokette ist die Gestalt ihrer Mutter. Es ist zweifellos eine Meisterhand, die eine solche Gestalt schaffen konnte, eine Frau mit allen Tugenden ihres Geschlechtes und doch nicht ohne die Schwächen und Fehler desselben. Auf den ersten Blick erscheint ihr Wesen widerspruchsvoll und inkonsequent. Von Natur ganz Liebe und Mitleid, kann sie doch ein ihr zugefügtes Unrecht schwer verzeihen, weil es sie empört, daß ihr, die niemandem wehe thut, Schmerzen bereitet werden. Mit der weiblichen Stärke ausgerüstet, widrige, langwierige Not mit Geduld und Würde zu ertragen, bringt sie ein plötzlicher Unglücksschlag außer Fassung und reißt sie zu Un= gerechtigkeiten hin, die sie denn freilich mit verdoppelter Güte wieder gutzumachen bestrebt ist. Von hinreichender Energie, um ihre weibliche Würde gegen einzelne Angriffe, wie in dem lastenden Druck eines unsauberen ehelichen Verhältnisses aufrechtzuerhalten, ist sie doch gleichzeitig ihr Leben lang der Anlehnung bringend bedürftig und bildet so einen scharfen Kontrast zu ihrer männ= licher gearteten Tochter. Trotz ihrer Harmlosigkeit, welche ein natürliches Produkt des Edelmutes und wirklicher Humanität ist, kann sie doch hart, grausam sein, sobald sie unter der Herrschaft der Eifersucht steht. Mit ihrer geistigen Lebendigkeit, ihrem tiefen Gemüt, ihrer Religiosität, die doch nicht bis zur Verschmähung

alles Lebensschmuckes, aller irdischen Freuden geht, hat der Dichter
ein in seinem Kerne edles Weib geschaffen, die zur Freude des
Lesers keine Heilige ist. Ich glaube, man kann in der Art, wie
ein Dichter die Tugend malt, ob als himmlischen Schemen oder
in menschlichem Fleisch und Bein, ein Kriterium poetischer Kraft
finden — das Laster ist sehr viel leichter zu zeichnen. Wenn
das der Fall ist, so bezeichnen die beiden Figuren Esmonds und
der Lady Castlewood eine hohe Stufe dichterischer Begabung.

An dem Gemälde der letzteren erfreuen wir uns um so mehr,
als Thackeray seine äußerst ungünstige Auffassung des weiblichen
Geschlechts, die er auch in diesem Buche zur Geltung bringt,
durch dasselbe Lügen straft: „Könntest du jedermanns Lebens-
bahn genau verfolgen, so würdest du ein Weib finden, das
wie ein Bleigewicht an ihm hängt, ihm im Wege steht und ihn
aufhält, — oder ihn aufmuntert und ihn antreibt — oder ihm
aus ihrem Wagen zuwinkt, daß er neben ihr hergeht und die
Ehre des Wettlaufs anderen überläßt — oder ihm den Apfel
bringt und spricht: „Iß", — oder ihm die Dolche bringt und
ihm zuflüstert: „Stoß' zu! Dort liegt Duncan und seine Krone;
und die Gelegenheit ist günstig!" heißt es an einer Stelle.
Und wenn Thackeray uns in allen seinen Werken wiederholt versichert, daß die Frauen aus Trug und Heuchelei zusammengesetzt
seien, so ist es anerkennenswert von ihm, wenn auch nicht konsequent, wenn er uns hier einmal eine schildert, deren Herz
von gediegenem Golde ist. —

Wie so vieles in Thackerays Lebensanschauung, ist auch seine
Ansicht über die Frauen eine durchaus falsche. Die Frau,
wie er sie im Quartier Latin seiner Zeit kennen gelernt haben
mag, ist doch nicht die Frau als solche. Wir glauben vielmehr, daß Comte, überschwenglich wie er sich auszudrücken
pflegt, im ganzen das Richtige getroffen hat; und daß es Lady
Castlewoods, natürlich in den durch Lebensstellung und Bildung
geforderten Abstufungen, in recht großer Anzahl in der Welt giebt.
Für Comte ist die Frau der wesentlichste Träger des Kultur-

Fortschrittes, der bekanntlich viel weniger durch große weltbewe-
gende Anstöße und machtvolle Persönlichkeiten als durch kleines
Wirken erreicht wird. Nach ihm ist die Frau, und nicht der
Mann, das sittliche Centrum der Familie; er verlangt soziale
Einrichtungen, die ihr mildes Regiment in ihrem kleinen Reiche
als unantastbar festellen. Daß die Frau im allgemeinen den
Mann an Sittlichkeit und wohlthätigem Wirken auf ihre Umgebung überragt, dafür legt eine triviale Thatsache unumstößliches
Zeugnis ab: es ist die unendliche Summe von Liebe, Verehrung
und heiliger Erinnerung, die man — solange die Welt steht —
der Mutter, und nicht dem Vater, entgegengebracht, und die
auch in dem beflecktesten Herzen immer noch ihr reserviertes sau-
beres Plätzchen gefunden hat. —

Trollope hat recht, wenn er „Henry Esmond" die einzige
Dichtung Thackerays nennt, welche mit der ruhigen, ernsten, besonnenen Gedanken-Arbeit hergestellt ist, wie sie in jedem Kunstwerk stecken sollte. Von dem vagen, oder, wie der Engländer
hübsch sagt, „wandernden" Wesen der anderen Erzählungen, von
der Flüchtigkeit und zeitweiligen Unlust des Dichters — „Träg-
heit" nennt es Trollope vielleicht noch richtiger — ist hier nichts
oder wenig zu bemerken. Der Verfasser hat nach einem reiflich
überlegten Plane gearbeitet und ihn bis zum Ende mit gleich-
mäßiger Wärme ausgeführt. Um so mehr zu bedauern, und
nahezu unbegreiflich bei dieser Art von Arbeit ist der auch hier,
wie in den „Newcomes", auftretende ewige Wechsel zwischen der
ersten und dritten Person; das Ich vertritt hier sogar zwei
Personen: einmal ist es die Tochter, welche die Memoiren ihres
Vaters, Henry Esmond, veröffentlicht, meistenteils natürlich der
Erzähler selbst. Und da nun hier der Ich-Erzähler in normaler
Weise auch der Held und bei allen Vorgängen selbstthätig oder
leidend zugegen ist, so liegt für das Er nicht der geringste Grund
vor. — Wiederholung desselben Gedankens in gleicher Form ist
mir nur einmal aufgefallen.

# Sechstes Kapitel.

---

## „Die Virginier."

Wer erkennen will, welche vortreffliche Leistung „Henry Esmond" ist, muß seine Fortsetzung, „Die Virginier", lesen. Wenn wir den Eindruck, den dieser letztere Roman auf den Kenner der früheren Leistungen Thackerays macht, mit einem Worte wiedergeben sollen, so drängt sich uns das Wort: altersschwach, auf die Zunge. Nichts Neues tritt uns entgegen, und das Alte — das immer wiederholte Alte ist kraft- und saftlos.

Da ist zunächst wieder die alte verschrobene pessimistische Tendenz, die in „Esmond" so anerkennenswert überwunden war: es sind Sätze einer kindisch gewordenen Weisheit, die wir als Moral aus diesem Roman lesen. Harry Warrington, der Enkel Esmonds, kommt aus Virginien nach England, um die engere und weitere Heimat seines Geschlechtes kennen zu lernen. Sein Oheim von Vaters Seite, Sir Miles Warrington, begegnet ihn mit scheinbar aufrichtiger Herzlichkeit, so lange er in ihm einen reichen Erben und einen passenden Heirats-Kandidaten für eine seiner Töchter sieht, und läßt ihn fallen, als es sich darum handelt, ihn vermittelst einiger hundert Pfund aus dem Schuldgefängnis zu befreien. Viel Schlimmeres erfährt er von seinen mütterlichen Verwandten: der eine seiner Vettern, ein roher Wüstling, betrügt ihn bei einer Wette auf die tölpelhafteste Weise

und von ihm seine wohlverdiente Züchtigung erhält. Seine Kousine Maria, eine Jungfrau in dem Alter seiner Mutter, von zweifelhaften Antezedenzien, bringt das schier Unmögliche fertig, dem Jüngling eine Liebe einzuflößen, die so lange anhält, bis er nicht ohne große Schwierigkeiten zu der Entdeckung gelangt, daß das Rot ihrer Wangen, ihre Zähne, und weiß Gott was alles ebenso falsch ist, wie ihr Herz; aber sie läßt den Unglücklichen nicht eher aus ihrem Griff, als bis sein totgeglaubter älterer Bruder wiedererscheint, und seine Aussichten auf die reiche virginische Erbschaft zu Wasser werden. Das Haupt des Hauses Esmond, jetzt Earl of Castlewood, ein gänzlich verschuldeter Edelmann, der nur noch durch falsches Spiel äußerlich den Glanz seines Hauses aufrecht zu erhalten vermag, ködert den Unerfahrenen durch einen mit Weltklugheit verständig temperierten Edelmut, um ihn dann um den sehr beträchtlichen Rest seiner Barschaft im Spiel zu betrügen. Infolgedessen muß Harry ins Gefängnis wandern; und nun weist sein Vetter mit Verachtung die Zumutung von sich, ihn mit einem Fünftel seines Raubes daraus zu befreien. — Hier fragt nun der bescheidene Leser billigerweise: wenn es wirklich in den besseren Kreisen Menschen geben sollte, so verworfen, daß sie einen nahen Verwandten und einen Gast, der fast noch ein Knabe ist, derartig behandeln, — ist es denkbar, daß ein Peer von England um einer verhältnismäßig geringen Summe willen seine Ehre und sein Ansehen und damit zugleich die Grundlage seiner materiellen Existenz durch eine solche Handlungsweise in die Schanze schlagen wird? ist ein so geriebener Schurke, der gleichzeitig ein so dummer Schurke ist, denkbar? — Aber was kann es auf so ein paar geringfügige Unmöglichkeiten ankommen, wenn es gilt, die erhaben pessimistische, die Weltvernichtung fördernde Tendenz des Dichters zur Geltung zu bringen. Und diese gipfelt in dem vorliegenden Falle in dem Spruche, über den uns Thackeray schon in den „Newcomes" eine Predigt gehalten hat: Du hast, o Mensch, keine schlimmeren Feinde in der Welt als deine nächsten Ver-

wandten! — Nun beuge dich, o Leser, vor der hohen Weisheit
dieses Lehrers der Menschheit!

Hier muß ich nun mit aller Schärfe auf eine Seite von
Thackerays geistiger Konstitution aufmerksam machen, die ich schon
früher zu berühren Veranlassung hatte — einen Mangel seiner
Beanlagung oder Erziehung, der seine Fähigkeit, als Menschheits-
Lehrer aufzutreten, wesentlich beschränkt, und meines Erachtens
die eigentliche Ursache zu jenen pessimistischen Übertreibungen
ist. — Wenn ein ehrenhafter Mensch, wie Harry Warrington, mit
solcher auserlesenen Nichtswürdigkeit behandelt wird, und der
ältere Bruder, George Warrington, der uns als ein Mann von
dem zartesten Ehrgefühl geschildert wird, es erfährt, so ist es
selbstverständlich, daß jeder Verkehr zwischen diesen beiden ehrenwerten Männern und jenen schurkischen Verwandten in Zukunft
ausgeschlossen ist. — Wenn sie nun dennoch mit einander verkehren in standesgemäßer Höflichkeit und in verwandtschaftlicher
Freundlichkeit — so sehen sie wohl diese Art von Immoralität
als nicht so besonders schlimm an? Wäre eine solche Nachsicht
möglich bei Menschen, wie sie Thackeray in den Warringtons schildert? — Nein, nicht sie sind schuld an ihrem tabelswerten Verhalten, sondern der Dichter, Thackerays unzureichende moralische Urteilskraft. Er hält das Benehmen der Esmonds
für nicht so anrüchig, daß anständige Leute darum den Verkehr
mit ihnen abbrechen müßten. — Der Earl of Crabs (in den
Yellowplush-Memoiren) macht mit ausgesuchter Bosheit seinen leiblichen Sohn zum Bettler und lacht ihn zum Hause hinaus, als
er hilfeflehend vor ihm steht — in anderen Erzählungen wird er
wiederholt erwähnt als immer noch zu den angesehensten Peers
des Reiches zählend. Nun kann es nicht verborgen bleiben, wie
es dem Sohne eines Earl of Crabs ergeht und wer der Urheber
seines Schicksals ist, und jede Gesellschaft würde ein solches Ungeheuer von Vater in die Berge und Wälder zu seinesgleichen
verweisen. Sollen wir nun glauben, daß der englische Adel sich
durch eine so weit gehende sittliche Indifferenz auszeichne? —

Thorheit! Worauf wir aber mit absoluter Gewißheit aus einer derartigen Führung der Fabel schließen können, ist die sittliche Indifferenz des Dichters, dem das sichere Urteil über die mo- ralische Qualität menschlicher Handlungen abgeht und der dieselbe sittliche Unsicherheit bei seinen Lesern voraussetzt. Es geht Thackeray ganz genau so wie seinem angebeteten Fielding. Er hält die Lumpenstreiche eines Tom Jones für nicht so schlimm, daß sie ihm die Achtung und damit das Interesse des Lesers rauben, daß er nicht des schönsten und tugendsamsten Mädchens würdig und der ästhetisch tadellose Held einer Dichtung sein könnte. Er will den Leser glauben machen, daß die Menschen, die er im Leben als hervorragend, in der Dichtung als Helden kennen lernt, thatsächlich — im Gegensatz zu seiner bisherigen Anschauung ,und der üblichen dichterischen Darstellung — nicht besser seien als ein Tom Jones, und leistet damit — abgesehen von der Falschheit einer solchen Anschauung — der Frivolität, dem Cynismus und der damit notwendig verbundenen Oberflächlichkeit Vorschub. Wir stehen hier vor einer ästhetischen Begriffsverwirrung, die nirgendwo anders ihren Grund hat, als in der sittlichen des Dichters.

Die Familie des Sir Miles Warrington ist wieder einmal ein beabsichtigter Hohn auf die „Respektabilität". Er selbst spielt den country gentleman von altem Schrot und Korn, seine Worte sind so derb, so ehrlich und menschenfreundlich. Sein eigentliches Wesen ist hündisch: er kriecht vor Höheren, Reicheren und vor seinem hartköpfigen Weibe und denkt nicht daran, praktische Nächsten- liebe zu üben. Seine Frau ist die Vertreterin jener mitleidslosen bösartigen Bigoterie, wie sie Thackeray in so zahlreichen Figuren gezeichnet hat. Die Töchter sind in allen Künsten der Heuchelei wohlgeübt und bestens dressiert in der Fertigkeit, einen Gatten zu ködern. So weit ist die Sache ganz in der Ordnung; zu einem epischen Weltbilde haben immer auch Figuren gehört, welche die ihnen von einem Teile ihrer Mitmenschen gezollte Achtung nicht verdienen. Thackeray aber weiß, daß die Menschen viel schlechter sind, als die hervorragendsten Menschenkenner bisher angenommen

haben; und so führt er denn aus, daß zur Genugthuung einer
ausgesprochen frommen Familie, deren ganzes Bestreben darauf
gerichtet ist, in den Augen der Welt unbescholten dazustehen, die
eine Tochter die besten Aussichten hat, die Mätresse des Königs
zu werden. Das ist cynische Uebertreibung — selbst für den
Standpunkt des vorigen Jahrhunderts.

Als Harry Warrington durch das Erscheinen seines älteren
Bruders von der Stellung eines reichen Erben abtreten muß,
kehren dem bisher so beliebten jungen Manne seine sämtlichen
adeligen Bekannten den Rücken, ohne Ausnahme, und mit einem
Schlage — wie Marionetten, die am Drahte bewegt werden —
auch die Tante, Baronin von Bernstein, die, kinderlos, ihren
Neffen wie ihren Sohn geliebt und ihn zu ihrem Universal-Erben
eingesetzt hat. Nach dem Auftauchen seines älteren Bruders ist
er für sie nicht mehr vorhanden. Unter seinen jugendlichen Genossen, mit denen er sehr fröhliche und kostspielige Tage verlebt
hat, ist niemand, nicht ein einziger, der es bedauerte, daß
der muntere Harry nun nicht mehr ihre Gelage beleben wird;
nicht einer, der es über das Herz brächte, die paar hundert
Pfund, die zu seiner Befreiung erforderlich sind, dem guten,
aber leichtsinnigen Jungen vorzustrecken. Wenn das im Leben
vorkäme, würde man sagen, daß der Jüngling in der Wahl
seiner Freunde sehr unvorsichtig gewesen ist. Thackeray will
mehr damit ausdrücken, er will uns mit dieser Darstellung
etwas Typisches bieten: auch in den „Newcomes" wenden
sich die geadelten Verwandten des Obersten nach dem Verlust seines Vermögens ganz von ihm ab, nur unter den Bürgerlichen behält er einige laue Freunde; und so schildert er uns
immerfort den englischen Adel als eine Gesellschaft von lauter
Materialisten, die niemals einen Menschen seinem eigentlichen
Werte nach, sondern nur um seiner Ahnen, seines Geldes oder
hohen Protektion willen schätzen. Daß die pessimistische Welt-
weisheit Thackerays hier wiederum einen Holzweg eingeschlagen hat,
wird kein Vernünftiger bezweifeln.

Die Charakterzeichnung macht im ganzen einen so schwächlichen Eindruck, wie er uns sonst nirgends in Thackerays Produktion aufstößt. Es versteht sich zwar von selbst, daß eine
Anzahl lebenswahrer Figuren auch hierin enthalten sind, wie
z. B. Harry Warrington, solange er den lebenslustigen Verschwender spielt — wenn er nur nicht immer weinte, sobald
der Name seines Bruders genannt wird! — seine Mutter, die
kleine, selbstherrliche Frau Esmond Warrington; Baronin von
Bernstein, welche das Leben einer genußgierigen Weltdame vor
unseren Augen dem immer genußloseren Ende zuführt — wenn
sie nur nicht so automatenhaft, auf Geheiß des Verfassers
ihre Gesinnung Harry gegenüber wechselte! — und von Nebenfiguren: Sir Miles Warrington, der heuchlerische Landedelmann,
Sampson, der Geistliche und Parasit, eine echt historische Figur
aus den letztvergangenen Jahrhunderten englischer Geschichte; Willy
Esmond, ein Rauf- und Saufbold und Weiberverführer, wie
nur je einer von Smollet als Held gezeichnet worden ist; und
der Neger Gumbo.

Aber daneben, welche erstaunliche Zahl von farb- und form-
losen Gestalten! George Warrington, in welchem Thackeray
etwas ganz besonders Vortreffliches darstellen wollte, ist ihm,
wie das oft geht, ganz besonders wenig gelungen. Er soll der
Fortsetzer seines Großvaters Henry Esmond sein, und es ist sein
spezielles Unglück, daß wir so zu einem Vergleich zwischen so un-
gleichen Geschöpfen herausgefordert werden. Der einsame, stille,
schwermütige Knabe, der alle Schätze, von denen er später leben
soll, aus seinem eigenen Inneren heben muß, diese überaus herrliche Gestalt, in der die ganze Tragik des Lebens zusammen mit
der männlichen Kraft und Geduld, die ihre Ueberwindung erfordert, verkörpert ist — die schönste und größte Schöpfung Thackerays
und — dieser George Warrington, — der als Gelehrter, Schöngeist und Dichter in den virginischen Wäldern vom Himmel fällt!
— O weh! Das sind zwei Bilder, so ähnlich wie die der beiden
Brüder, die in Königin Gertruds Schlafgemach hängen, wie

wahre und nachgeäffte Majestät. Wie er sich räuspert und wie er spuckt, wie er sich trägt und wie er sich verbeugt, das weiß George Warrington von seinem Großvater trefflich nachzuahmen, auch einige weniger äußerliche Seiten — aber es ist eben alles Nachahmung. Von einem tiefinneren Quell, aus dem diese Lebensäußerungen spontan hervorgehen, merken wir nichts; Interesse, oder gar Liebe empfinden können wir für ihn ebenso wenig wie für eine sinnreiche, höchst vollkommene Maschine.

Wir werden mit der Blasiertheit der alten Baronin von Bernstein ebenso wenig sympathisieren wie mit ihrer Frivolität, als sie noch die jugendliche Beatrice Esmond war: ihre gründliche Abneigung vor Frauen wie Mrs. Lambert und ihre Tochter Theo werden wir, ohne blasiert oder frivol zu sein, teilen. Und es ist komisch kennzeichnend für die beschränkte Urteilskraft, welche dieser Verehrer Fieldings und Verächter Richardsons wenigstens auf moralischem Gebiete an den Tag legt, wenn er diese fischblütigen Tugend-Muster und Tugend-Monstra — gegen Fielding und mit Richardson — als das Höchste hinstellt, das der strebende Mensch erreichen kann. Nein, Herr Pessimist, tüchtigere und wertvollere Menschen als deine Amelia, deine Laura, deine Theo, und wie diese Mondscheinseelen sonst heißen mögen, giebt es (Gott sei Dank) viele in der Welt, und Mutter Natur ist milde genug, die dürftigen Gegenstände deines trunkenen Entzückens nur spärlich zu erzeugen. Aber man denke sich ein Geschlecht von solchen Menschen, und man wäre in ihm geboren und man sollte unter ihnen leben! — Oder gar eine Welt von ihnen! Das wäre eine Welt ohne Kampf, ohne Sieg, ohne Entsagen — bei der allgemeinen Depression der Strebenskraft, der Genußfähigkeit und aller seelischen Fakultäten eine Schatten-Welt. Zum Hades würde unsere blühende Erde, wenn der Mond ihr statt der Sonne schiene.

Mr. Lambert und Mr. Wolfe sind die männlichen Pendants zu jenen weiblichen Schemen. Major Wolfe ist vier Bände hindurch verlobt und ein schwärmerischer Verehrer seiner Auserwählten. Und fragen wir uns, warum er denn garnicht heiratet, so sind wir geneigt, ihm einen ungesunden Platonismus zuzutrauen — wenn der Dichter nicht etwa die Bleichsucht und Kränklichkeit, mit der er ihn behaftet, als den Grund seines sonderbaren Verhaltens angenommen wissen will. Colonel Lambert ist ein ästhetischer Theetrinker, und könnte es pedantische Humoristen geben, dann wäre er auch Humorist: er hält es offenbar für geistreich und witzig, zu den mannigfachen Lebenslagen, in die ein Mensch geraten kann, ein lateinisches und an hohen Festtagen ein griechisches Citat beibringen zu können. Wir lassen ihm das kindliche Vergnügen gern, müssen uns aber wundern, daß ein Dichter wie Thackeray seine Ansicht teilen und sein schales, durch jene blaustrümpfigen Entlehnungen ungenießbar gemachtes Geschwätz für wirklichen Witz und Humor ausgeben kann. Beides sind Ritter von sehr trauriger Gestalt und doch nicht als Don Quixote beabsichtigt. Der Dichter will, daß wir sie trotz ihres bleichsüchtigen Platonismus und ihrer schönwissenschaftlichen Eitelkeit nicht für Teppich-Ritter *), sondern für gewaltige Kriegshelden halten sollen.

Was jeden an dem Roman wunder nehmen muß, ist das fast unglaubliche Mißverhältnis zwischen seiner vierbändigen Ausdehnung und seinem geringfügigen Inhalt. Der Dichter scheint hier der Ansicht gewesen zu sein, daß Handlung Nebensache wäre, und detaillierte Gesellschafts-Schilderungen hinreichten, um eine Dichtung zu schaffen. Was ist denn der Inhalt? — In den ersten beiden Bänden lebt Harry Warrington in England; am Schluß des zweiten taucht der nach einem Indianer-Feldzuge verschollene George Warrington wieder auf und lebt in den beiden letzten Bänden in England. — Und keine Handlung? — Fast keine. Der Indianer-Feldzug liegt vor Beginn der Erzählung; er wird zwar nachträglich ziemlich eingehend berichtet, ist aber doch kein organisches Glied derselben. Harry verlobt sich mit seiner vierzigjährigen Kousine und kommt schließlich glücklich von ihr los;

---

*) Carpet-Knights nennt der Engländer Männer, die ihre Ritterwürde durch Salon-Dienste erworben haben.

ein anderes Verhältnis, das er mit Hetty Lambert anknüpft, schließt weder mit Vereinigung noch Entzweiung, es bricht resultatlos ab. — Der Dichter scheint anfangs beabsichtigt zu haben, aus ihnen ein Paar zu machen, später aber im Interesse der Länge der Erzählung seine Absicht aufgegeben zu haben. — Durch sein verschwenderisches Leben kommt er schließlich ins Schuldgefängnis. George Warrington verliebt sich in Theo Lambert und heiratet sie; er schreibt außerdem zwei Dramen, von denen das eine Erfolg hat, das andere nicht; er beerbt seinen Onkel Warrington und wird in England ansässig. Erst zum Schlusse, in der zweiten Hälfte des vierten Bandes wird der Leser aus dem Schlafe, in den er unrettbar verfallen muß, aufgerüttelt durch den Ausbruch des amerikanischen Unabhängigkeits-Krieges, in welchem George die englische, Henry die amerikanische Partei ergreift. Nun könnte die wirkliche Handlung beginnen, nun der eigentliche Roman anfangen. — Im vierten Bande? — Verfasser und Leser sehen ein, daß das unmöglich ist. So wird der Kampf flüchtig abgemacht und zum Schlusse geeilt.

Großen Tadel verdienen die unzweifelhaften Bemühungen Thackerays, das bißchen Stoff immer noch ein Stückchen weiter auseinanderzuzerren, damit er immer mehr und mehr Bogen fülle. Er bereitet seinem Helden I und seinem Helden II Schwierigkeiten, die in Wirklichkeit schwerlich hätten stattfinden können. Henry hat bekanntlich eine reiche und ihm sehr gewogene Mutter, auch reiche Verwandte: als nun Georg auftaucht, wünscht er den Soldaten-Stand zu ergreifen, kann aber keinen Menschen finden, der ihm das Geld zur Erwerbung eines Offizier-Patentes giebt; so muß er einen Halb-Band mit seiner Unzufriedenheit und Trostbedürftigkeit füllen. Mrs. Warrington hat anfangs gegen die Verheiratung ihres Sohnes Georg mit der Tochter des Generals Lambert nichts einzuwenden; als aber ihre Verwandten ihr Vorstellungen über die von ihnen behauptete Mesalliance ihres Sohnes machen, zieht sie ihre Einwilligung zurück. Die Verlobten müssen sich trennen; General Lambert engagiert seine

Ehre gegen ihre Vereinigung, läßt sie dann aber dennoch zu. Infolge dieses Zwiespaltes mit seiner Mutter kommt der un- zweifelhafte Erbe einer Besitzung von der Größe einer englischen Grafschaft in die kläglichste Geldverlegenheit und erhält sich mit komischer Hartnäckigkeit darin, da er entschlossen ist, keinen Men- schen um Unterstützung anzugehen, bis dann schließlich General Lambert und sein Bruder von anderer Seite davon erfahren und dem ganz überflüssigen Elend ein Ende machen. Ohne diese traurigen Notbehelfe wäre der Roman sicher um einen Band kürzer geworden — wäre das nicht ein Vorteil gewesen? Was veranlaßte den Dichter also dazu? —

Ein anderer Ballast, der über die Maßen erschwerend auf den Fortgang der Erzählung wirkt, sind die unablässig eingestreuten Lebensbetrachtungen. Sind sie an und für sich für die Dichtung von keinem Belang, und willkürliche, unorganische Anhängsel, so wollen wir sie uns doch gern gefallen lassen, wenn sie originelle An- schauungen, gesunden Witz und treffende Satire enthalten — wie das in den früheren Dichtungen Thackerays vielfach der Fall ist — und vor allem, wenn sie n i c h t zu h ä u f i g unser Interesse von dem eigentlichen Gegenstande der Dichtung ablenken. Nach- dem aber Thackeray uns ein Dutzend Jahre und so umständlich von seiner Lebensanschauung unterhalten hat, weiß er uns hier in der That nichts Neues mehr zu sagen, und die Kraft, das Alte in immer neue Formen zu gießen, scheint ihm nicht mehr zu eignen. Was wir hier zu lesen bekommen, haben wir doppelt, dreifach, zehnfach schon von ihm gehört; und die hier vielfach vortretenden Klagen des Dichters über die Schattenseiten des Alters sind vor vielen tausend Jahren schon nicht mehr neu ge- wesen. Wenn nun diese Betrachtungen, temperamentlos, schal, wie sie meistens sind, jeden Vorgang umspinnen, jedes Gespräch durchranken, und so gleichsam das Herz der Dichtung in einer Weise verfetten, daß man seinen Schlag kaum mehr vernimmt, so können wir für dieses Verfahren, das irgend einem poetischen Zwecke nicht dienen kann, nur zwei Erklärungen finden, von denen

ich nicht weiß, welche für einen Dichter gravierender ist. Entweder haben wir es hier mit unbeherrschter greisenhafter Ge-
schwätzigkeit zu thun oder — das Gewand der Dichtung konnte
ohne diese Flicken und Fetzen nicht weit genug gemacht werden,
um die Lebensbedürfnisse zweier Jahre vermittelst 24 monat-
licher Lieferungen zu decken. Und wer eine solche Annahme, daß
ein Dichter wie Thackeray seine Kunst zur Milchkuh erniedrigt
habe, für böswillig halten sollte, dürfte vor Beendigung dieser
Lektüre noch anderen Sinnes werden. — Sicher ist, daß, wenn
Thackeray seine hundert Betrachtungen ausgelassen hätte, er dem
Leser zu seiner Freude einen anderen Band erlassen, sich aber die
Einnahme für 6 Monats-Lieferungen genommen haben würde.

Die Unebenheiten im einzelnen, die Widersprüche in seinen
Anschauungen und in dem Detail des Thatsächlichen, die Flüchtigkeiten der Arbeit nehmen zu — ich weiß nicht, wie ich sagen soll
— ob mit den Jahren des Dichters oder mit der Zahl der in
Aussicht genommenen Lieferungen. Nur ein paar Beispiele, die
zugleich die geringe Neuheit der Gedanken belegen.

Heute vergöttert Thackeray das weibliche Geschlecht, schwärmt
von dem Glück, das es auf Erden austeilt: „Kannst du, o
freundlicher Leser, auf die Treue von ein paar aufrichtigen und
zärtlichen Herzen bauen, und unter die Segnungen, welche dir
der Himmel beschert hat, die Liebe treuer Weiber rechnen? Reinige
dein eigenes Herz, und suche es des ihrigen würdig zu machen.
Auf den Knien, auf den Knien danke dem Himmel für den dir
zu teil gewordenen Segen. Alle Preise, welche das Leben zu vergeben hat, sind nichts im Vergleich zu jenem. Alle Belohnungen
des Ehrgeizes, Reichtum, Genuß, nur Eitelkeit und Enttäuschung
— gierig erhascht und wild erkämpft, und immer wieder von dem
Gewinner als wertlos erfunden. Aber die Liebe scheint das Leben
zu überleben und darüber hinauszureichen. Ich glaube, wir nehmen sie mit ins Jenseits. Weihen wir sie nicht immer noch denen,
die von uns gegangen sind? Können wir nicht hoffen, daß sie sie
auch für uns fühlen, und daß wir sie hier in einem oder zwei

zärtlichen Herzen zurücklassen, wenn auch wir dahin sind?" —
Was sagte er doch in „Vanity Fair" von dem kurzen Gedächtnis
der Witwen und dem sehnlichen Verlangen der Kinder nach dem
Tode ihrer Eltern? — Morgen sind die Weiber ein Abscheu von
Falschheit. „Mit welchen lächelnden Mienen und Verbeugungen
sie sich erbolchen! unter welchen Schmeicheleien sie sich nicht ausstehen können! mit welcher geschickten Harmlosigkeit sie den Tropfen
Gift in den Becher der Unterhaltung fallen lassen, ihn herumgehen
lassen, lächelnd, damit die ganze Familie davon trinke, und den
teuren Kreis der Ihrigen unglücklich machen!"

Und wieder einiges später —: „Wenn ein Mann in Kummer
ist, wer heitert ihn auf; in Not, wer tröstet ihn; in Wut, wer
besänftigt ihn; in Freude, wer macht ihn doppelt glücklich; im
Glück, wer freut sich mit ihm; in Schmach, wer stützt ihn gegen
die Welt und verbindet mit lindernden Salben und warmen Um-
schlägen die eiternden Wunden, welche von den Stacheln und
Pfeilen des wütenden Geschicks geschlagen sind? Sagt, wer
thut das, wenn nicht ein Weib? Du, der du krank und verwundet bist von den Stößen des Glückes, hast du ein paar von
jenen zarten Aerzten? Danke den Göttern, daß sie dir so viel
Trost gelassen haben. Welcher Gentleman ist nicht mehr oder
weniger ein Prometheus? Wer hat nicht seinen Felsen, und seine
Leber in einer verteufelten Verfassung? Aber die Meer-Nymphen
kommen — die freundlichen, die mitleidigen; sie küssen unsere
zuckenden Füße; sie befeuchten unsere brennenden Lippen mit ihren
Thränen; sie thun ihr heilig Bestes, uns Titanen zu trösten; sie
kehren uns nicht den Rücken nach unserem Sturze."

Wenn Thackeray uns so in einem Romane auseinandersetzt,
daß das weibliche Geschlecht an der allgemeinen irdischen Verworfenheit in hervorragendem Maße partizipiert und gleichzeitig
sich über die allgemeine irdische Verworfenheit himmlisch hoch erhebt; so fallen die Widersprüche, die Vergeßlichkeiten in Kleinig-
keiten kaum mehr ins Gewicht.

Auf S. 6 erklärt der junge Warrington seine und der Sei-

nigen Stellung zur Sklavenfrage. „Wir sind dem Kauf der
Sklaven von Afrika abgeneigt. Mein Großvater und meine
Mutter haben immer dagegen opponiert." Und 30 Seiten
weiter heißt es von derselben Frau: „Man hätte Madame Esmond
von Castlewood ebenso gut von der Neger-Emanzipation predigen
können als man sie hätte auffordern können, die Pferde aus ihren
Ställen loszulassen." Und wiederum zehn Seiten weiter erklärt
sie uns selbst: „Mit den 6000 Pfund würde ich Mr. Boulters
Gut und Neger gekauft haben."

Auf S. 217 im 4. Bande erzählt uns Thackeray, daß Henry
Warrington, der seine Frau Fanny bei ihren Lebzeiten über alles
geliebt, sie nach ihrem Tode „recht eilig" vergessen habe. Auf
S. 282 schildert er uns Henry einige Zeit nach dem Tode seiner
Frau: „Er hatte tiefen Kummer um ihren Verlust und schwur,
daß die Welt nicht noch eine solche Frau besäße", und er wird
nicht müde, so von ihr zu sprechen.

Drei Bände hindurch hält Thackeray die Form der Er-Er-
zählung fest; im vierten läßt er George Warrington in der ersten
Person weiter erzählen, und zur Abwechselung von sich selbst in
der dritten Person sprechen. Der erste Abschnitt im 3. Kapitel
beginnt: „Unsere Verwandten in Castlewood behielten uns bis
nach Neujahr bei sich"; im 2. „hoffte Mr. Warrington, daß" 2c.
Dieser Wirrwarr geht durch den ganzen Band, und jedes Mal,
wenn das Wörtchen „ich" erscheint, muß der Leser studieren, ob
Mr. Thackeray oder Mr. Warrington spricht.

Wer auf den Namen eines epischen Dichters Anspruch
macht, pflegt nicht ohne einen inneren Drang zur Feder zu
greifen, sei es nun, daß eine erschütternde Lebenserfahrung, eine
ihn lebhaft beschäftigende Idee, oder irgend eine Tendenz nach
Gestaltung strebt; man pflegt es den litterarischen Lohnarbeitern
zu überlassen, ohne Plan und Ziel drauf los zu fabeln und mit
den Zeilen die lieben Groschen zusammenzuschreiben. Ich muß
nun bekennen — auf die Gefahr hin, selbst den Schaden dieses
Bekenntnisses 'davonzutragen — daß mir von irgend einem Zwecke

weder im Einzelnen noch im Ganzen dieses Romans nichts er-
sichtlich geworden ist. Ich weiß nicht, was der Dichter uns mit
den geringen Erlebnissen der beiden Brüder künstlerisch einleuchten
will: sie hätten so, sie hätten ebenso wohl anders und gleich interesselos oder viel interessanter sein können. Ich weiß nicht,
welchen geistigen Gehalt ich aus dem Ganzen ziehen soll; welches
das Stück von der Seele des Dichters ist, das er der Welt in
diesem Romane hat hingeben wollen. Der einzige Wert, den er
für mich zu haben scheint, liegt nicht auf poetischem, sondern auf
kulturhistorischem Gebiet: er enthält eine vortreffliche Schilderung
des englischen Lebens im vorigen Jahrhundert und wird in dieser
Richtung dem Leser, der „Barry Lindon" und „Henry Esmond"
nicht kennt, viel Interessantes bieten. Wer aber jene Werke gelesen hat, dem vermögen „Die Virginier" nichts Neues mehr zu
sagen. Und wenn der Litterarhistoriker nicht umhin kann, ein
Werk, das seinem Umfange nach mit unberechtigter Anmaßung
sich vor anderen hervordrängt, von Anfang bis zu Ende durchzu-
lesen, so bedauert er doch den Verlust einer beträchtlichen und
keineswegs angenehm verlebten Zeit und fragt sich vergeblich:
Warum wurde der Roman geschrieben?

# Siebentes Kapitel

## „Eine schäbige feine Geschichte" und „Philips Abenteuer".

Unter den kleineren Erzählungen thut sich durch die Schärfe der Charakterzeichnung und das Interesse, das sie augenscheinlich dem Dichter erregt, „A Shabby Genteel Story" hervor — wie der Titel zeigt, eine Geschichte, die in der sogenannten anständigen Gesellschaft spielt und in der es doch nicht sehr anständig hergeht. Der Schauplatz ist ein Boarding-Haus in Margate, dem bekannten Badeort bei London, welches von einer heruntergekommenen, früher wohlhabenden Fabrikanten-Familie gehalten wird. Mr. Gann hat den Geburtsfehler gehabt, ein harmloser, wohlwollender Mann zu sein, infolgedessen — das ist nie anders bei Thackeray — ist es ihm in der Welt sehr schlecht gegangen: er hat sein Vermögen und selbstverständlich alle seine Freunde und alle Achtung verloren und wird von den Seinigen, als ihm auch im Unglück die Zähne und Klauen nicht gewachsen sind, für nur halb zurechnungsfähig gehalten. Und da nun der Mensch vermöge seiner angebornen Neigung zum Sinken immer das werden muß, wofür ihn die anderen halten, so macht er seinem Renommee hinfort Ehre durch ein Lungerleben, dessen Glanzpunkte Gesang und Branntweingenuß im Kreise froher Club-Genossen sind. Seine Frau ist die Vertreterin der Gentilität in der Familie: selbst zwar den untersten Kreisen entstammend, hat sie sich doch von einem Fähnrich entführen laffen und ift fich infolge äußerft entfernter Beziehungen diefes ihres erften Mannes zu irgend einer untergeordneten Abelsfamilie ihrer nahen Zugehörigkeit zur beften Gefellfchaft bewußt. Sie und ihre beiden Töchter, deren Stammes-Bewußtfein durch eine ganz kleine Erbfchaft ungeheuer erhöht wird, wiffen ganz genau, was fie wollen: zwei Männer, refp. Schwiegerföhne, die, wenn möglich, den befferen Ständen angehören, oder wenn das nicht zu erreichen fein follte, jedenfalls reichliche Einkünfte haben müffen. Darauf hin wird ihr ganzes Leben eingerichtet, und die Schilderung diefes fchäbig gentilen Dafeins, bei dem man den Körper frieren und darben läßt, um ihn, wo es nötig ift, mit billigen Flittern verhüllen und die Koften fchäbig gentiler Dinners und Thees tragen zu können, ift wiederum ausgezeichnet durchgeführt. Natürlich gelingt ihnen ihr Plan, da er nichts Edles bezweckt, vortrefflich: für die eine — hübfch find fie beide — findet fich ein alter Gutsbefitzer von der verhängnis-vollen Harmlofigkeit feines Freundes Gann, für die andere fogar ein General.

Diefe Mädchen find indeffen nicht die Heldinnen der Erzählung, fondern ihre Stieffchwefter Caroline, Mr. Ganns Tochter, der, da fie auch nicht einmal ein kleines Vermögen ererbt hat, nach dem natürlichen Gerechtigkeits-Prinzip nur die Stellung eines Afchenbrödels zugewiefen wird — fie ift die verkörperte leidende Güte und geduldige Schwäche, Thackerays bekanntes Ideal-Weib. Der Held ift ein Boarder des Haufes, der unter dem Namen George Brandon geht, ein ftudierter und in jugendlichen Adelskreifen wohl angefehener Mann, der vor feinen zahllofen Gläubigern keinen ficherern und billigern Zufluchtsort hat finden können als einen Badeort im Winter, wo er fo lange zu bleiben gedenkt, bis eine neue Anleihe ihm die Mittel gewährt, ins Ausland zu gehen. Er ift ein durch und durch wohlerzogener Mann und Vertreter der fchäbigen Gentilität auf fittlichem Gebiete, ein Mittelding zwifchen einem George Osborne und einem Barry Lindon mit unverkennbarer Gravitation nach dem letzteren hin.

Die Schilderung seiner Entwickelung veranlaßt Thackeray zu
einer blutigen Satire auf die englische sogenannte Gentlemans-
Erziehung: „Ich möchte wohl wissen, wie viele Schurken unsere
Universitäten in die Welt geschickt haben; und wie viel Ruin wir
dem fluchwürdigen System verdanken, welches man in Emgland
„Gentlemans-Erziehung" nennt. Geh', mein Sohn, zehn Jahre
lang in eine öffentliche Schule, jene „Miniatur-Welt"; lerne,
„dich durchzuschlagen", für die Zeit, wo die wirklichen Kämpfe
beginnen werden. Beginne, ein Egoist zu sein mit zehn Jahren;
studiere weitere zehn Jahre; erwirb dir eine hinlängliche Kenntnis des Boxens, Schwimmens, Ruderns und Cricketspiels, mit
einer artigen Gewandtheit im Verfertigen lateinischer Hexameter
und einer so oberflächlichen Bekanntschaft mit griechischen Dramen,
wie sie der Anstand fordert — thu' das und ein liebevoller Vater
wird dich segnen — segnen die zweitausend Pfund, welche 'er
hingegeben hat, um dir alle diese Wohlthaten zu sichern. Und '
außerdem, was hast du nicht sonst noch alles gelernt? Du bist
viele hundert Male in der Kirche gewesen und hast gelernt, den
Gottesdienst, der dort geübt wird, als das eitelste Schaugepränge
von der Welt zu betrachten. Wenn dein Vater eiu Gewürzkrämer
ist, bist du um seinetwillen durchgehauen worden und hast gelernt,
dich seiner zn schämen. Du hast gelernt, zu vergessen — und
wie solltest du dich daran erinnern, da du drei Viertel deiner
Zeit von ihnen getrennt bist — die Familienbande und die natürliche Anhänglichkeit an die Deinigen. Du hast gelernt, wenn
du ein schmiegsamer Kerl und nicht knauserig bist, es deinen reicheren Kameraden gleich zu thun; das Geld für nicht viel zu
halten, für sehr viel hingegen die Ehre — die Ehre, mit Vor-
nehmeren zu dinieren und viel zusammenzusein. Das alles lernt
der junge Bursche auf der Schule und Universität; und weh über
diese Kenntnis! Ach, wie viel natürliche Zärtlichkeit und kindlich-
anhängliche Liebe lehrt man ihn mit Füßen treten und verachten!
Mein Freund Brandon war durch diesen Erziehungs-Prozeß hin-
burchgegangen und durch ihn unrettbar ruiniert worden — sein

Herz und seine Redlichkeit waren dadurch ruiniert worden, heißt das; und dafür hatte er einen geringen Betrag klassischen und mathematischen Wissens erhalten — ein schöner Ersatz für alles, was er verloren hatte, um dieses zu gewinnen."

Es ist charakteristisch, daß der Universitäts-Slang der Engländer für solche Leute, die sich an den Adel heranwerfen, ein eigenes Wort kennt, das dann auch im gewöhnlichen Leben viel gebraucht wird: man nennt sie 'tufthunters' — „Quastenjäger" *). Brandons spezieller Freund ist der junge Lord Cinqbars, als dessen Gouverneur er jedes Laster Europas kennen gelernt hat. Da ihm sein hübsches Äußeres und seine einnehmenden Manieren zu mancher Eroberung nicht bloß weiblicher Herzen verholfen haben, so ist ihm die Liebes-Intrigue mit sinnlichem Ziele zu einem Lebensbedürfnisse geworden; er denkt hierin mit Barry Lindon: wenn man sie nur eifrig belagert, ist jede Festung zu nehmen. Ohne jede andere Unterhaltung in Margate, läuft er zunächst Sturm gegen die beiden hübschen Töchter des Mr. Gann: aber die Festung ist nur zu gut verwahrt hinter dem festen Walle materieller Gesinnung, den ein Leinwandhändler mit bekannten Vermögens-Verhältnissen leichter ersteigen kann als der äußerst gentile Mr. Brandon von sehr zweifelhaftem materiellen Können. Eine Niederlage bei so gewöhnlichen Dingern empört, wie zu erwarten, das Ehrgefühl des Mr. Brandon aufs äußerste; er rächt sich, indem er die verachtete, unscheinbare und kaum erwachsene jüngste Schwester zu seiner Flamme erkürt, wobei er gleichzeitig einen armen, platonischen Verehrer, seinen Mitboarder, den Maler Fitch, aus dem Sattel heben kann. Hier hat er mehr Glück, aber nicht bis zu dem Punkte, den er im Auge hat. Indessen die Leidenschaft des Kampfes hat ihn nun einmal erfaßt, er muß ihn erreichen, und sollte es um den Preis einer Heirat sein. Sie wird in sehr burschikoser Weise vollzogen auf dem Zimmer Bran-

*) Eine Quaste (tuft) an der Mütze ist das Abzeichen abliger Studenten.

dons, von einem andern Mitesser Lord Cinqbars, theologischen
Standes; die jungen Leute reisen ab, und Brandon wird die
kleine Caroline glücklich machen — solange die fünfzig Pfund
reichen, die sein Gönner Cinqbars, welchem der Liebeshandel
einen verteufelten Spaß macht, gespendet hat.

Hier bricht die Erzählung ab, und Thackeray, der sie bis
dahin 1840 in Fraser's Magazine veröffentlicht hatte, bedauerte in
späteren Jahren, sie nicht vollendet zu haben — das Ende würde
die Verlassung und der Untergang des armen Kindes gewesen
sein. — Wir bedauern das nicht: der Gegenstand ist so trivial
wie lebenswahr und in seinen realistischen Einzelheiten abschreckend
widrig; außerdem hat Thackeray das schäbig gentile Leben und solche
anständig auftretenden Lumpe wie Brandon so häufig geschildert,
daß diese Geschichte am besten in Fraser's Magazine begraben
geblieben wäre. Von wirklichem Interesse ist nur die Figur des
ehrenwerten Mr. Fitch, der jedenfalls eine römische Erinnerung
Thackerays und vortrefflich gezeichnet ist*). Der weltunkundige,
phantastisch-träumerische Maler wird von Brandon tüchtig verhöhnt und gefoppt, und schließlich, als der Gute bereit ist, sein
Leben für seine Liebe hinzugeben, durch ein Pistolenduell ohne
Kugeln dem allgemeinen Gelächter preisgegeben; er endet in den
Armen einer dicken alten Dame, die ihm von Rom nachgereist
ist, um ihn zu heiraten.

---

„Philips Abenteuer"**) ist nun zwar keine Fortsetzung jener
Erzählung, hängt aber insofern mit ihr zusammen, als die Folgen
des in ihr begangenen Verbrechens in diesem Roman nachwirken
und die Haupthandelnden jener auch in diesem eine bedeutende

---

*) Wie der Dichter selbst sagt, beruht die Geschichte auf eigenen
Erlebnissen.

**) The Adventures of Philip on his Way through the World;
shewing who robbed him, who helped him, and who passed him by.

Rolle spielen. Der Held ist Philip, der Sohn jenes pseudonymen
Brandon, dessen wahrer Name Firmin ist, aus zweiter Ehe.
Was in den dazwischen liegenden zwanzig Jahren geschehen ist,
wird uns berichtet.

Firmin hat einige Zeit hindurch mit seiner jungen Frau
und Lord Cinqbars und jenem verschmitzten Geistlichen Hunt
Reisen gemacht auf Kosten des ersteren; dann hat er sie eines
schönen Tages in Dover sitzen lassen mit der schriftlichen Versiche-
rung seiner ewigen Treue, hat sich mit seinem Vater ausgesöhnt,
endlich ernste Schritte gethan, um sich eine Lebensstellung als
Arzt zu verschaffen, hat mit Hilfe seiner Ver- und Entführungs-
künste in die edle und reiche Ringwood-Familie hineingeheiratet
und ist in London ein renommierter Arzt und ein angesehener Mann
geworden. Die arme Caroline hat inzwischen vergeblich Tag für
Tag auf die Bethätigung jener heiligst beschworenen ewigen Treue
gewartet; dann hat sie Zuflucht gesucht bei ihren Eltern, die sie
mit Schimpf und Schande auf die Straße gestoßen haben —
selbstverständlich; denn nach Thackeray sind die nächsten Verwandten immer die grausamsten von allen Menschen, und zu seiner
Respektabilität und Gentilität gehört immer eine Brutalität, wie
sie den wildesten Tieren der Wildnis nicht eignet. Caroline ist
dann nach London gegangen, von dem Verkauf ihrer Habselig-
keiten lebend, ist in der Zeit der höchsten Not eines Knaben
genesen; als das Kind nach wenigen Wochen gestorben ist und
ihre Verzweiflung den Gipfel erreicht hat, da hat sich endlich ein
barmherziger Samariter gefunden in der Person des Doktors
Goodenough, auf dessen Veranlassung sie sich zur Krankenpflegerin
ausgebildet hat. Zur Zeit des Romanes befindet sich Mrs.
Brandon in guten Verhältnissen: sie ist die Besitzerin eines kleinen
Lodging-Hauses, eine gesuchte Pflegerin und sogar in der Lage,
ihren verkommenen Vater in seinen bedenklich gentilen Bestrebungen zu unterstützen.

Der erste Teil des Romanes erregt ein hervorragendes Interesse: es handelt sich darin um die Entdeckung von Firmins

Bigamie. Der junge Philip Firmin erkrankt schwer in Abwesenheit seiner Eltern; Dr. Goodenough ruft Schwester Caroline zu seiner Pflege, und an dem Krankenbette des Sohnes treffen sich die seit zwanzig Jahren getrennten Gatten. Dadurch ist jedoch Firmins Stellung noch nicht gefährdet: sein Freund Goodenough und sein Sohn Philip werden ihn nicht angeben, und die bescheidene Caroline denkt nicht daran, ihre Rechte geltend zu machen. Dann aber, nachdem Mrs. Firmin plötzlich gestorben ist, taucht jener Reverend Mr. Hunt auf, der durch ein zwanzigjähriges Vagabundenleben materiell und moralisch aufs äußerste reduziert ist. Er benutzt die Kenntnis des Geheimnisses zur unablässigen Besteuerung seines ehemaligen Bekannten, den er durch seine ostentative Familiarität in den Augen der Welt verdächtig macht. Als dann die Mittel des Dr. Firmin versiegen, zögert er keinen Augenblick, den Schwager desselben, Mr. Twisden von dem Verbrechen in Kenntnis zu setzen, durch welches sein Sohn Philip illegitim wird und dessen mütterliches Vermögen seiner Tante zufällt. Die Twisdens sind „respektable“ Leute — und was das bei Thackeray sagen will, wissen wir längst; sie bedenken sich also keinen Augenblick, wenn es gilt, einen Verwandten moralisch zu Grunde zu richten und einen jugendlichen Neffen zum Bettler zu machen — und suchen Caroline zu bewegen, eine Klage gegen Firmin einzubringen. Hier aber stoßen sie auf unerwarteten Widerstand: Caroline denkt nicht daran, ihren einstigen Pflegling Philip, den sie in jahrelangem Verkehr liebgewonnen, seines Vermögens zu berauben und erklärt in Uebereinstimmung mit Firmin, daß sie die bermalige Trauungs-Ceremonie, der kein Aufgebot vorangegangen, als Scherz aufgefaßt habe.

Vor dieser Unehre ist somit Firmin gerettet; eine andere kann er nicht von sich abwehren. Das ganze Leben Firmins ist auf den Schein gestellt gewesen; alles, was er an Ruf und Ansehen besitzt, ist durch sein Schauspieler-Talent erworben. Als Arzt ist er allem Anschein nach ein verwegener Charlatan. Sein Haus ist ein glänzend gastliches: sein Familienleben aber ist bei

aller zur Schau getragenen Liebe und Gemütlichkeit ein sehr
trauriges, er tyrannisiert seine beschränkte Frau. Obgleich nichts
bekannt ist, das seine eheliche Treue in Zweifel zu ziehen geeignet
wäre, scheint der immer noch schöne Mann seine verliebten
Passionen doch nicht aufgegeben zu haben: er entblödet sich nicht,
an seiner verlassenen Frau Zärtlichkeiten zu versuchen, die freilich
sehr unsanft zurückgewiesen werden. Das Hasard-Spiel mit
Karten hat er zwar aufgegeben, um keinen Anstoß zu erregen;
dagegen riskiert er sein und seines Sohnes Vermögen in wag-
halsigen Spekulationen und verliert nach und nach beides. Als
er so vor dem unabwendbaren Ruin und als Betrüger seines
eigenen Kindes vor der sicheren Schande steht, vergißt er keinen
Augenblick die Helden-Rolle, die er zu spielen gewöhnt ist. Für
solche äußerst delikaten Fälle, wo nun doch nichts mehr zu ver-
bergen ist, seine Schlechtigkeit in die helle Tagesbeleuchtung treten
muß, hat er den Ton einer männlichen Offenheit und eines tiefen
Seelenschmerzes in Bereitschaft, mit dem er seine Unvollkommen-
heiten eingesteht. Er wendet ihn Philip gegenüber an, wie er
ihn früher vor Caroline bei einer Auseinandersetzung über seinen
bösen Jugend-Streich mit Erfolg gebraucht hat, und tritt vom
Schauplatze ab nicht als ein entlarvter Schurke, sondern als ein
vom Schicksal erbarmungslos niedergeschlagener, ein tragischer
Held. Philip scheidet von ihm bedauernd und fast versöhnt;
er weiß nicht, daß sein Vater kurz vor seinem Verschwinden eine
Reihe von Anleihen ohne jede Absicht der Wiederbezahlung gemacht hat, die ihn für eine beträchtliche Anfangszeit seines Exils
materiell sicher stellen. Das Bild dieses Mannes, wenn auch
nicht ganz frei von Uebertreibungen, ist Thackeray, wie so manche
andere ähnlicher Art, ausgezeichnet gelungen: wir können uns
lebhaft vorstellen, wie ein jugendlicher Brandon im Alter ein
Firmin wird.

Außer diesem mit großem Interesse geschilderten Familien-
Unglück erfahren wir im ersten Teile von den Schicksalen Philips
nur noch seine unglückliche Liebe zu seiner Kousine Agnes Twis-

ben, einer materiell gesinnten Kokette, wie sie Thackeray so ziemlich
in jedem seiner Romane schildert: der stattliche und gründlich gebildete Philip wird von einem häßlichen, rohen Mulatten aus
dem Sattel gehoben. Eine zweite Liebschaft, in der er nach der
Flucht seines Vaters vor seinen Existenz-Sorgen Rettung sucht,
hätte fast noch tragischer geendet. Dieses Mal ist es die Tochter
des General Baynes, der als Vormund Philips dessen mütterliches Erbteil unbesonnenerweise an den alten Firmin ausgeliefert
hat und infolgedessen für den Verlust desselben gesetzlich haftbar
ist. Philip denkt nicht daran, den alten auf Halbsold gestellten
Offizier mit seiner zahlreichen Familie unglücklich zu machen, und
anstatt seine 20,000 £ verlangt er von ihm nur die Hand seiner
Tochter Charlotte, die dem edlen Jünglinge unter solchen Umständen nicht verweigert werden kann. Aber die beiden Männer
haben die Rechnung ohne die Wirtin, ohne die Frau des Generals
gemacht. Das ist in diesem Falle eine finstere Tyrannin, deren
galliges, zornmütiges Temperament keine sanften oder edlen
Regungen aufkommen läßt. Mrs. Baynes ist eine jener Teu-
felinnen, die Thackeray mit solcher Virtuosität zu zeichnen weiß:
sie reiht sich an die Miß Crawleys, die Mrs. Mackenzies, die
Lady Kews, und wie sie sonst heißen mögen, würdig an. Die
Generalin läßt sich das generöse Opfer Philips sehr gern gefallen und gewinnt es sogar über sich, ihm mit jener Freundlichkeit zu begegnen, die an ihr noch fürchterlicher ist als ihr
Zorn, ihre Bosheit. Daß aber ihre Tochter sich mit einem
Penny-a-liner — dazu hat Philip sich erniedrigen müssen — verbinden solle, will ihr nicht in den Sinn; und sobald sich eine
bessere Partie findet, benutzt sie die erste Gelegenheit, wo Philips
leidenschaftliches Wesen Anstoß giebt, um ihren schwachen Mann
zur Auflösung des Verhältnisses zu überreden. In dem Pariser
Boardinghause, in dem sich diese ganze Geschichte abspielt, erregt
das schnöde Benehmen des Generals gegen den Mann, der ihm
und den Seinigen gewissermaßen das Leben geschenkt hat, eine
Empörung unter seinen Kriegs-Kameraden und deren Frauen.

Es kommt zwischen den alten Herren zu mehrfachen Forderungen und unter den Frauen zu einer gewaltigen Wort-Schlacht; das Ende ist, daß General Baynes sein Unrecht einsieht, und daß sein bitterböses Weib von der Gesamtmacht des Boarding-Hauses niedergeworfen und dauernd — auch in dem Herzen ihres Gatten — entthront wird. Dieser Konflikt ist meisterhaft geschildert, mit einer Frische und Kraft, wie wir sie in manchen Teilen der jugendlichen Dichtungen bewundern müssen. Eine äußerst gelungene Figur ist die Inhaberin des „distinguierten" Boarding-Hauses, Madame Smolensk: wer die Gewandtheit und geistige Elastizität der französischen Frauen, ihre unverwüstliche Liebenswürdigkeit auch unter widerwärtigen Verhältnissen, wer das Boarding-Haus-Leben mit seinen geringen Lichtseiten kennen gelernt hat, der wird seine Freude an diesem Bilde haben.

Mit der Niederlage des bösen Prinzips in Gestalt der Generalin, mit der Wiedervereinigung der gewaltsam getrennten Liebenden sollte die Geschichte schließen. Thackeray hätte Philip eine gute Stelle verschaffen und die jungen Leute heiraten lassen sollen. Dann wäre es eine kleine, aber hübsche Geschichte geworden.

Leider aber fand Thackeray aus irgend welchen Gründen, in die wir nicht indiskreterweise eindringen wollen, es ratsam, die Erzählung noch einen ganzen zweiten Band lang fortzuspinnen, der sich zu dem ersten verhält wie die Ebbe zur Flut, wie die sieben mageren zu den sieben fetten Jahren. Thackeray giebt Philip keine gute, sondern eine schlechte Stelle als Unter-Redakteur, auf Grund deren er heiratet; mit den pekuniären Prüfungen, die sein Leichtsinn ihm jetzt zuziehen wird, sind Mittel und Wege gefunden, den ratsam erscheinenden zweiten Band zu füllen. Abgesehen von der ewigen Geldnot des Helden geschieht in diesem zweiten Bande sehr wenig: Philip hätte beinahe etwas geerbt von seinem Großonkel, dem alten Lord Ringwood; Philip wird Vater mehrerer Kinder und verliert die Redakteur-Stelle durch sein selbstherrliches Wesen; Philip bekommt eine andere Redakteurstelle; Philip wird mit dem neuen Lord Ringwood bekannt,

— eine Freundschaft, die zwar im Sande verläuft, aber wenigstens
ein paar Bogen mehr füllt; Philip — was noch? — Halt,
Philip bezahlt immerfort Wechsel, welche sein edler Erzeuger aus
New-York immerfort auf ihn zieht, ohne uns die Quelle zu
nennen, aus der er diese Ausgaben bestreitet.

Aber das kann doch unmöglich einen Band füllen? — Wie
sollte es? — Also treten wohl eine Anzahl neue Personen auf?
— Nein, aber alte — Mr. Pendennis und seine Laura, die dem
Verfasser schon in den Newcomes aus allen kompositionellen Ver-
legenheiten helfen mußten, und ohne deren bankenswerte Mitwir-
kung auch dieser Band nicht hätte zustandekommen können. Mr.
Pendennis ist bekanntlich ganz entgegen dem Charakter seiner
Jugendjahre ein auskömmlicher, philiströser Mensch von etwas
materieller, cynischer Lebensanschauung — so wird er uns noch
einmal geschildert. Laura ist viel leichter zu charakterisieren: sie ist
einfach ein Engel — das haben wir schon in „Pendennis“ und den
„Newcomes“ bis zur Erschlaffung gehört und das wird uns hier
wieder znm Bewußtsein geführt, schonungslos bis zum Sterben;
denn es ist tötlich langweilig in dem Himmel dieses Engels.
Wenn er noch wenigstens allein wäre, aber es sind leider noch
zwei andere da — und wie soll es nun ein armer, niedriger
Erdenwurm aushalten, mit drei Engeln gleichzeitig zu verkehren,
immerfort in ihren blendenden Glorienschein zu schauen, ihre für
ihn doch unerreichbaren Gutthaten mitanzusehen, Zeuge zu sein der
Rührung, mit der ihre eigene Vortrefflichkeit sie so oft erfüllt; wie
soll er das ewige thränenselige Gewinsel, das drei solche Engel
einzeln und im Chore anzurichten im stande sind, anhören und
nicht verzweifeln! Ja, wenn die Thränen uns so lose säßen, wie
Philip und Dr. Goodenough! dann weinte man ein wenig mit,
und die Sache wäre erträglich. So aber stehen wir unter dem
Gefühl, als ob uns immerfort Gewalt angethan wird; wir leisten
Widerstand, werden hart und lassen uns zur Rührung nicht
zwingen.

Auch andere Dichter haben weibliche Vollkommenheiten ge-

schaffen, aus denen wir erkennen, daß es möglich ist, sie menschlich interessant darzustellen. George Eliots Dichtungen sind reich
an derartigen Figuren: wenn sie aber ein solches Wesen schafft,
setzt sie es mitten in die platte Wirklichkeit hinein, begabt es mit
menschlichen Eigenschaften, die es seiner Lebenslage gewachsen machen,
und läßt es handeln, und nicht viele Worte machen; oder sie
zeigt uns — wie das auch Thackeray einmal in der Figur Henry
Esmonds schön gethan hat — in seiner Entwickelung, welche
Schicksale und Verhältnisse es dahin gebracht haben, in sich ein
Glück zu suchen, das von äußeren Fügungen unabhängig ist, sie
läßt seine Tugenden aus seinem Unglück herauswachsen. Und
dann sind ihre vollkommenen Menschen immer zugleich hervorragende Menschen: sie haben tiefer gefühlt und tiefer gedacht als
das Gros der Sterblichen; und vermag der Leser selbst unter
Umständen nicht, ihnen ohne Widerstreben auf ihren hohen Pfaden
zu folgen, menschlich interessant sind sie ihm immer.

Thackerays gute Frauen sind unverkörperte Ideen der Menschen-
freundlichkeit; sie haben ebenso wenig einen distinkten Charakter,
wie sie erkennbare menschliche Formen besitzen; was sie reden,
kann man in der Bibel poetischer dargestellt lesen und von der
Kanzel eindringlicher vorgetragen hören; ein Denken über den
absolut christlichen Standpunkt hinaus, eine originale Geistes-
thätigkeit gegenüber den umgebenden irdischen Verhältnissen, irgend
ein tieferes weltliches Wissen finden wir in ihnen nicht. Laura
spricht viel; aber was sie sagt, ist nicht der Rede wert. Charlotte
fühlt und weint meist nur. Caroline bietet insofern wenigstens
eine gewisse Abwechselung, als sie den Cockney-Dialekt gebraucht
und eine vulgäre Art von Engel ist. Tragikomisch diesen frommen
Frauen gegenüber ist die Stellung des Mr. Pendennis, der trotz der
vorschriftsmäßigen Gatten- und Freundes-Liebe, die ihm gewährt
wird, bei ihnen als Cyniker und Weltling etwas verrufen ist.
Vergeblich sucht er mitunter, z. B. bei der thörichten Verheiratung
Philips, seine banalen Lebenserfahrungen geltend zu machen; er
zweifelt, ob es in jedem einzelnen Falle verwerflich ist, daß der

Menſch allein ſei, und ob die Ernährungs-Ausſichten der Lilien auf dem Felde ſo unbedingt ſichere ſeien.  Er wird in ſolchen Fällen gehörig abgekanzelt, muß ſich einen Atheiſten nennen hören, und giebt um des lieben Friedens willen den Widerſtand auf. Vorausgeſetzt daß er ſeine guten Einnahmen, ein reichliches Mittageſſen und ſeine Flaſche Rotwein hat — er trinkt jedes Jahr genau 365 Flaſchen — ſo mag ſeine Frau immerhin ihrem etwas koſtſpieligen Wohlthätigkeits-Bedürfnis frönen; und nur, wenn ſie es ihm zu bunt treibt, und von ihm verlangt, er ſolle ihrem Philip ohne jede Sicherheit auf einem Brette 400 £ borgen, läßt er ſich aus ſeiner behaglichen Apathie aufrütteln.

Auch mit all den vielen moraliſchen Reden und Handlungen wäre es unmöglich geweſen, einen ganzen Band zu füllen, wenn der Verfaſſer nicht auf jeder zweiten oder dritten Seite Veran-laſſung nähme, den Leſer zu harangieren und ihm über die Reden und Handlungen ſeiner Perſonen ſeine ausführlichſte Mei-nung zu ſagen.  Dieſe Auseinanderſetzungen nehmen gewiß den dritten Teil des ganzen Werkes ein und geben Zeugnis von der Ausdauer des Dichters.  Nachdem der 2. Band ſeine 330ſte Seite erreicht hat, liegt keine zwingende Veranlaſſung mehr vor, ihn noch weiter fortzuſetzen — eine ſolche Romanſchreiberei muß ja ſchließlich auch den Verfaſſer ermüden — und ſo wird denn plötzlich dem armen Philip durch eine märchenhafte Veranſtaltung eine Summe Geldes zugeworfen und kurz abgebrochen: „Die Nacht bricht ein; wir haben genug geplaudert über unſerem Wein, und es iſt Zeit nach Hauſe zu gehen? — Nun denn, gute Nacht!" — Es war ſchon lange Zeit, Verehrteſter; nun ſind wir übermüdet, wir haben zu viel zu uns nehmen müſſen, und ich fürchte, wir werden Verdauungs-Beſchwerden und eine unruhige Nacht haben. —

Wenn wir dieſe letzte größere Schöpfung Thackerays hin-ſichtlich ihres Gehaltes, reſp. des ſittlichen Standpunktes des Dichters mit den früheſten vergleichen, ſo müſſen wir geſtehen, daß wir keine Entwickelung, kein Fortſchreiten von einem niederen

zu einem höheren Standpunkte, aus der Verworrenheit zur Klarheit erkennen können. Der Thackeray von „Vanity Fair" ist
vielleicht etwas mitleidsloser gegen diese schlechteste Welt und die
egoistische Menschheit, die sie erfüllt, als der Thackeray von
„Philips Abenteuern"; die Arme sind ihm von den wütenden
Streichen, die er geführt, in den letzten Jahren vielleicht etwas
matt geworden: die Welt und die Menschheit ist in seiner Auffassung immer noch dieselbe. „Henry Esmond" und ein paar
kleinere Geschichten, von denen noch die Rede sein wird, sind
einzelne sonnige Erhebungen aus dem befangenen Dunkel seiner
Lebensanschauung.

Mit Ausnahme einzelner Engel, welche er in dieses Jammer-
thal hineinversetzt, ist die ganze Menschheit eine Gesellschaft von
lauter fleischlichen Materialisten. Wir erkennen den Realismus
als ein äußerst wichtiges Prinzip künstlerischen Schaffens an, wir
wünschen durchaus nicht, von dem Dichter in eine Welt versetzt
zu werden, in der „es kein Ale und keine Kuchen giebt", wir
wollen in der poetischen Welt alles wiederfinden, was in der
wirklichen unsere Sinne und unser Herz erfreut; aber in der
Thackerayschen Welt wird auf Essen und Trinken ein so großes,
fast ausschließliches Gewicht gelegt, wie es in der wirklichen eben
nicht geschieht. Wir glauben nicht, daß der Wert eines Menschen
so allgemein nach der Menge und Qualität der Mahlzeiten, die
er täglich einnimmt und anderen verabreicht, abgeschätzt wird, wie
Thackeray es darstellt. Wir glauben, daß die Zahl der Menschen,
die das einzige Glück dieses Lebens in gutem Essen und Trinken
und einigen anderen Sinnengenüssen finden, und die ihre Liebe
und Hochachtung immer nach der Seite richten, von welcher ihnen
am meisten davon geboten wird, viel geringer ist, als Thackeray,
wie ich glaube, nach gewissen persönlichen Prädispositionen anzunehmen beliebt.

Wir wissen, daß in den Augen der Engländer die pekuniäre
Schwere eines Menschen bei seiner Gesamt-Würdigung viel
mehr ins Gewicht fällt als bei uns; daß dort das Jahres-Ein-

kommen eines Mannes, als wäre es sein wesentlichstes Charakteristikon, Gegenstand so rücksichtsloser Nachfrage, so offener Ver-
handlung ist, wie sie in unseren gebildeten Kreisen unerhört wäre,
wo man den Menschen nach seinen inneren Eigenschaften zu
schätzen im schlimmsten Falle doch mindestens vorgiebt. Was wir
aber für eine Übertreibung halten, ist, daß ehrenwerte Armut
dort einer so allgemeinen und gänzlichen Verachtung begegnet,
daß der Mangel jeder humanen Gesinnung dem Unbegüterten
sein materielles und moralisches Emporkommen so erschwert, wie
Thackeray es schildert. Auch hier wieder wenden sich die fashionablen und reichen Verwandten Philips, die ihn verwöhnt und
verzogen haben, sobald er arm geworden ist, mit einem Schlage
von ihm ab; sie instruieren ihre Lakaien, ihn ja nicht jemals
wieder vorzulassen; der Earl von Ringwood, der den selbst-
bewußten, starken Jungen gern gehabt hat, stößt sofort sein
Testament um und erklärt, daß er sein Geld lieber zum Fenster
hinauswerfen wolle, ehe er einem solchen Lumpen einen Pfennig
vermachte. Wenn ein Uneingeweihter von der Behandlung
liest, die seine Verwandten Philip zu teil werden lassen, muß
er annehmen, daß er Schande über die Familie gebracht
habe. Und doch hat er weiter nichts verbrochen als einen
Vater zu besitzen, der ihn um 20,000 £ betrogen hat. Diese
Übertreibung, so albern sie ist, kommt in jedem Romane
Thackerays vor.

Der Egoismus, wie Thackeray ihn in seinen Menschen schildert, ist ein so bestialischer, daß er keine Schranken, wie sie etwa
das Familiengefühl, die Dankbarkeit, die Reue auferlegen, kennt.
Dr. Firmin hat seinem Sohn sein Vermögen geraubt, ihn zum
Bettler gemacht; er weiß, daß Philip und seine Familie Not
leiden, während er selbst in New-York sein epikureisches Leben
fortsetzt — und er macht sich kein Gewissen daraus, ihm immer
weiter noch seine sauer erworbenen Sovereigns abzuschwindeln,
indem er sich als äußerst bedürftig hinstellt. Ich glaube, solche
Lumpe giebt es nicht; und wenn einige derartige Abnormitäten

vorkommen, dann sollen sie nicht durch poetische Behandlung zu menschlichen Typen gemacht werden.

Der junge Ringwood ist seiner äußeren und inneren Bedeutung nach weiter nichts als ein untergeordneter Beamter und der Sohn eines Baronets. Durch kolossale Unverschämtheit in Verbindung mit wohlberechneter Kriecherei und durch den Ruhm einiger Siege über schwache Frauenzimmer ist er so fashionabel geworden, daß er Aufnahme in einen Club gefunden, der aus lauter Herzögen und Grafen besteht. — Ja, verehrter Leser, nichts Neues, immer dasselbe. Die größte Nichtsnutzigkeit findet das höchste Ansehen nach oben hin. Thackeray hat so einige Steckenpferde, auf denen er, gichtbrüchig wie sie sind, noch in alten Tagen das größte Vergnügen empfindet umherzureiten. — Dieser junge Ringwood ist so übermütig geworden, daß er seinen eigenen Vater, den Baronet Ringwood, durchfallen lassen würde, „wenn er es wagen sollte, sich in seinem Club zu Ballotage aufstellen zu lassen".

Das sittliche Unterscheidungsvermögen ist bei dem Verfasser von „Philip" nicht schärfer geworden; er wirft noch immer in seinen Figuren gute und schlechte Eigenschaften zusammen, die in solcher Vereinigung nicht denkbar sind. Philip wird als ein Mensch von großem Ehrgefühl und durchaus edler Gesinnung geschildert: wenn ein solcher Mensch einen Vater wie Dr. Firmin hat, dem er nur geringe Achtung bezeugen kann, so wird ihn schon sein Stolz davon abhalten, seinen nächsten Verwandten durch böse Nachrede in den Augen der Welt herabzusetzen. Philip erklärt jedem, der es hören will, daß sein Vater in seinen Augen nicht viel besser als ein Lump ist, und macht sich mit seinen Altersgenossen in seiner Gegenwart über ihn lustig.

Der ganze Kreis, in welchem sich Philip später bewegt und in dem eine Laura präsidiert, ist von sittlichen Empfindungen trunken. Caroline ist kaum mehr menschlich; sie ist eine gütige Fee, die überfließt von moralischen Reden im Cockney-Dialekt und keinen Tag vorübergehen läßt, an dem sie nicht mindestens ein halbes Dutzend gute Thaten verrichtet. Diese Heilige erlaubt sich folgenden schlechten Streich. Der „Reverend" Hunt — der Vagabund tritt nie ohne dieses ehrende Attribut auf — bringt aus Amerika, wo er seinen Freund Firmin weiter ausgesogen hat, einen gefälschten Wechsel von ca. 400 £ mit, der die von dem Vater hergestellte Unterschrift Philips trägt; Caroline weiß davon, macht ihn in ihrer Wohnung betrunken, chloroformiert ihn schließlich und raubt ihm aus der Brusttasche den Wechsel, um Philip vor Not zu bewahren. Dieser Diebstahl, der sittlich nur dann zu verteidigen wäre, wenn der Zweck die Mittel heiligen könnte, findet in dem ganzen Kreise die höchste Bewunderung; Dr. Goode-nough nennt Caroline splendide mendax — die lateinischen Citate grassieren auch hier — und möchte sie heiraten. Natür-lich leugnet sie die That, als sie vor Gericht gestellt wird; und Philip, der als Zeuge gefragt wird, ob ihm etwas von einem auf ihn gezogenen Wechsel bekannt ist, legt falsches Zeugnis ab, nachdem seine Gewissensbedenken ihm von seinen frommen Freunden fortdisputiert sind. Das ist freilich nicht seine, oder ihre sittliche Indifferenz, sondern Thackerays.

Kleinere sittliche Unwahrscheinlichkeiten, hervorgegangen aus dem Bestreben, doch ja nicht den edlen Menschen ohne Gemein-heiten, den selbstlosen ohne Egoismus erscheinen zu lassen, kommen öfters vor. Der Maler Ridley ist von zwei Romanen her unser alter Bekannter; er ist so ganz ausschließlich seiner Kunst hinge-geben, daß ihm alle anderen Lebens-Interessen neben diesem ge-ringfügig vorkommen müssen. Thackeray besorgt, daß wir ihn für einen nur vom Ideal beherrschten Künstler halten möchten, also für einen Menschen, wie er nach seiner Ansicht hier auf Erden nicht vorkommt. So macht er ihn denn hier schließlich zum Lufthunter, zu einem Menschen, der sich in die adeligen Kreise einzuschmeicheln bemüht ist; und sagt von ihm, er würde sein ganzes Genie darum hingegeben haben, wenn er der Sohn einer feinen Familie hätte sein können.

Mrs. Mac Whirter hat sich bei der Liebes-Angelegenheit

zwischen Philip und Charlotte als eine Frau gezeigt, die das
Herz auf dem rechten Fleck hat. Nach der Heirat verschwindet
sie von der Bildfläche. Thackeray aber kann sie nicht entlassen,
ohne ihr zuguterletzt noch etwas anzuhängen. Mrs. Mac
Whirter schenkt Charlotte zu ihrer Hochzeit eine Brosche; diese
Brosche — hat sie bei einer späteren Gelegenheit, welche in dem
Romane garnicht berührt wird, wieder zurückgefordert.

# Achtes Kapitel.

## Kleinere Dichtungen.

(Rebecca and Rowena — Christmas Books — Memoirs of Mr.
Charles J. Yellowplush — The Bedford Conspiracy — History of
Samuel Titmarsh and the Great Hoggarty Diamond — Lovel the
Widower — The Memoirs of Barry Lindon — Denis Duval.)

Die kleineren Dichtungen Thackerays: Novellen, Romane,
burleske Erzählungen, Gedichte, in ihrer Gesamtheit zu betrachten,
daran kann hier nicht gedacht werden, einerseits wegen der räum-
lichen Beschränkung, die für die vorliegende Schrift geboten ist,
andererseits und hauptsächlich wegen des ephemeren, nicht für
die Dauer berechneten Charakters der meisten von ihnen, die sich
als leichthingeworfene Produkte müßiger Stunden kennzeichnen.
Thackeray selbst hat eine Auswahl unter seinen minor works getroffen, die zusammen in acht Bänden unter dem Titel „Miscellanies" erschienen sind: wer diese sämtlichen acht Bände durchge-
lesen hat, weiß von mancher vergeudeten Stunde zu erzählen
und trägt den Eindruck davon, daß Thackeray gegen sich selbst
außerordentlich liberal verfahren ist. Was wir hiervon ferner von
unserer Betrachtung ausschließen, sind die Gedichte: es ist von
keinem Belang festzustellen, ob die poetischen Ergüsse eines
Prosa-Dichters einen geringen oder gar keinen Wert haben. Desgleichen die Feuilletons, wie sie unter den Bezeichungen „Sketches

and Travels in London" oder „Character Sketches" u. s. w.
erscheinen; die rein satirischen Sachen, wie die erfolgreichen „Punch"-
Artikel mit dem Titel „The Book of Snobs". Auch die Erzählungen möchte ich im allgemeinen ausnehmen, welche nicht als
solche, sondern als Satiren auf gewisse Gattungen der Roman-
schreiberei Wert und Interesse haben, wie, z. B. „A Legend of
the Rhine" und „Rebecca and Rowena". In der ersteren
trifft Thackeray die Sensations-Romane und zeigt, daß er aus
der Lektüre des „Schlosses von Otranto", das schon in den
Knaben-Jahren seiner Fertigkeit im Karikaturen-Zeichnen Stoff
gab, Nutzen zu ziehen gewußt hat. Das zweite ist eine Per-
sifflage gewisser „historischer" Romane, und zwar eine so vortreffliche, daß wir einige Bemerkungen nicht unterdrücken können.

Es erscheint mitleidslos, daß Thackeray, wie der Titel zeigt,
die allgemein beliebte und in der Tat reizende Erzählung von
Scott zum Gegenstande seiner Satire gemacht hat; aber andererseits mußte er gerade ein bevorzugtes Produkt dieser Gattung
wählen, um zu zeigen, daß diese Art von historischen Romanen
weiter nichts als phantasiereiche Märchen für große Kinder sind.
Die Satire ist dieses Mal nicht so handgreiflich oder gar mör-
derisch, wie sie Thackeray der Sensations-Romantik, speziell Bulwer gegenüber, und gewohnheitsmäßig in jüngeren Jahren ange-
wandt hat; sie ist vielmehr so gelinde, daß Menschen, die den
litterarischen Strömungen fern stehen, vielleicht weiter nichts als
eine Fortsetzung von „Ivanhoe" darin sehen werden — eine Fortsetzung, die dem geheimen Wunsche des Lesers von Scotts Roman
gerecht wird und Ivanhoe mit der wahren Heldin desselben der
lieblichen Jüdin Rebecca, anstatt mit der frostigen Rowena
vereinigt. Sein eigentliches Ziel ist aber doch, das Falsche, das
Lächerliche in unserer glorifizierenden Vor- und Darstellung des
romantischen Zeitalters zum Bewußtsein zu bringen. Wir feiern
die Tapferkeit der Ritter; auch Thackeray thut das, vergißt aber
nicht zu zeigen, wieviel Roheit dazu gehörte, um auf diese Art
tapfer sein zu können. Wir schildern die Ritter wie ohne Furcht,

so ohne Tadel; Thackeray giebt zu bedenken, daß in jenen bar-
barischen Zeiten der brutale Egoismus, Hinterlist und Verräterei
viel stärker vertreten gewesen sein werden als Edelmut und loyales
Handeln. Wir verherrlichen die Treue einer- und die Gerechtigkeit
und Milde andererseits in dem Verhältnis von Knecht und Ge-
bieter, von Vasall und Lehnsherr; Thackeray zeigt uns hündisches
Kriechen auf der einen, Undankbarkeit für geleistete Dienste,
schrankenlose Tyrannei auf der anderen Seite. Wir lieben es,
die Heldinnen solcher Dichtungen ebenso zart und treu und rein
wie stark und hochgemut geschildert zu sehen; Thackeray meint,
daß eine so geartete Dame wie Lady Rowena eine recht unbe-
queme Ehehälfte für einen Mann wie Ivanhoe gewesen sein, ihm
das Leben mit ihrer Herrschsucht und Eifersucht verbittert haben
muß. Es gehört mit zur Zeitfarbe jenes kriegerischen Alters, daß
bei jeder Gelegenheit zum Schwert gegriffen und wütend gekämpft, und daß die Helden Unglaubliches in der Menschen-Ver-
nichtung leisten; Thackeray läßt sie noch wütender kämpfen, noch
unglaublicher morden, und nimmt damit auch dem harmlosesten
Leser jeden Zweifel daran, daß diese ewigen Kampfgeschichten zu
unserer geistigen Erbauung wenig beitragen können. Das Wunder ist des Glaubens liebstes Kind; und da die Wiedererweckung
jener Zeit im Geiste des Dichters und Lesers reine Glaubens-
sache ist, so ist es leicht erklärlich, daß bei jenem Prozeß eine
Menge Wunder mitunterlaufen. Da wird z. B. der Held als
tot auf dem Kampfplatze gelassen und tritt nach Jahren wieder
unter die Lebenden, als wenn gar nichts gewesen wäre. Kurz
vor dem Erlöschen des Lebensflämmchens hat sich noch rechtzeitig
ein Menschenfreund eingefunden, der die enormen Wunden alle
verbunden und geheilt hat vermöge — seiner ganz besonderen
chirurgischen Kenntnisse? — Die Chirurgie lag damals noch sehr
in den Windeln! — also wohl vermöge der wunderbar guten
Heilhaut, welche die damaligen Menschen besessen haben müssen.
Das Wunder des Wiederauflebens eines Menschen, der eigentlich,
wenn es mit rechten Dingen zuginge, dauernd gestorben sein

müßte, gebraucht Thackeray auch; er gebraucht es aber öfters und rüttelt damit an der Einfalt unseres Glaubens.

Wer „Rebecca und Rowena" gelesen hat, dem dürfte es schwer werden, an dem Standpunkte der Dichter romantisch-historischer Romane und ihrer Gläubigen festzuhalten. Er dürfte sich zu der Ansicht bekehren, daß Shakspere das Richtige getroffen hat, wenn er im „König Johann" jene Zeit als unter der wüsten Herrschaft der Selbstsucht, in der Knechtschaft der Leidenschaften stehend dargestellt hat. — „Rebecca und Rowena" ist eine der besten Parodien, die je geschrieben sind.

Wenn wir an die entsprechenden, z. T. unvergänglichen Leistungen Dickens' denken, nehmen wir die sogenannten „Weihnachtsbücher" von Thackeray mit Spannung zur Hand. „The Kickleburys on the Rhine" heißt eins von ihnen. — Was würden wir wohl von einem Buche erwarten, das den vielversprechenden Titel: „Die Kackelburgs in Italien" führte? Wir würden, meine ich, eine humoristische Erzählung vor uns zu haben glauben von einer Kleinstädter-Familie, die zum ersten Male ins Ausland geht, von der ganz besonderen Art, wie sich in ihren Köpfen diese nie gesehene Welt von Schönheit malt, von dem eigentümlichen Gebrauch, den sie von den Sehenswürdigkeiten machen u. s. w. So werden um Weihnachten 1850 auch die Londoner litterarischen Kreise, unter ihnen der „Times"-Kritiker, nach dem Buche gegriffen haben in der Erwartung, einen ganz auserlesenen Zeitvertreib für die Feiertage sich zu verschaffen. Niemand kann sich daher über den Zorn des letzteren wundern, der in der That nicht größer war als die Enttäuschung, welche der berühmte Verfasser von „Vanity Fair" der Welt mit diesem Buche bereitet hatte, an dem wirklich nur der Titel gut ist und auch nur darum hat gut werden können, weil er mit Inhalt sehr wenig zu thun hat. Da ist ja wohl eine dicke alte Lady Kicklebury, die für ihre unverheiratete Tochter nach Lordssöhnen angelt; deren verheiratete Tochter, die ihren bürgerlichen, aber selbstverständlich sehr reichen Gatten tyrannisiert; ihre jüngste Tochter, die einem hübschen Dragoner-Lieutenant die Hand reicht, nachdem sie tags zuvor Mr. Titmarsch gegenüber, ihn zu hassen, erklärt hat — alle diese alten, abgedroschenen Materialien, von denen die Thackerayscho Welteinsicht soviel Aufhebens macht! Aber diese Geschichte ist nur so eben abgerissen; von zusammenhängender Erzählung, Charakterschilderung keine Rede. Im Vordergrunde steht vielmehr die Reise des Herrn Titmarsh-Thackeray an den Rhein und seine interessant sein sollende, aber sehr langweilige und ebenfalls nur so abgerissene Beschreibung derselben. Ein elend zusammengeschriebenes, dürftiges Zeug, aus dem sich mit voller Sicherheit ergiebt, daß der Verfasser selbst gar nicht gewußt hat, was er hat schreiben wollen, als er sich zum Schreiben niedersetzte. Der „Times"-Kritiker hat nicht undeutlich seine Ansicht darüber ausgesprochen, daß Thackeray mit seinem Namen zweifelhafte Geschäfte machte und den Leuten Geld aus der Tasche lockte, das ihm von Rechts wegen nicht gebührte.

Da das Setzen nicht umsonst geschieht und selbst die Druckerschwärze Geld kostet, so darf ich über die anderen Thackerayschen „Weihnachtshefte" — es sind immer nur 2—3 Bogen — mich nur sehr kurz fassen. „Perkins's Ball" ist keine Geschichte, dagegen als Text zu den sehr hübschen Karikaturen, die freilich erst wieder zur Illustration dieses Textes, also nach ihm geschaffen wurden, nicht übel. In „Our Street" würde unsere Lebenskenntnis, wenn sie noch sehr jugendlich sein sollte, durch die nicht zu unterschätzende Gewißheit erweitert werden, daß in e i n e r Straße mitunter ganz verschiedenartige Menschen zusammenwohnen. „Mr. Birch and his Young Friends" sind abgerissene Schul-Reminiszenzen, bei denen man nach irgend einer poetischen Tendenz oder auch nur nach einer Pointe vergeblich sucht. Es ist eben hier überall so etwas zusammengeschrieben. — So sind denn Thackerays „Weihnachtsbücher" ebenso viele — nun, sagen wir —

Enttäuschungen des Publikums. — Betrachten wir nun einige
der wertvolleren kleineren Erzählungen*).

Wo Kraft vorhanden ist, sagt Thackeray uns in seinen
Dichtungen, ist damit ein natürlicher Trieb zu bösen Thaten verbunden. Er findet Kraft und Trieb am meisten vertreten in dem
wohllebenden, geld- und einflußreichen englischen Adel. Einen
Menschen, der nicht in blöder Selbstanbetung befangen wäre,
der nicht jeder Bosheit und jeder Brutalität im Kampfe gegen
seine Mitmenschen fähig wäre; einen Menschen, der in seinem
Leben ein höheres Ziel erstrebte als die ausgiebigste Befriedigung
seiner sämtlichen körperlichen Bedürfnisse, giebt es unter seinem
Adel nur als Ausnahme. Von dem Haß, den er gegen Welt
und Menschen, wie sie ihm erscheinen, hegt, scheint der gewichtigste Teil auf den Adel zu entfallen. Wenigstens hat er eine
Anzahl seiner Schriften als Satire auf diesen Stand geschrieben, z. B. gleich die erste, welche in London Aufsehen erregte,
„Die Memoiren des Mr. Charles J. Yellowplush".

Mr. Deuceace, der jüngere Sohn des Earl of Crabs, ist
Londoner Barrister, natürlich, wie manche dieses Titels, ohne
jede Rechtspraxis, und ausschließlich den mannigfachen Lebens-
genüssen hingegeben. Er bezieht von seinem Vater ein sehr geringes nominelles Jahrgeld, das dieser ihm indessen nur selten
bezahlt. Die Kosten seines teuren Lebens bestreitet er z. T. aus
Spielgewinsten, wie der bedeutungsvolle Name schon anzeigt,
vorzugsweise aber aus geborgtem Gelde. Im Beginne der Erzählung macht Deuceace einen bedeutenden Coup, indem er im
Bunde mit einem anderen falschen Spieler einem jungen, unerfahrenen Menschen sein ganzes Vermögen raubt. Er denkt nicht
daran, dem Genossen den halben Beute-Anteil herauszugeben, und
geht nach Paris, um dort das Leben eines vollendeten Gentleman
zu führen und seine Netze nach einer reichen Partie auszuwerfen.

---

*) Auch die im vorigen Kapitel behandelte „Shabby Genteel
Story" gehört dazu.

Eine junge Engländerin und ihre Stiefmutter, die kürzlich aus
Indien mit einer großen Erbschaft zurückgekehrt sind, fallen ihm
in den Wurf. Die Mutter ist noch jung und von stolzer, wenn
auch kalter Schönheit; die Tochter häßlich, verwachsen und krankhaft sentimental. Unter normalen Verhältnissen würde es nicht
zweifelhaft sein, wohin seine Wahl fallen müßte. Für Mr.
Deuceace kommt es aber allein darauf an, wer von beiden die
Universalerbin des verstorbenen Nabob ist. Inzwischen kommt der
Earl of Crabs, der von dem unsauberen Geschäft seines Sohnes in den Zeitungen gelesen hat, nach Paris, um diesem
1000 £ von der Beute abzujagen, und wird von seinem edlen
Sprößling mit Hohn abgewiesen. Der Vater bleibt mit der Absicht, sich an seinem Sohne zu rächen, und läßt sich zu diesem
Zwecke in das Haus der beiden Damen einführen, deren volles
Vertrauen er durch seinen hohen Stand, seine feine Bonhomie,
die sich sogar einen Anstrich von Sentimentalität zu geben weiß,
sofort gewinnt. Mr. Deuceace erfährt schließlich, daß die Tochter
nach dem Tode der Stiefmutter Universalerbin wird und verlobt
sich schleunigst mit ihr; sein Vater erfährt mehr: nämlich daß die
Heirat der Tochter nur mit Genehmigung der Mutter erfolgen
darf, widrigenfalls die erstere jeden Anspruch an das Vermögen
verliert. Die Mutter ist über die Untreue ihres früheren An-
beters erbittert und wird ihre Genehmigung zu der Heirat niemals geben. Der Vater verbündet sich mit dieser Dame zu ge-
meinsamer Rache: sie läßt Mr. Deuceace von einem anderen
Verehrer im Duell zum Krüppel schießen; er veranlaßt sie, dem
Sohne seine 4000 £ abzunehmen, indem sie sämtliche Forderungen
seiner Londoner Gläubiger aufkauft; dann, als dieser aller Mittel
beraubt ist, ist er behilflich, die Heirat zustande zu bringen, heiratet selbst die Mutter und teilt seinem Sohne dann im Tone
der ausgelassensten Freude mit, welchen vorzüglichen Streich er
ihm gespielt habe. Deuceace hat die häßliche, ihm äußerst un-
sympathische Tochter ohne einen Pfennig, der alte Earl of Crabs
die durch die ungenehmigte Heirat der Tochter zur Universalerbin

gewordene junge, schöne Mutter. Der Vater, als der geriebenere
siegreiche Schurke, lacht den übertölpelten Sohn herzlich aus und
wirft ihn als Bettler vor die Thür. Thackeray hat sich dieses Mal
noch nicht genug gethan, indem er hier, wie öfters, jede sonst üb-
liche menschliche Empfindung in dem Verhältnis eines adligen Vaters zu seinem Sohne austilgt; seine satirische Übertreibung geht
noch weiter. Wenn der alte Teufel mit seiner Teufelin im Bois de
Boulogne spazieren fährt, läßt er sie in sentimentalen Naturbe-
trachtungen sich ergehen d. h. sich gegenseitig Komödie vorspielen, wo
die Abwesenheit von Zuschauern es überflüssig macht; und wenn sie
an der Bank vorbeifahren, wo Deuceace in tief heruntergekommener
Verfassung mit seiner bedauernswerten Frau sitzt, läßt er den Vater
und die Mutter über das Elend ihrer Kinder in ein schallendes,
unauslöschliches Gelächter ausbrechen. — Hier hört die Satire
wieder auf, und der pessimistische Wahnwitz beginnt.

Eine Verbindung des Adels mit bürgerlichen Kreisen gilt
nach Thackeray für im höchsten Grade verwerflich, dann aber für
erlaubt und geboten, wenn ein großes Vermögen damit erworben werden kann, wobei die persönlichen Qualitäten des oder
der Betreffenden absolut gleichgültig sind. Der Diener Yellowplush, der seine Diensterlebnisse in hohen Häusern in seiner
eigenen Orthographie erzählt, wird, von kleinen Anfängen aus-
gehend, allmählich ein ganz bedeutender Börsen-Jobber, infolgedessen der Earl of Bareacres ohne Bedenken seine schöne Tochter
mit ihm verlobt — und auch verheiratet hätte, wenn sie sich diesem
Schimpf nicht durch die Flucht entzogen hätte. — Die Bürgerlichen verdienen die Verachtung, welche der Adel ihnen spendet,
aufs reichlichste: „Wir lassen uns gern beschimpfen von Adligen —
es zeigt, daß sie mit uns intim bekannt sind. Lieber Gott! ich
habe manchen Mann in der Stadt gekannt, der sich lieber Fuß-
tritte von einem Lord geben lassen würde, ehe er von ihm unbeachtet bliebe.“ *) Oder: „Wenn Satan selbst ein Lord wäre, so

---

*) Dieser Ausspruch kehrt merkwürdigerweise wortgetreu in „Barry
Lindon“ wieder.

glaube ich, es giebt viele tugendhafte englische Mütter, die froh
sein würden, ihn zum Schwiegersohn zu haben."

---

Die „Bedford Verschwörung" giebt einen interessanten,
selbstverständlich nicht ansprechenden Einblick in das politische
Leben in England. Es ist vieles wahr und sprechend in dem Bilde,
und wie und immer, einiges übertrieben. Thackeray unterhält
uns von den komischen Konflikten, welche stattfinden müssen, wenn
der Adel genötigt ist, neben seinen erbittertsten Feinden, den Radikalen, in höchst vulgären Kreisen zu verkehren, um die nächste
Wahl sicherzustellen; von der unbeschreiblichen Wut der stolzesten
adligen Dame, die je aus Bürgerkreisen stammte, wenn sie einem
simplen Advokaten oder gar einem Ritter von Elle die Hand
zum Tanze reichen muß, um dem Familienoberhaupt die betreffende Stimme zu gewinnen; von dem Abscheu, mit dem eine
Ritterfamilie sich von dem Genusse radikalen Wildprets abwenden,
und von den „fluchwürdigen" Ungenießbarkeit, mit der radikale
Zungen adligen Champagner kennzeichnen werden. Das wird
im englischen Leben wohl so sein, wie Thackeray es hier geschildert hat. Wir glauben auch an die äußersten Anstrengungen,
die ein Ritter machen wird, um zur Peers-Würde emporzusteigen,
in einem Lande, wo persönliches Verdienst weit weniger als bei
uns, Geld und Titel und Rang dagegen eigentlich alles gelten.
Ob aber die Geschäfte, welche zwischen den Strebern und den
Männern am Ruder abgeschlossen werden, für gewöhnlich so un-
sauberer Art sind wie hier, dürfen wir füglich bezweifeln, zumal
doch die sittlichen Anschauungen jenseits des Kanals nach einer gewissen Richtung hin als anerkennenswert rigoristische bekannt sind.
Sir George Gorgon, toryistisches Parlaments-Mitglied, will Peer
werden; der betreffende Regierungs-Unterhändler stellt ihm die
Bedingung, seinen Mitbürger, den Radikalen Scully, zu seiner
Partei hinüberzuziehen: das gelingt durch seine Frau, die, so
sittenstreng sie thatsächlich ist, im Einverständnisse mit dem Gatten

dem Plebejer, ihrem Jugend-Geliebten, den Hof macht und zugleich Hoffnung giebt auf eine schließliche Vereinigung mit ihm,
die durch die erheuchelte Kränklichkeit ihres Mannes einen festen
Boden erhält. Als nun der ausgemachte Preis fällig ist, wird
die Regierung gestürzt: der Radikale Mr. Scully ist Tory geworden, und der Tory Sir George tritt aus Ärger der radikalen
Partei bei. Die Erzählung ist hübsch geführt, die Charaktere,
wie gewöhnlich, scharf gezeichnet, die Wirkung des Ganzen noch
erhöht durch eine Reihe von köstlichen komischen Szenen, es wäre
nichts an der Novelle auszusetzen, wenn der sachliche Gehalt ein
verständigerer wäre. Wer glaubt dem Verfasser, wenn er uns
versichert, daß man um eines Titels willen in England die tiefst-
gewurzelten sittlichen und politischen Anschauungen mit größter
Leichtigkeit preisgiebt!

Die bedeutendste unter den kleineren Erzählungen ist zweifellos die „History of Samuel Titmarsh and the Great
Hoggarty Diamond“, welche 1841 erschien. Sie steht unter
den früheren und weniger umfangreichen Erzählungen so da, wie
„Henry Esmond“ unter den späteren. Beide zeichnen sich aus
durch die Wärme des Tones und die fast vollkommene Abwesenheit
jener misanthropischen Tendenz, die für die Dauer wirklich äußerst
ermüdend ist. Thackeray schrieb die Novelle, als er von dem
Verlust seiner geliebten Frau aufs tiefste niedergedrückt war, und
die Moral giebt er wohl unzweifelhaft in der Überschrift eines
der letzten Kapitel, „in welchem gezeigt wird, daß ein gutes Weib
der beste Diamant ist, den ein Mann an seinem Busen tragen
kann“.

Es ist eine frische, lebendige Ich-Erzählung von einheitlich
festgehaltenem Tone, der durchaus der Lebensstellung und -an-
schauung des Erzählenden entsprechend ist, welcher, ein Provinziale
und ein junger Kommis, auf seine Kosten und mit empfindlichen
Schmerzen seine Erfahrungen im weltstädtischen Leben sammelt.

Ein kostbares Kleinod in Gestalt einer großen Busennadel, die er von seiner Tante geschenkt bekommt, ist die Ursache seiner schnellen Erhöhung und seines schweren Falles. Sie bringt ihn mit einer absonderlichen alten Dame aus höheren Kreisen in Berührung, die in ihm einen entfernten Verwandten gefunden haben will; sie macht seinen Prinzipal, den schwindelhaften Direktor einer Versicherungs-Aktien-Gesellschaft darauf aufmerksam, daß er reiche Verwandten neben seinen hohen Konnexionen hat. Nun wird er von Mr. Brough, der durch ihn gerne das Vermögen seiner Verwandten und vornehmen Bekannten seinem Gesellschafts-Kapital einverleiben möchte, protegiert, in die Gesellschaft eingeführt und zu Ausgaben veranlaßt, die seine Mittel weit übersteigen und ihn bei dem Zusammenbruche der Bank zum Insassen des Fleet-Gefängnisses machen. Das Unglück bricht über ihn herein, als seine junge Frau auf dem Punkte ist, ihm das erste Kind zu schenken. Abweichend von den sonstigen Darstellungen Thackerays findet das Pärchen gute Leute, die sich ihrer in dieser Not annehmen; und die kleine Frau, die ein sehr liebevolles Herz hat, befreit ihren geliebten Samuel von allen Sorgen durch einen eigentümlichen, selbstverleugnenden Schritt, den wir hier nicht näher bezeichnen wollen. Die Geschichte endet doch noch glücklich. Die guten jungen Leutchen werden nach ihren herben Erfahrungen ihren bescheidenen Wünschen entsprechend versorgt, können sich und ihren Kindern leben und werden schließlich noch wohlhabend.

Samuel Titmarsh hat die Geschichte so beschrieben, wie er sie seinen Verwandten in Somersetshire gewiß öfters erzählt hat: in dem einfachen, treuherzigen Tone, dem derben Humor und mit den Provinzialismen, die ihm eigen sind. Umschweife und Verzierungen giebt es bei ihm nicht, er geht immer gerade auf sein Ziel los, giebt jedem Ding seinen wahren Namen; und von seinem braven, tapferen Herzen, das ihm immer auf dem rechten Flecke sitzt, macht er wenig Aufhebens; er fühlt sie tief genug, die Scham, für einen Helfershelfer Broughs gehalten zu werden, den Kummer um sein zartes, lächelnd duldendes Frauchen: aber

er redet nicht viel davon — wie hat ein City-Clerk Zeit, in Ge-
fühlen zu schwelgen! — Diese verhaltene Art des Vortrages, die
freilich hier in dem Unvermögen des Erzählers ihren scheinbaren
Grund hat, hat mich öfters an Kleists Novellen erinnert: und
darin beruht auch die Stärke der Wirkung, welche diese stellenweise tiefrührende, immer anmutende und durch und durch erwär-
mende Erzählung hervorruft. Andererseits läßt uns die knappe,
drastische Darstellung komischer Vorfälle häufig laut auflachen;
wie z. B. die folgende Stelle: — Wenn Titmarsh mit seinem
trefflichen Freunde Hoskins aus dem Kontor kommt, pflegt seine
Marie ihnen entgegenzugehen —

„Einmal kamen wir gerade herzu, wie ein Untier von einem
Kerl mit hohen Absätzen und einem Stock mit goldenem Knopf
und einem ganzen Gesicht voll Bart unter Mariens Hut grinste
und auf sie einschwatzte — es war dicht an Day & Martins'
Wichs-Fabrik (sie war damals nicht halb so'n stattliches Ding
wie jetzt) — da stand der Kerl schwatzend und liebäugelnd, daß
es eine Art hatte — und wer sollte denn nun anders dazukommen
als Gus *) und ich? Und hast du nicht gesehen, fand sich der
gute Herr beim Rockkragen gefaßt und zappelnd unter einem
Droschkenstande, wo alle Fuhrleute ihn anwieherten. Das Beste
bei der Geschichte war nämlich, er ließ seinen Kopf von Haaren
und Bart in meiner Hand; aber Marie sagte: „Thu' ihm doch
nichts, Samuel; es ist ja bloß ein Franzose." Und da gaben
wir ihm denn seine Perücke zurück, die einer der grinsenden
Stalljungen aufsetzte und so zu ihm hintrug, wie er zwischen dem
Stroh lag. Er kreischte so was wie „arrêtez" und „Français"
und „champ-d'honneur"; aber wir gingen weiter, und Gus legte
seinen Daumen an die Nase und streckte seine Finger nach den
Herrn Franzosen aus. Darüber lachten alle; und so endete das
Abenteuer."

Man thut im allgemeinen Unrecht, Thackeray zu den Hu-

---

*) Gustav.

moriften zu zählen; er ist vielmehr ein reiner Satiriker und daneben zu Zeiten Sentimentalist. Daß er aber die Gabe des
Humors besessen hat, zeigt unter anderm diese Erzählung, die an
vielen Stellen an Reuter erinnert. Er hat hier uns gezeigt,
was er hätte erreichen können, wenn er an Stelle des überlegten
Menschenhasses einer versöhnten Betrachtung der Erdendinge, wie
sie hier erscheint, durchgehend hätte Raum geben können. Es ist
ein Meisterwerk, das er in dieser versöhnten Stimmung geschaffen hat.

---

Eine amüsante kleine Geschichte ist „Lovel der Witwer".
Schon der Titel enthält einen Scherz, den der Dichter sich mit
dem Leser macht. Lovel, der uns als Held vorgestellt wird, ist ein
Held in der Passivität; er entwickelt eine wirklich heroische That-
losigkeit und Leidensfähigkeit und weicht zu jeder Zeit und auf
allen Punkten siegreich zurück, bis er von den Umständen so in
die Enge getrieben wird, daß er sich in dem Heldentum des Leidens nicht länger halten kann, der Macht des stärkeren Schicksals
weicht und — eine That begeht. Anfangs durchschauen wir die
Absicht des Dichters nicht recht, da drängt sich ein alter Junggeselle in den Vordergrund mit dem passenden Namen Mr. Batchelor*), der uns in der geschwätzigen Art solcher Leute von allem
Möglichen erzählt, von seinen einfachen Lebens-Schicksalen, seiner
einzigen unbelohnten Leidenschaft, den Leuten, bei denen er gewohnt, mit denen er verkehrt hat. Unter den letzteren ist auch
ein Mr. Lovel, dem kürzlich seine Frau gestorben ist, der dadurch
in die erfreuliche Lage versetzt worden ist, nach jahrelanger Unter-
brechung seine Freunde wieder bei sich bewirten zu können und
dem ältesten von ihnen, Mr. Batchelor, zuallererst eine Einladung sendet. Nun muß er uns auch von dem etwas erzählen:
Mr. Lovel hat nicht umhin gekonnt, ein großes Vermögen zu

---

*) Bachelor heißt „Junggeselle".

erben; es ist ihm nichts anderes übrig geblieben, als sich von
einer Frau heiraten zu lassen, die zwar arm an Geld, aber reich
an Willen und von der Fähigkeit gewesen ist, einem ganzen Haus-
halte einschließlich des Hausherrn mit Nachdruck vorzustehen;
diese Frau ist gestorben und hat Mr. Lovel mit einer Anzahl von
Kindern ratlos zurückgelassen. Das ist der ganze Unterhaltungs-
stoff, den das Leben des Mr. Lovel uns zu bieten vermag; nun
wird es wohl ereignisreicher werden, denn weshalb sollte sonst
Mr. Batchelor seinen Besuch bei ihm zum Gegenstande seiner
Erzählung machen?

In dem Hause des Mr. Lovel spielt nach dem Tode seiner
Frau ein Fräulein Elisabeth Prior eine hervorragende Rolle, es
ist die Bonne der Kinder, eine alte Schutzbefohlene des Mr.
Batchelor, die auf seine Empfehlung von seinem Freunde engagiert
worden ist. Sie ist in dem Hause eine Macht geworden durch
ihr ruhig verständiges, freundliches und rücksichtsvolles Wesen:
die Kinder lieben sie, die Dienstboten wetteifern im Gehorsam
gegen sie, Mr. Lovel — nun, der wird seine Gefühle nicht ver-
raten; und selbst die beiden Drachen, die nach dem Tode der
Mrs. Lovel um die Herrschaft kämpfen, Lovels Mutter und
Schwiegermutter, haben sie jede für sich ganz besonders in ihre
respektiven Herzen geschlossen. Aber die hübsche Bonne weiß noch
ganz andere Gefühle zu erregen als Freundschaft und Verehrung.
Da ist der junge Kellermeister, der ist „ganz wild auf sie", ganze
Nächte verbringt er in orthographischen und anderen Studien,
um sich zu dem würdigen Gatten einer so gebildeten Dienerin
emporzuarbeiten. Da ist der stattliche und wohlgestellte Apotheker
von Putney, der jeden Augenblick bereit ist, sie zum Altare zu
führen. Captain Baker, Lovels Schwager, findet sie „verdammt
hübsch" und möchte sie besitzen, wenn auch nicht heiraten. Dagegen legt der alte Mr. Batchelor, dessen Herz zum zweiten Male
tief von dem Liebespfeile verwundet wird, ihr ohne Zögern seine
Person und sein kleines Vermögen zu Füßen. Und Mr. Lovel?
— Stumm wie das Grab.

Elisabeth benimmt sich in diesem embarras de richesses von Verehrern verständig und gewandt wie immer; eine gewisse Herzenskälte, ihre Unsinnlichkeit hilft ihr, das Richtige zu treffen. Für sie, die Arme, Hilflose, kommt es viel weniger auf feurige Liebe als auf eine sichere Lebensstellung an. So ist der Kapitän von vornherein ausgeschlossen. Hätte sie zwischen dem Kellermeister und Mr. Batchelor zu wählen, würde sie den letzteren vorziehen, der doch nun wieder nicht in Frage kommen kann neben dem jungen und hübschen und wohlhabenden Apotheker. Auch dieser würde sicher den Korb erhalten, wenn Mr. Lovel vielleicht — aber der würde sich gewiß lieber den Kopf abnehmen lassen, ehe er etwas thäte, das einer seiner beiden Mütter nicht angenehm wäre. Demgemäß verfährt sie nun: der eroberungslustige Kapitän erhält eine Ohrfeige, der liebeskranke Kellermeister menschenfreundliche Trostworte; Mr. Batchelor wird sie immer wie einen Vater verehren und den Apotheker heiraten.

Was treibt denn nun in dieser allgemeinen Aufregung, die unter der anscheinend ruhigen Oberfläche des Familienlebens gärt, Mr. Lovel, der Held? Es ist Mr. Lovels Haupt-Charaktereigenschaft, niemals zu Hause zu sein, auch nicht in seiner eigenen Familie, am wenigsten aber als Held dieser Geschichte. Mr. Lovel steht des Morgens zu festgesetzter Stunde auf, frühstückt, fährt nach London ins Geschäft, kehrt zum Dinner zurück, trinkt seinen Wein darauf und schläft nachts vortrefflich. Das ist, was er thut; alles übrige läßt er thun. Er läßt sich von Verwandten und Freunden seine lukullischen Mahlzeiten wegessen, seine besten Weine forttrinken; er hört ruhig mit an, wie sie in lebhaften Debatten über Krieg und Frieden und andere Fragen des Staats- und Familienlebens entscheiden: er regt sich nicht im geringsten darüber auf, wenn seine beiden Mütter sich mörderische Schlachten um die Herrschaft über ihn liefern, und läßt Elisabeth ihr mildes und unbemerktes Regiment führen — das vielleicht mit seiner ganz besonderen geheimen Zustimmung. Da er weder im Guten noch im Bösen etwas von sich giebt, keine Lust oder

Unluſt zeigt, ſo müſſen wir ihm wohl zutrauen, daß er ein ſtill-
vergnügtes Daſein führt.

Die arme Eliſabeth iſt troß ihrer Herrſchaft über Herrſchaft
und Geſinde, über Männer- und Frauenherzen nicht glücklich: in
einem geheimen Kämmerchen ihres Bewußtſeins hat ſie ein Skelett
verborgen, das ihr ſeit der Anweſenheit des Kapitän Bater ſchwere
Unruhe verurſacht. In jungen Jahren iſt ſie gezwungen geweſen,
für ihre Eltern und Geſchwiſter Brot zu erwerben durch ihre Tanz-
kunſt, und Mr. Bater hat ſie hinter den Couliſſen kennen gelernt.
Was hilft ihr alle perſönliche Tugendhaftigkeit, wenn ſie in einem
unehrlichen Gewerbe thätig geweſen iſt? — und wird Mr. Bater in ſeiner gewohnheitsmäßigen Trunkenheit fähig ſein, ihr
Geheimnis zu bewahren? wird er es bewahren wollen nach der
Ohrfeige, die er ſich verdientermaßen zugezogen hat? — Das
Befürchtete geſchieht: ſie wird bloßgeſtellt als eine Betrügerin —
denn was iſt eine Ballettänzerin, die ſich in eine ehrbare
Familie einſchleicht, anders? Der ſtattliche, wohlgeſtellte Apo-
theker tritt von ihr zurück aus Rückſicht auf die Frauen ſeiner
Familie; die beiden Mütter, die hier zum erſten und einzigen
Male einig werden, befehlen ihr, augenblicklich das von ihrer
Gegenwart beſudelte Haus zu räumen. Mr. Lovel iſt, wie gewöhnlich, nicht zu Hauſe; er kehrt gerade zurück, als Eliſabeth
unter den lebhaften Schmerzens-Aeußerungen der Kinder und
Dienſtboten im Begriff iſt abzuziehen. Er fragt nach der Urſache
des Lärmes, erfährt ſie: da geſchieht das Unerhörte, daß eine
unglaubliche Wut ihn erfaßt — Wut um den Verluſt Eliſabeths,
für die alſo auch in ſeinem kleinen, ſtillen Herzen eine verhältnismäßig gewaltige Flamme ſich entzündet haben muß; er donnert
ſeine beiden Mütter an, eher würden ſie das Haus verlaſſen,
ehe Eliſabeth ginge; ſie würde bleiben und, um allem böſen
Gerede die Spiße abzubrechen, als ſeine Frau — wenn ſie wolle.
Und Eliſabeth — will.

Die Erzählung iſt in einem launigen, abſpringenden Plau-
dertone geführt und mit allerhand Schnörkeln und Arabesken, in

denen die Lebensphilosophie, die Selbstbespiegelung, der Witz und
Humor des Erzählers sich gehen läßt, reichlich verziert. Wir
empfinden dieses Beiwerk in diesem Falle nicht als beschwerend
es ist ja eben ein absonderlicher, altmodischer Hagestolz, der zu
uns spricht, und die Art, wie er sich uns gegenüber als Erzähler
giebt, gehört mit zu der Schilderung seines Charakters. Mr.
Batchelor ist so eine Art von philosophe sous le toit, eine bescheidene, behagliche Existenz, die sich von jenem Helden Souve-
stres durch eine Thackerahsche Ader von Satire und Selbstgefällig-
keit unterscheidet. Seine Beobachtungen über Welt und Menschen
dünken ihn eine überlegene Weisheit; aber sie erscheinen ihm nur
so, der Leser findet es ganz natürlich, daß seine Philosophie bei
der ersten Gelegenheit, die sich für ihre praktische Bethätigung
bietet, unterliegt. Sämtliche Charaktere sind auf dem verhältnismäßig beschränkten Raume mit großer Schärfe und Frische gezeichnet. Die Handlung ist im letzten Teile voll Leben und Interesse. So gehört diese Erzählung mit „dem großen Hoggarth
Diamanten" zu dem Liebenswürdigsten und Herzerfreuendsten,
das Thackeray geschaffen hat.

---

Zu den kleineren Dichtungen müssen wir auch den einbän-
digen Roman „Die Memoiren Barry Lindons" rechnen,
der ebenfalls den „Miscellanies" einverleibt ist. Er gehört, wie
die Biographie zeigt, zu den frühesten Dichtungen Thackerays
und hatte das Unglück, trotz seiner Vortrefflichkeit bei seinem
ersten Erscheinen unbeachtet zu bleiben.

Der Held des Romans, welcher im letzten Drittel des vorigen
Jahrhunderts spielt, stammt aus einer adeligen irischen Familie.
Gänzlich verarmt, läßt er sich im siebenjährigen Kriege anwerben
und kämpft zuerst unter englischer Fahne, beraubt dann einen englischen Offizier seines Geldes und seiner Papiere und entflieht;
wird von Friedrichs Werbeoffizieren aufgegriffen, fristet in preu-
ßischen Diensten sein Leben als Polizei-Spion; trifft in Berlin

seinen Onkel Ballibarry, der die europäischen Höfe als professioneller Spieler unsicher macht; desertiert nochmals und wird dessen Helfershelfer im Spielhandwerk.

Dieses letztere — und das wirft ein Licht auf den Ton der Darstellung — wird von dem Helden ohne Scherz als ein hoher Beruf geschildert, zu dessen Ausübung eine vollkommene Beherrschung aristokratischer Lebensformen, ein gewandter Geist, eine unerschütterliche Selbstbeherrschung und Geistesgegenwart gehören, und ein wahrhaft heroischer Mut, nicht bloß gegenüber den vielfach kolossalen Verlust-Chancen, sondern auch in den häufigen Lebensgefahren, die das Spiel mit sich bringt: denn jeder wahrhaft noble Spieler muß jeden Augenblick bereit sein, sobald man ihm hinter die Schliche kommt, jede Beleidigung, jedes verleumderische Wort mit Schwert und Kugeln niederzuschlagen. Nachdem der Held ein Dutzend und mehr seiner Beleidiger im Duell erlegt hat, erlangt er durch ganz Europa ein Renommee, das seine Nichtswürdigkeit vor Bestrafung sichert.

Indessen kein Beruf gewährt eine bessere Illustration des πάντα ῥεῖ alles Irdischen als der des Spielers. Barry Lindon möchte den täglichen Wechsel zwischen Reichtum und Armut lieber in verlangsamtem Tempo sich vollziehen sehen und strebt nach der Verbindung mit einer reichen Erbin, zu der ihm seine durchaus aufgeklärten Anschauungen über das Wesen der Liebe und den Zweck der Ehe behilflich sein werden. Am Hofe eines deutschen Kleinstaates findet er, was er sucht; die reichste Dame des deutschen Reiches befindet sich unter der Obhut der Erbprinzessin, und mit großer Konsequenz und Energie macht er sich an die Ausführung seiner Absicht. Den Abscheu zu überwinden, den reine Mädchen vor notorischen Wüstlingen zu haben pflegen, ihre Liebe zu gewinnen, wäre ein sehr langwieriger und unsicherer Weg. Worauf es bei der Verheiratung einer Hofdame allein ankommt, ist der Wille ihres Fürsten, der also gewonnen werden muß. Der Wille des Herzogs ist aber der Wille zweier Damen an seinem Hofe: seiner Mätresse und seiner Schwiegertochter, der Erbprin-

zeſſin. Die erſtere iſt leicht erkauft durch ihre Beteiligung am
Spielgewinn jedes Mal, wenn die Bank Barrys in ihrem Salon
aufgelegt wird. Die zweite Eroberung iſt ſchwieriger, da die
Prinzeſſin den Abenteurer „mit den Manieren eines Stallknechtes"
haßt: der Weg zu ihr führt über ihren Liebhaber, den ſie nach
reiflicher, vielſeitiger Erwägung zum Gemahl jener Erbin beſtimmt hat. Der junge Mann wird im Spiel ruiniert und vor
offener Schande nur durch das Verſprechen bewahrt, jeden An-
ſpruch auf die Erbin aufzugeben und bei der Prinzeſſin auf deren
Verbindung mit Barry hinzuwirken, der außerdem ein corpus
delicti in Händen hält, das geeignet iſt, ihre Verwendung zu
einem Befehl zu geſtalten. Unter den bei Barry von jenem Unglücklichen verpfändeten Juwelen findet ſich nämlich auch ein koſt-
barer Stein, den der Erbprinz einſt ſeiner Gemahlin geſchenkt
hat, und den dieſe ihrem verſchwenderiſchen Galan auszuliefern
gezwungen geweſen iſt. So wird denn der gute alte Herzog in
kurzem den keinen Widerſpruch geſtattenden Wunſch ausſprechen,
der Barry zum Kröſus macht — als das dem armen Edelfräu-
lein unentrinnbar geſtellte Netz von anderer Seite zerriſſen wird
durch die Enthüllung des verbrecheriſchen Verhältniſſes, das das
Fürſtenhaus entehrt, und damit zugleich der feingeſponnenen In-
triguen der Barrys. Die Herren werden auf dem für ſie üblichen
Wege, ohne eigene Fuhrkoſten aus dem Lande befördert.

Der „reichſten Dame der drei Königreiche" gegenüber, die
er in Spaa trifft, iſt er glücklicher. Zwar ſcheint ſie ſich ihm zu
entziehen durch die Rückkehr nach England und die Anknüpfung
eines neuen angemeſſeneren Verhältniſſes; er aber läßt ſein Opfer
nicht los, entſchloſſen Gewalt zu gebrauchen, wenn ſein Werben
nicht erhört wird. Er bringt zu der jungen Witwe, entfernt ihre
Beſchützer durch mehrere glückliche Duelle, ſetzt ſie durch ſeine
Aufbringlichkeit dem ſchmählichſten Gerede aus, ſchwört ihr, jeden
Bewerber um ihre Hand zu töten — und ſo, halb eingeſchüchtert,
halb bethört von ſeinem wahnſinnigen Liebesgebaren, und über-
wältigt von der dämoniſchen Energie ſeines Willens, wird ſie

seine Frau nicht allein, sondern seine willenlose, unglückliche Sklavin. Barrys Glücksstern steht nun im Zenith, geht aber für immer unter nach mehreren Jahren eines verschwenderischen, glänzend würdelosen Lebens: wo die Angehörigen des armen Weibes sie von dem Unholde befreien und diesen für den Rest seiner Tage im Kerker unschädlich machen.

Der Roman ist eine der besten Leistungen Thackerays. Seine Grundrichtung eines unversöhnlichen Pessimismus tritt zwar auch hier mit gewaltigem Relief hervor, aber sie macht sich als dich- terische Tendenz, als eine belästigende Belehrung des Lesers nicht entfernt in dem Grade geltend, wie in anderen Dichtungen, weil der Dichter die Form des Ich-Romans gewählt hat. Wenn Trollope Thackeray zum Vorwurfe macht, daß er die Geschichte so erzähle, als ob er vollständig auf Seiten seines Helden stehe und unsere Sympathie für ihn erwecken wolle, so ist schwer zu be- greifen, wie gerade ein Romandichter einem Genossen gegenüber seine Kritik auf so schwache Füße stellen kann. Denken wir uns den Namen Thackeray hinweg und einen gewissen Barry Lindon, einen Mann der „Welt" des 18. Jahrhunderts, wirklich als den Verfasser: so würde er, vorausgesetzt, daß er im Besitze des erforderlichen Erzählertalents gewesen wäre, genau in diesem und in keinem anderen Tone seine Geschichte vorgetragen haben. Darin besteht gerade das Vorzügliche der Thackerayschen Leistung. Daß er zugleich beabsichtigt, jede Sympathie mit dem Helden trotz seiner renommistischen, selbstgefälligen Schilderung unmöglich zu machen, zeigt die sittliche Qualität des Erzählten. Daß ein Held aus der schlimmsten Zeit des 18. Jahrhunderts, ein Produkt der Zustände, welche die Schrecken der französischen Revolution zur Konsequenz hatten, ein Abenteurer und Industrieritter der ge- fährlichsten Sorte, solche Ansichten über Welt und Menschen hat, wie er sie mit naivster Ueberzeugungsfestigkeit hier ausspricht, ist nicht zu verwundern, giebt vielmehr dem ganzen Bilde den Cha- rakter täuschender Lebenswahrheit. Wir kennen die sittlichen und sozialen Verhältnisse jener Zeit recht gut aus den Schilderungen der Romandichter, eines Lesage, eines Fielding oder Smollet, und der zahlreichen Memoiren; und wir glauben, einen franzö-sischen Memoiren-Schreiber zu erkennen an der flüssigen Eleganz des Thackerayschen Stiles und an der eitlen Selbstbespiegelung, der Neigung zu Übertreibungen, der Freude an' Piquanterien, der ganzen gewissenlosen Frivolität des Autobiographen. Der Held unterscheidet sich von einem Tom Jones, einem Peregrine Pickle und wird spezifisch thackeraysch nur dadurch, daß keine Nei-gung zum Guten in ihm vorhanden ist, und nirgendwo sich ein schönes, tugendhaftes Mädchen findet, um ihn zu vollständiger Besserung zu führen.

Der Roman bietet uns ein im ganzen vortreffliches Kultur-bild aus dem 18. Jahrhundert, das freilich vorzugsweise die schlimmen Seiten des damaligen Lebens ans Licht stellt und diese nicht immer ohne Übertreibung. Eine solche ist unzweifelhaft die Grausamkeit des Erbprinzen seiner treulosen Gemahlin gegenüber, die er in einen Hinterhalt lockt und im geheimen enthaupten läßt, während Verstoßung eine vollkommen ausreichende Bestrafung ge-wesen wäre. So barbarisch waren die Zustände in Deutschland da-mals nicht mehr, daß ein Fürst ohne jedes Rechtsverfahren über Tod und Leben auch nur irgend eines Unterthanen hätte verfügen können, ohne daß sich der Volksunwillen kundgegeben hätte; andererseits wurde die Heiligkeit des ehelichen Bandes damals viel zu gering geachtet, als daß man einen Bruch der Treue mit dem Tode hätte bestrafen mögen. Friedrich der Große — der übrigens, was als kompositioneller Vorzug hervorzuheben ist, immer im Hintergrunde der Ereignisse bleibt und niemals selbst redend eingeführt wird — wird dargestellt nach der in England durch Macaulay sanktionierten falschen Auffassung: er ist ein tüch-tiger Feldherr, im übrigen nichts weiter als ein Tyrann, der die Disziplin im Heere und die Ordnung im Reiche nur durch ein raffiniert ausgebildetes Spionier-System und den ausgiebigsten Gebrauch despotischer Gewaltmaßregeln aufrecht zu erhalten ver-mag. Erst Carlyle ist es vorbehalten gewesen, ein besseres Ver-

ständnis für diesen hervorragendsten Mann seiner Zeit in England zu erwecken.

Der Gang der Handlung ist ein außerordentlich flotter, und
die Einheit des Interesses nicht gestört, da der Held immer der
Mittelpunkt der Erzählung bleibt, wie das ja ein gewöhnlicher
Vorzug des Ich-Romans ist.

Das letzte Werk, das Thackeray begann und vor dessen Beendigung ihn der Tod ereilte, war der Roman „Denis Duval",
der in der ersten Hälfte des Jahres 1864 im „Cornhill Magazine" als Fragment veröffentlicht wurde. Es sollte eine große
historische Dichtung werden, die in den letzten drei Jahrzehnten
des vorigen Jahrhunderts spielte und die großen Ereignisse jener
Zeit, die Kriege zwischen England und Frankreich, den amerikanischen Freiheits-Kampf und die französische Revolution in ihrem
Rahmen umfaßte. Thackeray hatte, wie immer, wenn es sich
um sein Lieblings-Gebiet handelte, die sorgfältigsten Vorstudien
gemacht über die Lokalität der englischen Südküste, an der sich
ein großer Teil der Erzählung abspielen sollte, über den Charakter ihrer Bewohner in kultureller und sozialer Beziehung, über
die Lokalgeschichte, in Quellen, die wohl nur ihm infolge seiner
langjährigen Sammlungen zu Gebote standen. Der historische
Charakter erstreckt sich so auch auf Einzelheiten des Bildes, auf
kleinere Aktionen des Krieges und auf einige Haupthandelnde,
die zwar in keiner Spezialgeschichte verzeichnet stehen, die aber in
den Zeitungen und Journalen jener Zeit, wie dem „Gentleman's
Magazine", oder in alten Urkunden, den „Session Papers", dem
„Annual Register", und verschollenen Memoiren-Werken eine
Rolle spielen. So sind die Schurken der Geschichte, ihre Thaten
und Schicksale historisch: der Chevalier de la Motte, die beiden
Westons wurden gehängt; der verräterische Deutsche von Lutterloh
war Kronzeuge gegen den ersteren. Aus den hinterlassenen Manu-
skripten Thackerays ergiebt sich, daß die einzelnen Thatsachen der
Erzählung mit genauer Datum-Angabe zusammengestellt waren,

und nur noch einzelne faktische Detail-Fragen zu beantworten
waren, Fragen, welche zeigen, daß der Dichter in alle zu behan-
delnden Verhältnisse eine vollkommen klare Einsicht sich zu verschaffen bestrebt war. Ebenso vertraut wie mit den englischen
scheint Thackeray mit den politischen und sozialen Verhältnissen
des damaligen Elsaß zu sein, in welchem die Vorgeschichte spielt;
und es wäre interessant festzustellen, ob nicht die so anschaulich
geschilderte Lokalität, in welcher der Graf von Saverne sein
trauriges Heimwesen hat, der Wirklichkeit, also der Umgegend
von Zabern entspricht. Ich glaube, daß Jahre dazu gehört haben,
um dieses Material zusammenzutragen; zu der durchbringenden
Kenntnis jener Zeit in ihrem Leben und Weben, wie sie in dem
hinterlassenen kleinen Bande sich wieder zu so nachhaltiger Wirkung
zusammenfügt, war eine lebenslange, liebevolle Arbeit erforderlich.

Wir haben vielleicht kaum den achten Teil des Romans vor
uns: der Held ist soeben ins Leben d. h. in den Marine-Dienst
eingetreten, er hört zum ersten Male eine volle Breitseite geben
— da, mitten in dem Seegefecht, ist Thackeray die Feder entfallen. Wenn der Leser aber glauben sollte, daß das Interesse
des Fragmentes darum ein geringeres sein müßte, so befindet er
sich in einem gewaltigen Irrtume. Thackeray hat nie etwas In-
teressanteres geschrieben, als diesen wundervollen kleinen Band.
Der kleine Denis Duval durchlebt eine erfahrungsreiche Jugend.
Selbst ein gut beanlagter Junge und eine ehrliche Haut, wächst
er in Schmuggler-Kreisen auf und lernt das Leben von einer
abschreckenden und gefährlichen Seite kennen. Aber es ergeht
ihm nicht, wie es gutgearteten Menschen bei Thackeray gewöhnlich zu ergehen pflegt: er unterliegt nicht hilflos der Macht des
Bösen, sondern er findet brave und kraftvolle Freunde, die ihm
eine nie versagende Zuflucht in den Kümmernissen seiner Jugend
sind. Der Pastor von Winchelsea, Dr. Barnard, der nicht bloß
von der bekannten passiven Güte, sondern ein machtvoller Kämpe
im Dienste der Wahrheit ist, gebraucht seinen Einfluß auf die
noch nicht ganz von Gott verlassene Mutter und zeigt ihr, daß

sie reich genug sei, um mit ihrem unehrlich erworbenen Gelde
aus Denis einen ehrlichen Mann und einen Gentleman machen
zu können.

Und die Heldin erst! Wie hat sich dieses kleine Wesen auf
den wenigen Seiten zum Gegenstande unserer Sorge und Liebe
zu machen gewußt! Es ist ein trübes, unheilschwangeres Ge-
stirn, das über ihrer Geburt gestanden hat: sie ist der Sproß
einer tief unglücklichen Ehe. Der Graf von Saverne, ein stren-
ger Herr und ein fanatischer Protestant, hat aus bloßen Fami-
lien- und Standes-Rücksichten ein viel jüngeres, heiteres, leicht-
lebiges Weib genommen, die in seinem Herzen nicht Wurzel fassen
konnte, weil der Boden für die zarte Pflanze viel zu rauh und
felsig war. Und ein treuloser Freund hat während der Abwesenheit des Gatten auf einem Kriegszuge nur zu leichtes Spiel gehabt, die Seele seines Weibes, die ihm nie gehört hat, ganz ihm
zu entfremden. Die Gräfin ist mit ihrer in der Zeit der Trennung geborenen Tochter zur katholischen Kirche übergetreten und
sieht der Wiederkunft ihres Gatten mit Grauen entgegen. Sie
wagt es nicht, ihm die Stirne zu bieten und entflieht mit ihrem
Bekehrer, dem Chevalier be la Motte, und dem Kinde ihres
Gatten zu ihrer Milchschwester, die sich in Winchelsea an einen
französischen Emigranten verheiratet hat. Was Wunder, daß ihr
der Graf von Saverne mehr Sünden zutraut, als sie begangen
hat. Er eilt den Flüchtigen nach, deren Ziel ihm nicht zweifellos
ist. Aber der trostlose Schmerz über den unwiderbringlichen Verlust seines kaum mehr erhofften und mit überschwenglicher Freude
begrüßten Glückes wirft ihn in einem hitzigen Fieber darnieder.
Nach Monaten nimmt er, ein gebrochener Mann, seine Reise
wieder auf: das Kind, das ja vielleicht doch das seinige sein
könnte, will er ein einziges Mal sehen, den Verführer bestrafen.
Sein erster Wunsch wird erfüllt; aber in dem Duell, das darauf
folgt, fällt er selbst. Seine schwache Frau sinkt in Wahnsinn
und stirbt bald nach ihm. — Diese traurige Vorgeschichte ist so
einfach und gedrungen und zugleich mit einem Ernste, einer In-

nigkeit erzählt, daß sie zu dem Allerschönsten gehört, was die erzählende Litteratur zu bieten hat.

Die kleine Agnes hat in ihrer Verlassenheit nur e i n e n wahren Freund: den kleinen Denis. Er wartet ihrer zu Hause, er trägt und fährt sie aus, er rettet sie vom Tode des Ertrinkens, dem ihre wahnsinnige Mutter sie ausgesetzt, und ist immer um sie als ihr schützender Engel. Der starke Knabe und das kleine, zarte Mädchen wachsen so in ihren Herzen zusammen, daß beiden ein Stück von der eigenen Seele genommen wird, als sie nun doch endlich getrennt werden. Als Agnes größer wird, hält es ihr Protektor, der Chevalier de la Motte, nicht mehr für ange- messen, daß die Tochter seiner Freundin in dem Hause eines Barbiers — das ist Denis' Großvater — bleibe und bringt sie bei der begütertsten Familie von Winchelsea, den Westons, unter. Hier wächst sie nun auf, absichtlich fern gehalten von ihrem Freunde und glücklicherweise in vollkommener Unkenntnis der sie umgebenden Verhältnisse. Die Westons und be la Motte unter- scheiden sich von dem untergeordneten Diebsgelichter nur dadurch, daß sie die Engros-Geschäfte der Schmuggler-Bande besorgen und bei großen, gefahrvollen Unternehmungen als Anführer thätig sind. — Es ist nun eine der schönsten Kontrast-Wirkungen, die also nicht bloß in der Malerei oder Musik, in der dramatischen oder lyrischen, sondern auch in der erzählenden Kunst zu erreichen sind: die beiden frischen, reinen Kindergestalten sich inmitten dieser unheimlichen Umgebung ahnungslos und harmlos bewegen zu sehen.

Nach den vorhandenen Notizen Thackerays sollte Agnes von ihren Verwandten mütterlicherseits anerkannt werden und so in ihre Heimat zurückkommen. Denis sollte nach seinem ersten Ge- fecht in Gefangenschaft geraten und nach mancherlei Abenteuern heimkehren, um Agnes nicht mehr dort zu finden. Er sollte ferner an den amerikanischen Kämpfen teilnehmen, und dann von den Fran- zosen gefangen genommen werden, nach jahrelangem Elend endlich entkommen, den Beginn der Revolution miterleben und schließlich in Frankreich seine Agnes wiederfinden. Wenn Thackeray sich die gehörige Zeit genommen hätte und nicht wieder während der Arbeit ermüdet wäre, dann hätten wir in „Denis Duval" vielleicht sein größtes Werk erhalten. Der Anfang verspricht in der That alles.

Was mir an dem Fragment neben den sonstigen Vorzügen Thackerays, dem wundervoll klaren und reinen Stil, der energischen einbringlichen Art der Darstellung, der vollendeten Charakteristik, künstlerisch besonders gelungen erscheint, ist der von Anfang angeschlagene und durchweg festgehaltene Ton: wäre das Fragment namenlos, man würde schwerlich darauf verfallen, daß es den Dichter von „Vanity Fair", von „Pendennis" und den „Newcomes" zum Verfasser hat. Die Erzählung ist wieder in der Form des Ich-Romans gegeben, der den Vorteil hat, daß er viel tiefer die Stimmung, die beabsichtigt ist, hervorbringen kann als ein objektiver Bericht der Handlungen und Ereignisse. Diesen Vorteil hat Thackeray hier zum ersten Mal voll und ganz ausgenutzt*).

Der Erzähler ist ein alter Mann, der auf ein schweres, wechselvolles, aber schließlich doch siegekröntes Dasein zurückblickt. Während er sinnend, mit der Feder in der Hand längst vergangene Tage an seinem inneren Auge vorüberziehen läßt, sitzt seine Agnes, nun auch in weißen Haaren, mit einer großmütterlichen Arbeit beschäftigt, ihm gegenüber — das greifbare Glück seines Lebens. Bei ihrem Anblick gedenkt er seiner trüben Jugendtage, die ihre Anwesenheit allein ihm erhellt hat, und der treuen Liebe, die sie sich in langer Trennung bewahrt; sie ist ihm in dem Sturm seiner Schicksale gleichsam der Mast gewesen, an dem er sich fest und über Wasser gehalten hat. Hätte er ohne ihre Liebe die Kraft gehabt, in den ruhigen, freundlichen Hafen zu gelangen, der ihm jetzt schon so lange beschieden ist? — Nein; er hat

---

*) Im „Esmond" war das schon dadurch unmöglich, daß die Ich-Form nicht durchgeführt war.

schlimme Tage gesehen, die Not ist manchmal schier unerträglich
gewesen; die Bosheit der Menschen hat er an sich empfunden
wie irgend einer; mehr als einmal hat er die eisige Hand des
Todes auf sich gefühlt — aber immer ist er sich selbst so treu
geblieben wie seiner Liebe, sein Gewissen ist nicht beschwert; er
hat das höchste Ziel seiner Wünsche erreicht und ist Sieger geblieben. Trotz aller Kümmernisse und Gefahren — sein Leben
ist doch ein so glückliches gewesen, wie es wenigen Menschen beschert wird; sein Herz kennt keine Bitterkeit, keinen Haß; er ist
zufrieden mit sich und darum auch ausgesöhnt mit der Welt.
Feuchten Auges dankt er seinem Schöpfer, der ihm ein so reiches
Leben geschenkt und auch den größten Schatz desselben nicht vorenthalten hat. Und mit diesem frommen Gefühle geht er an
sein letztes Werk: er will seinen Lebensweg beschreiben zur Ehre
des Höchsten und zum Frommen seiner Mitmenschen. Es ist die
Stimmung ruhiger Milde und liebevoll allseitiger Abwägung, die
sich dem Leser mitteilt und ihm wohl ums Herz macht; der Ton
einfacher, schmuckloser Wahrhaftigkeit, der, allen poetischen Guirlanden und rhetorischen Feuerwerkskünsten zum Trotz, doch am
tiefsten, am dauerndsten wirkt. Wie du, edler Greis, die Dinge
unseres verworrenen Lebens siehst, so müssen sie gesehen werden,
ruft's in uns: könnten wir alle uns zu deiner leidenschaftslosen
Gerechtigkeit aufschwingen!

Wird der Dichter den ehrwürdigen Erzähler aus der Rolle
fallen, wird er ihn Thackeraysche Satyr-Sprünge ausführen und
mit frühreifen, unfruchtbaren Lebensanschauungen glänzen lassen?
— Soweit die Erzählung vorliegt, ist es nicht geschehen. — Man
kann es, wie gesagt, kaum glauben, daß der Verfasser von „Denis
Duval" kurz vorher „Philips Abenteuer" geschrieben hat. — Die
rein epische Stimmung wird durch keinerlei häßliche Unterbrechungen gestört. Wenn ich dem deutschen Leser eine Vorstellung von
dem eigentümlich tiefen Eindruck der Erzählung, besonders der
tragischen Vorgeschichte geben soll, so muß ich ihn erinnern an
die unvergeßlich schöne Novelle von Storm „Aquis Submersus".

die ich immer für ein klassisches Muster der Ich-Erzählung gehalten habe.

In der Schicksalsfügung, die es Thackeray nicht erlaubte,
seinen „Denis Duval" zu vollenden, könnte man einen Akt stra-
fender Gerechtigkeit erkennen. Hatte Thackeray seine Kraft immer
so ausgenutzt, wie diese Dichtung zeigt, daß er sie hätte ausnutzen
können? War er bis zu der Erkenntnis der ganzen Höhe und
Schwere seiner Lebensaufgabe vorgedrungen? War er sich immer
bewußt gewesen, daß der wahre Dichter nie etwas anderes war
noch jemals sein kann als ein leidender Erlöser? — Wir un-
sererseits legen das Buch aus der Hand — in mehr als einem
Sinne — mit schmerzlichem Bedauern.

# Neuntes Kapitel.

## Pessimist und Dichter.

Wenn Thackeray durch ein längeres Leben die Möglichkeit gehabt hätte, auf der Bahn, die er mit „Henry Esmond" und „Denis Duval" beschritten, sich weiter zu arbeiten, so könnten wir jetzt vielleicht zwei Perioden in seinem Schaffen unterscheiden: eine unreife, pessimistische, und eine reife, dichterische. Wie das Verhältnis thatsächlich steht, wird der litterarische Charakter Thackerays durch die weit überwiegende Masse seiner Produkte mit satirisch-pessimistischer Tendenz bestimmt und in prägnanter Weise dargestellt durch das bedeutendste derselben, „Vanity Fair". Wem der Name Thackeray nicht leerer Schall ist, sondern ein bestimmtes Personal-Bild in der Seele erweckt, der wird ihn immer als den Verfasser von „Vanity Fair" denken.

Daß der poetische Charakter seiner Produkte, soweit wir davon sprechen können, ein satirischer ist, unterliegt keinem Zweifel; und es kann nur jener nicht seltenen ästhetischen Begriffs-Verwirrung englischer Litteratoren zugeschrieben werden, wenn wir ihn hin und wieder einen Humoristen nennen hören. Die Satire an sich, wenn auch keineswegs unpoetisch, ist doch eine niedere Gattung von Poesie. „Die satirische Anschauungsweise", sagt ein hervorragender neuerer Ästhetiker\*), „behält bei aller Berech-

---

\*) Prof. Dr. Hermann Baumgart: Handbuch der Poetik. Stuttgart. Cotta. 1887.

14\*

tigung, die sie besitzt, und bei aller Lebhaftigkeit und Kraftent-
faltung, deren sie fähig ist, unter allen Umständen etwas
Einseitiges, vorwiegend Individuelles, welches alles vor dem
universellen Standpunkte, von dem aus der Blick auf
die Summe und die Allseitigkeit der Erscheinungen
gerichtet wird, und vor der zur Anerkennung und zur Wür-
digung des Entwickelungsganges der Dinge gestimmten Sinnesart
schwindet und sich zu der milderen und positiveren Anschauungsweise des Humors läutert." Nach diesem ihrem unzweifelhaften
Gattungs-Charakter darf man — ganz abgesehen von der Art
der Thackerayschen Satire — wohl fragen, ob ein Mensch von
normaler Geistes- und Gemüts-Verfassung drei und vier Bände
voll lauter Negationen, ohne die Beruhigung und Erlösung irgend einer Position erträglich finden kann.

Welcher Art ist Thackerays Satire? — Die Satire seiner
jungen Jahre ist zerfleischend, wild bis zur Grausamkeit; in ihrem
Übermaße wird sie unwahr und damit unpoetisch: man denke an
die Satire auf den englischen Adel, wie sie in dem Earl of Crabs
beabsichtigt ist, eine Satire, die etwas, das, wenn überhaupt
möglich, nur eine individuelle Abnormität sein könnte, als typisch
für einen ganzen Stand hinstellt. — Erbarmungslos bleibt
Thackerays Satire immer; immer bewahrt sie ihren schroffen Gegensatz zum mild und traurig lächelnden Humor. Und zarte Seelen
und schwache Ästhetiker haben ihn darum geschmäht und seine
Produkte getadelt — ohne Recht. Nicht die Schärfe der Satire
ist künstlerisch verwerflich: mag der Dichter die Laster seiner Zeit
und der Menschheit geißeln mit aller leidenschaftlichen Glut, die
ihm zu Gebote steht — wenn er nur nicht das allein thut.
Die Bloßstellung des Bösen allein ist noch nicht poetisch; es fehlt
dazu noch etwas anderes, das wichtigste, das wesentliche Element
der poetischen Satire. Schiller nennt es uns in seiner Ab-
handlung „Über naive und sentimentalische Dichtkunst": „Die pa-
thetische Satire muß jederzeit aus einem Gemüte fließen, welches
von dem Ideale lebhaft durchdrungen ist . . . [sie muß]

aus einem glühenden Triebe für das Ideal hervorfließen, welcher durchaus der einzig wahre Beruf zu dem satirischen wie überhaupt zu dem sentimentalischen Dichter ist." Der leidenschaftliche Zorn des Dichters über Bosheit und Lüge ist poetisch voll berechtigt, wenn er erzeugt wird von der leidenschaftlichen Liebe zum Guten und Wahren. Ein Satiriker, der nicht überall sein großes und edles Wollen zum Bewußtsein zu bringen vermag, der nicht vor unseren Augen steht als ein begeisterter Kämpfer für Recht und Tugend, der seine Mitmenschen nicht mitzubegeistern und so nach dem Siege der guten Sache hinzuwirken versteht — der ist ein satirischer Dichter nicht. Seine Satiren sind unpoetische Schmähreden.

Ein solcher Dichter konnte Thackeray nicht sein, weil er an die Möglichkeit eines Sieges des Guten auf dieser Erde nicht glaubte; weil seine Satire — ihre Begeisterung? davon kann bei ihm nicht die Rede sein — ihre Wut schöpfte aus der Verzweiflung am Recht und an der Tugend — mit einem Wort, weil er Pessimist war. Denken wir an den „liebevollen Zweck" den er seinem größten Werke gestellt hat: er will uns über den Jahrmarkt der Eitelkeiten, wie er das Leben nennt, führen, uns das Schaugepränge ausdeuten; den falschen Schein des Geflimmers, das Inhalt- und Ziellose des ganzen Lärms, das Krampfhafte und Unsinnige der Lustigkeit sollen wir erkennen und durch diese Erkenntnis „vollkommen elend" sein — elend, wie er es ist. Thackeray ist ein Anhänger Buckles, der an einen sittlichen Fortschritt der Menschheit nicht glaubt: nach ihm bleibt die Menschheit unter allen Veränderungen und Vervollkommnungen, welche die Arbeit des Geistes heraufführt, in ihrer sittlichen Natur auf demselben, niedrigen Standpunkte stehen. Und wie die Menschheit als solche nicht fortschreiten kann, so ist auch für den Einzelnen das Streben nach sittlicher Vervollkommnung vergeblich. Dieser Anschauung ist Thackeray treu geblieben bis in seine letzte Lebenszeit; noch in „Philips Abenteuern" bekennt er sich zu ihr: „Wie die Natur sie machte, so sind die Menschen ... Sie glauben, sie

könnten [sich bessern], und in rechtfertigenden Memoiren und liebevollen Biographien lesen wir, wie dieser Mensch seine bösen Neigungen kurierte, und jener arbeitete und strebte, bis er fast fehler-
los wurde. Alles gut und schön, ihr lieben Leute. Ihr könnt
eine Sprache lernen; ihr könnt eine Wissenschaft bemeistern . . .
aber könnt ihr bei dem besten Willen euren moralischen Wuchs
erhöhen? Geht mir! Der Pastor, während er predigt, überragt
die meisten von uns nur um die Höhe der Kanzel; und wenn
er herniedersteigt, dann wird er wohl wieder vor der Herzogin
kriechen, seine Kinder anknurren und seine Frau wegen des Essens
ausschelten. Seht, alles ist eitel: und so ist der Prediger auch
eitel."

Er glaubt nicht an die Existenz interesseloser Güte auf Erden. In den „Newcomes" führt er an einer Stelle aus, wie
wir Menschen uns öfters schmeichelten, eine gute, ganz selbstlose
Handlung verrichtet zu haben; aber wehe, wenn wir genauer zu-
schauten, uns Herz und Nieren prüften, dann stießen wir immer
auf eine verborgene egoistische Triebfeder, die unseren vermeint-
lichen Edelmut in Bewegung gesetzt hat. Und über diese klägliche Rochefoucauldsche Weisheit ist Thackeray in seiner philo-
sophischen Entwickelung nicht hinausgediehen. — Entwickelung!
— Es war ihm offenbar nicht gegeben, sich zu einer tieferen als
jene flache Auffassung des Lebens durchzuringen; was er in
flüchtigem Blick erhaschte, hielt er für das Wesen der Dinge;
von einer Arbeit an sich, von inneren Kämpfen war in seiner
Biographie nichts zu berichten. Mit der bequemen Ansicht, daß
alles höhere Streben hier auf Erden doch vergeblich sei, trat er
seine litterarische Laufbahn an und ist ihr ohne Anstrengung bis
zu seinem Lebensende treu geblieben.

Daß er, wie an einer Reihe von Beispielen gezeigt worden,
nicht konsequent in seinem Pessimismus bleiben konnte, zeigt uns
wohl die Unvereinbarkeit desselben mit irgend welchen poetischen
Zwecken, ändert aber an der Grundrichtung seiner Schriften und
an ihrem unkünstlerischen Charakter nichts. Wenn er z. B. über-

zeugt war, daß es einen sittlichen Fortschritt nicht giebt, so hinderte ihn das nicht, in den „Virginiern" auf den sittlichen Fortschritt aufmerksam zu machen, den die Menschheit vom vorigen zu diesem Jahrhundert gemacht hat; den Damen zu gratulieren, daß sie heute nicht mehr in einer so sittenlosen, versuchungsreichen Zeit leben; und sich mit allen Ernstdenkenden zu freuen, daß wir so verwahrloste Geschöpfe, wie einen Tom Jones*) oder Peregrine Pickle heute nicht mehr als Helden anerkennen würden, und daß kein Schriftsteller heute die „Bekenntnisse einer Dame von Stande"**) veröffentlichen könnte, ohne mit den Gerichten in Konflikt zu kommen. — „Nein, wahrhaftig, ich glaube, daß Männer und Frauen beide besser sind." — Er glaubt nicht an die sittliche Vervollkommnung des Individuums und erzählt uns, wie der flatterhafte, grundsatzlose Pendennis ein so solider Philister wurde, daß er eine Laura glücklich machen konnte. — Er bestreitet die Möglichkeit selbstloser Thaten und malt uns fast in jedem seiner Romane so ein wahres Tugend-Ungeheuer, das ebenso unwahr wie interesselos ist.

Diese Inkonsequenzen heben die Grundrichtung seines Schaffens nicht auf, und diese ist: alle Bosheit, Niedertracht, Treulosigkeit, welche hier auf Erden denkbar ist, und noch einiges mehr, was kaum mehr denkbar, zur eindringlichsten Darstellung zu bringen. Wir sollen um Gottes willen nie vergessen, daß unser Freund, dem wir immer wohl gethan und der uns in herzlicher Dankbarkeit ergeben scheint, uns im Unglück sicher verlassen wird; daß unsere Verwandten, mit denen wir Jahrzehnte hindurch Glück und Unglück redlich geteilt haben, uns schmähen, enterben,

---

*) So spricht er sich in den „English Humorists" (1851) aus; in der Vorrede zu „Pendennis" (S. 92) und dem Citat aus den „Newcomes" (S. 108), also 1849 und 1855 sagt er bekanntlich das Gegenteil über Tom Jones.

**) Eine widerlich schmutzige Erzählung von den Erlebnissen einer feinen Dirne — nackt und unverblümt — die Smollet seinem „Peregrine Pickle" einverleibt hat.

mit Füßen treten werden, wenn wir einmal die Unverschämtheit
haben sollten, sie in der Not anzugehen; daß, wenn in über-
schwenglichem Glücksgefühl wir den Bund fürs Leben schließen,
die Wahl nur darum auf uns gefallen ist, weil sich zufällig kein
reicherer oder höherstehender Freier gefunden hat; daß unsere
Frau, die wir auf Händen getragen haben und die ganz hingebende Liebe ist, uns jeden Tag treulos verlassen kann; daß
unsere Kinder, für die uns kein Opfer zu groß gewesen, die unser
Stolz, unser Glück sind, uns Pietät nur heucheln, im Grunde
ihres Herzens uns aber hassen, weil wir noch immer nicht sterben
wollen und den Genuß unseres Vermögens, das unserer Hände
Fleiß um ihretwillen erworben, ihnen so lange vorenthalten.
Und wenn wir uns durch und durch mit der Überzeugung erfüllt
haben, daß alles, alles eitel ist in diesem Jammerthale, dann
sollen wir allen Glauben, alle Hoffnung, alles Streben fahren
lassen und nichts als elend sein.

Und gesetzt nun, wir kämen so weit hinab, wie Thackeray
uns bringen möchte, was dann? — Sollen wir dann die letzte
Konsequenz des Pessimismus ziehen? Das hat noch nie ein Pessimist empfohlen, weil er sie selbst nicht zu ziehen vermocht hat. —
Welchen Ersatz bietet uns der Pessimismus für das alles, das
er unserem Leben nimmt? Sollen wir uns hassend von der Welt
zurückziehen, mit Verachtung in das sinnlose Treiben und Drängen
der Menschen blicken und uns genügen lassen an dem eitlen Bewußtsein unserer uns überlegen scheinenden Weisheit? — Oder
sollen wir es machen wie Thackeray selbst, der den Tag über das
Weltelend in allen denkbaren und undenkbaren Formen darstellte
und sich abends für sein taglanges Wahrheits-Streben belohnte
im Kreise froher Genossen; der dann in optimistischem Vergessen
dem Genuß von Punschbowlen, und als er immer reicher wurde,
von Austern und Champagner fröhnte und seine Daseins-Freude
vielleicht in so schönen Liedern, wie „Jetzt kenn' ich das gelobte
Land" oder „Ich bin der Fürst von Thoren", laut erschallen
ließ? — Mit solchem Juchhe-Pessimismus läßt es sich schon leben.

Nein: und wenn die pessimistische Richtung in der Poesie noch mehr zur Herrschaft käme, als sie heute gekommen ist, ihre Wirkung auf die Menschheit im ganzen wird wohl immer eine geringe bleiben. Ernstlich schädigen kann sie die unreife Jugend; die Kranken kann sie kränker machen; der Gesunde, ob stark ob schwach im Denken, wird sie instinktiv von sich abwehren, und es wird bleiben, wie es immer war: der Mensch wird weiter arbeiten auf seinem eng umgrenzten Felde und weiter streben nach der Vervollkommnung, die ihm als Glück erscheint; er wird über sich anerkennen — in welcher Form es sei — ein Höheres, dessen Wege dunkel und für sein schwaches Auge unerreichbar sind, und er wird sich beugen in Demut vor dem Unerforschlichen. Das ist die Heerstraße der Menschheit, und sie kümmert sich nicht um die Einzelnen, die auf Seitenpfade abweichen.

Nein: die Menschheit hat ihr Palliativ gegen den Pessimismus in der ihr angeborenen Lebenskraft, welche sich äußert als die Freude am Streben; und so ist nicht zu fürchten, daß sie jemals in ihrer Gesamtheit von dieser entweder geistigen oder gemütlichen Krankheit erfaßt würde. Was das Empörende ist in den Produkten Thackerays und des modernen Naturalismus, ist die Erniedrigung, die Entweihung der Kunst, welche unter dem Deckmantel eines strengen Wahrheitstrebens darin vorgenommen wird. Unter allen denkbaren Zwecken, welche die Kunst haben kann, kann es den nicht geben, uns mit Ekel vor ihr und vor dem Leben zu erfüllen. Eine andere Wirkung aber können diese Produkte, welche uns immer nur die eine Seite der Lebenswahrheit, die unangenehme, die häßliche, die schmutzige bieten, nicht auf den Leser hervorbringen. Wenn wir so Stunden lang in dieser abstoßenden Welt uns bewegen, so bemächtigt sich unser eine Mißstimmung, wie nach dem längeren Zusammensein mit einer giftigen Lästerzunge, die uns mit unermüdlichem Eifer alles Anzügliche, Böse im Kreise unserer Bekannten, was sie hat erfahren und erdichten können, berichtet hat. Thackeray erzählt uns von dem Eindruck, welchen der Verkehr mit der Baronin von

Bernstein auf unverdorbene Gemüter machte: „Nach einem Gespräche mit Madame Beatrix und dem großen Amüsement und
Interesse, welches ihre Erzählungen erregten, ging der Jüngling
jedesmal fort mit einem bitteren Geschmack in seinem Munde
und bildete sich ein, daß die ganze umgebende Welt nichtswürdig
wäre." Genau dieselbe Wirkung üben die meisten Erzeugnisse
Thackerays auf den Leser aus, besonders, wenn man, wie der
Verfasser dieser Schrift, genötigt ist, eine Anzahl derselben hinter
einander zu lesen.

Die innere Erhebung und das jede Art derselben begleitende
Wohlgefühl in der Seele des Menschen zu erregen — die Aufgabe aller Kunst von Anbeginn an, ist ausgesprochenermaßen die
Aufgabe d i e s e r Erzeugnisse n i c h t. Welches ist das hohe Ziel,
das sie verfolgen? — Sie wollen uns bestätigen, was wir alle,
sofern wir mit sehenden Augen geboren sind, längst wissen; daß
in diesem Leben viel Bosheit, Lug und Trug und Ungerechtigkeit
zu finden ist. Darum dieser Aufwand von Kraft und Zeit?
Darum die schweren Geldopfer, welche Verleger und Publikum
bringen müssen?

Uns selbst und unsere guten Bekannten,
Unsern Jammer und Not suchen und finden wir hier. —
„Aber das habt ihr ja alles bequemer und besser zu Hause.
Warum entfliehet ihr euch, wenn ihr euch selber nur sucht?" *)

Von der entgegenstehenden Seite wird der bisherigen Kunst-
Praxis der thörichte Vorwurf gemacht, daß sie alles in rosen-
farbenem Lichte malt und den Menschen einen schönen Schein
vormacht, dem die Wirklichkeit widerspricht. Optimistisch soll
allerdings die Kunst sein; das heißt aber nicht, daß sie einen
gedankenlosen und freilich unwahren Sanguinismus entfalten soll,
was man so häufig unter Optimismus versteht. Der philo-
sophische Optimismus, der zugleich ein wesentliches Element alles
künstlerischen Hervorbringens ist, wächst immer aus der pessimi-

*) Schillers „Shakspere's Schatten".

stischen Erkenntnis heraus, und unterscheidet sich nicht dadurch
vom Pessimismus, daß er die irdische Unvollkommenheit in ge-
ringerem Maße anerkennt, sondern einzig und allein dadurch, daß
er an eine Besserung glaubt und ein Ziel des menschlichen Strebens kennt. Der Pessimismus tötet, während
die wahre Kunst belebt. Es kann ebenso wenig eine
pessimistische Kunst geben, wie es eine Kunst ohne
Ideale giebt.

Thackeray ist indessen nicht bloß Pessimist, er erscheint mir
zugleich als Cyniker. Ich kann mich im allgemeinen, besonders
aber in den früheren Schriften des Eindrucks nicht erwehren, daß
er mit einer hämischen Freude die Gebrechen der Menschheit aus
Licht zieht, sie hin und her wendet und von allen Seiten be-
leuchtet, damit bei Leibe nicht das kleinste Schmutzfleckchen den
Lesern verborgen bleibe. Die Art, wie er die Sünde behandelt,
erregt nicht Zorn oder Bedauern, sondern Ekel. Indessen
mag diese Empfindung auf meiner persönlichen Abneigung vor
der naturalistischen Richtung beruhen. Was aber nicht subjektiv
ist, sondern eine objektive Thatsache, ist seine cynische Auffassung
des künstlerischen Schaffens.

Mr. Yellowplush richtet einen kritischen Brief*) an Bulwer
über dessen kürzlich (1839) erschienenes Drama „The Sea Captain",
das er ganz so krankhaft und unpoetisch findet wie es ist. Er
fragt ihn, warum er dieses Drama überhaupt geschrieben habe;
und findet die Antwort darauf in der Vorrede: „Weil Sie dem
Drama einen Dienst leisten wollten! O pfui! leg' diese Schmeichelsalbe nicht auf deine Seele, wie Milton**) bemerkt. — Haben
Sie nie beabsichtigt, daß es irgend etwas oder irgend jemand

---

*) Epistles to the Literati.
**) Es ist Shakspere im „Hamlet". Yellowplush ist ein gebil-
deter Bedienter. „Schmeichelsalbe" nennt er „flattering function".

sonst dienen sollte. Natürlich, das haben Sie! Sie schrieben
es um des Geldes willen — um des Geldes vom Theater-
Direktor und vom Buchhändler — aus demselben Grunde,
weshalb ich dieses schreibe. Mein Herr, Shakspere
schrieb aus denselben Gründen, und ich habe niemals gehört, daß er geprahlt hätte, dem Drama zu dienen. Fort mit
dieser Heuchelei von großen Motiven! Wir wollen nicht zu stolz
sein, mein lieber Baronet, und uns für Märtyrer der Wahrheit
halten, Märtyrer oder Apostel. Wir sind nur Handwerker,
die für Brot arbeiten, und nicht um der Gerechtigkeit willen.
Sehen wir zu, daß wir ehrlich arbeiten, aber schwatzen wir nicht
pomphaft von unserem „heiligen Beruf". Der Schneider, der
Ihre Röcke macht, könnte auch ausrufen, daß sein Beweggrund
wäre, die ewige Wahrheit der Schneiderei zu begründen, mit
ebenso gutem Grunde; und wer würde ihm glauben?"

Dieses sind nicht etwa jugendlich ungereifte Ansichten; sie
kehren wieder im „Pendennis". An einer Stelle sieht Thackeray
nicht ein, "weshalb Pegasus von Plackerei freier sein soll als
irgend ein anderes Geschöpf in Gottes Welt", nachdem er mit
bekannter Vorliebe für logischen Widerspruch kurz zuvor die Worte
ausgerufen: „Wenn du mit Pegasus Geld machen willst, dann
fahre wohl, Poesie und luftige Flüge!" Auf die Industriellen
der Poesie ist er nichts weniger als erzürnt: „Mögen sie ihre
Waaren auf den Markt bringen; mögen sie zu Bacon und Bun-
gay und allen Verlegern von Paternoster Row oder der Hauptstadt gehen, und mögen sie Glück haben in ihren Spekulationen.
Diese Welt ist so weit, und der Geschmack der Menschen glücklicherweise so mannigfach, daß jeder eine Chance hat und den
Preis gewinnen kann durch sein Genie oder durch sein Glück."

Es ist die andere schlimme Seite der Thackerayschen Produktion, daß er sich der hohen Verantwortlichkeit, der Heiligkeit
des dichterischen Berufes nie bewußt geworden ist. Mit solchem
Bewußtsein wäre er vielleicht weiter in des Lebens Tiefen hinab-
gedrungen; wäre er vielleicht nicht so schnell fertig gewesen mit

seiner Lebensanschauung und dem Wort, das ihr Körper und
Dauer verleihen sollte. Die Zahl der Bogen wäre ihm dann
nebensächlich erschienen neben dem Gehalt und der inneren und
äußeren Vollendung des Kunstwerkes. Dieses litterarische von
der Hand in den Mund leben, diese Lieferungs-Produktion wäre
ihm dann vielleicht seiner unwürdig erschienen; jedenfalls hätte er
sich geschämt, große Schöpfungen mit allen Anzeichen einer flüchtigen, lässigen Arbeit an sich in die Welt zu schicken.

Unter dem Einfluß der gegenwärtigen pessimistischen und
naturalistischen Strömung in der Litteratur haben oberflächliche
Geister sich nicht gescheut, Thackeray als den größten Epiker der
englischen Nation hinzustellen und einen Goldsmith, einen Scott,
einen Dickens, eine Eliot neben ihm verschwinden zu lassen. Ich
habe es für meine Pflicht gehalten, gegen diese Vermessenheit
einen rücksichtslosen Protest einzulegen. Thackeray ist kein
großer Dichter. Ein solcher ist nicht denkbar unter der traurigen Beschränkung eines einseitigen Pessimismus; nicht denkbar
bei einer so frivolen Auffassung und Behandlung seiner erhabenen
Kunst; nicht denkbar ohne Idealismus.

Andererseits hoffe ich nicht, so ungerecht gewesen zu sein, daß
ich ihm das Lob, das er verdient, vorenthalten hätte. Ich will
hier nicht noch einmal wiederholen, was ich Rühmenswertes
an ihm gefunden habe im Laufe dieser Arbeit und besonders
und absichtlich bei der Besprechung seines ersten größeren und
Hauptwerkes „Vanity Fair". Wo er es nicht darauf absah, seine
pessimistische Tendenz zur Geltung zu bringen; 'wo das Interesse
des Gegenstandes ihn zum Fleiß und zu gewissenhafter Arbeit
anspornte, hat er Ausgezeichnetes geleistet. „Henry Esmond"
und die herrliche Ruine „Denis Duval" werden hoffentlich noch
Verehrer finden, wenn die Mehrzahl seiner Erzeugnisse vergessen
sind. Sie bezeugen unwiderruflich, daß er Großes hätte leisten
können, wenn er nicht das Opfer seiner pessimistischen, frivolen
Lebensauffassung geworden wäre.

# Bemerkungen.

1) Charter House verderbt aus Chartreuse in der City war ursprünglich ein Kartäuferkloster, das 1371 gegründet und 1535 unter Heinrich VIII. aufgelöst wurde. Der Kaufmann Sutton stiftete 1611 darin eine Freischule und ein Versorgungshaus. Die Schule wurde 1870 nach Godalming verlegt, nachdem die betreffenden Gebäude an die Merchant Taylors'-Innung verkauft waren, die jetzt darin die schon 1561 gegründete Merchant Taylors' School hat. Unter den im Charter House Gebildeten befinden sich bedeutende Namen, wie William Blackstone, der hervorragendste englische Rechtsgelehrte des 18. Jahrhunderts, Addison und Steele, und der Historiker Grote.

2)    Love's like a mutton chop,
      Soon it grows cold;
    All its attractions hop
      Ere it grows old.
    Love's like the cholic sure,
    Both painful to endure;
    Brandy's for both a cure,
      So I've been told.

    When for some fair the swain
      Burns with desire,
    In Hymen's fatal chain
      Eager to try her,
    He weds as soon as he can,
    And jumps — unhappy man —
    Out of the frying pan
      Into the fire.

„Lieb' ist wie 'n Hammel-Kotelett, Bald wird sie kalt; Ihre Reize sterben all, Eh' sie wird alt. Lieb ist die Kolik schier, Schwer zu ertragen; Cognac hilft beiden ab, Ließ ich mir sagen. — Wenn nach der Maid ein Bursch Brennt vor Verlangen, Mit Hymens Unglücks-Band Möcht' sie umfangen, Freit er, sobald er kann, Und springt — der arme Mann — , Dem Regen zu entlaufen, Unter die Traufen." — Das viel passendere englische Bild — „aus der Bratpfanne ins Feuer" — ist leider im Deutschen nicht wiederzugeben.

3) „The Castle of Otranto" von Horace Walpole, 1765 zuerst erschienen.

4) „The Snob" erschien zum ersten Male am 11. April 1829 und wurde elf Wochen weitergeführt.

5) Das in Thackerayana aus dem „Snob" abgedruckte Gedicht „Timbuctoo", eine Parodie auf das für dieses Jahr gestellte Preis-Gedicht, das Tennyson am besten bearbeitete, ist nach seinem scharfen satirischen Tone offenbar eine Thackeraysche Leistung. Diese erste Probe seines Talentes kann aus Raum-Rücksichten hier nicht wiedergegeben werden.

6) Gownsman ist jeder, dessen Amtstracht ein Talar (gown) ist, also ein Geistlicher, Richter und jedes Mitglied einer Universität.

7) In einem an G. L. Lewes gerichteten Briefe vom 28. April 1855, der in dessen „Leben Göthes" abgedruckt ist.

8) Der „National Standard" hielt sich von Januar 1833 bis Februar 1834. Unter den zahlreichen Beiträgen Thackeray's in Bildern, Skizzen, kleinen Essays und Gedichten befindet sich auch die später in das „Paris Sketch Book" aufgenommene Erzählung „The Devil's Wager". — Schon vorher war er bei einer unbedeutenden Zeitschrift, „The Comic Magazine", das 1832—34 erschien, Mitarbeiter gewesen.

9) Cruikshank's Comic Almanack — Times — Examiner — Punch — Westminster Review — New Monthly — Torch — Parthenon. Die letzten beiden waren sehr kurzlebige Journale; das „Parthenon" ist mit einem neueren Journal desselben Namens nicht zu verwechseln.

10) Als kleinere für verschiedene Journale bestimmte Arbeiten gehören in die ersten Vierziger noch: Memorials of Gourmandising —

Pictorial Rhapsodies on the Exhibition of Paintings — Bluebeard's Ghost — ein ſatiriſcher Artifel über Grant's „Paris and the Parisians" — Review of a Box of Novels — Little Travels and Roadside Sketches (𝔅elgien) — The Partie Fine, by Lancelot Wagstaff mit der Fortſetzung — Arabella, or the Moral of the Partie Fine — Carmen Lilliense (𝔅eſchreibung einer großen Gelbverlegenheit, bie ben 𝔅erfaſſer in einem Gaſthauſe zu Lille feſthielt) — Picture Gossip — The Chest of Cigars, by Lancelot Wagstaff (komiſche Skizzen) — Bob Robinson's First Love — Barmecide Banquets — A Gossip about Christmas Books. — Der epḥemere 𝔚ert dieſer Schriften wird badurch am beſten gekennzeichnet, baß nichts davon in die „Miscellanies" aufgenommen wurde: es iſt 𝔅rot-Arbeit. — Die letzten Artifel für Zeitſchriften waren ein Artifel über 𝔅ulwers „Memoir of Laman Blanchard", über „Illustrated Children's Books" (beibes Fraſer 1846) unb „A Grumble about Christmas Books" (1847).

11) Die beiben dieſer Lebensbeſchreibung zu Grunbe liegenben 𝔚erfe ſind: „Thackerayana. Notes and Anecdotes Illustrated by Hundreds of Sketches by W. M. Thackeray. A New Edition: London. Chatto & Windus." (Oḥne Jaḥr unb Namen bes 𝔅erfaſſers.) Ferner: „Thackeray" by Anthony Trollope. London: Macmillan and Co. 1886 — in ben „English Men of Letters" ed. by John Morley. — Hannay's „Memoir of Thackeray" (Edinburgh. 1864) iſt weder in England noch in Schottland aufzutreiben geweſen.

12) 𝔅rief an John 𝔚elſḥ, Liverpool, vom 7. Januar 1851. (Letters and Memorials of Jane Welsh Carlyle by J. A. Froude. Vol. I. New York 1883.)

13) W. H. Rideing: Thackeray's London. A Description of his Haunts and the Scenes of his Novels. London. Jarvis & Son. 1885.

# Inhalt.

# Druckfehler-Verzeichnis.

Seite 13, Zeile 6 von unten lies: Komma nach „Kreise".
„ 33 „ 17 „ „ „ in derjenigen Größe.
„ 41 „ 10 „ „ „ Literature.
„ 54 „ 14 „ „ „ That.
„ 96 „ 19 „ „ „ annehmen, ihn (vor „mit").
„ 116 „ 8 „ oben „ Sie (für „fie").
„ 118 „ 15 „ unten „ türkischen.
„ 145 „ 7 „ oben „ Jahrzehnte.
„ 149 „ 18 „ „ „ reicht (für das erste „bringt").
„ 152 „ 1 „ „ „ und erhält von ihm.
„ 180 „ 19 „ unten „ zur.
„ „ „ 11 „ „ „ bezeigen.
„ 185 „ 19 „ „ „ gekämpft wird.
„ 191 „ 6 „ oben „ und wie immer.
„ 200 „ 13 „ „ „ jede Beleidigung, jede Anklage.